Shai Laine

Der durch den Himmel fliegt

Etwas unerklärlich Anziehendes umgibt Eric, der gestern noch ein Niemand, ein Träumer und Einzelgänger war, und nun plötzlich der Schwarm aller Frauen ist.

Was ist geschehen?

Diese Frage regt zu den wildesten Spekulationen an. Es folgt für ihn eine Einladung zu einer Pyjama-Party, auf der er das einzige männliche Wesen sein wird. Danach: Rendezvous über Rendezvous.

Schon bald führt er ein Doppelleben, aber irgendwann entschließt er sich, sich zu outen, denn er leidet unter dem Druck, der auf ihm lastet.

Der durch den Himmel fliegt ist gleichermaßen der Titel dieser Geschichte, als auch Erics Name.

Wie ist er zu diesem Namen gekommen?

Eine Geschichte mit Suchtpotenzial.

Genau die richtige Mischung aus Abenteuer, Spannung, Krimi und Erotik.

Shai Laine lebt und liebt in Hamburg.

Shai Laine

Der durch den Himmel fliegt

Band 1: Erics Geheimnis

Ein **Eric Kotten** Roman

Roman Fiktion Erotik

Bibliografische Information der Deutschen Nationalbibliothek: Die Deutsche Nationalbibliothek verzeichnet diese Publikation in der Deutschen Nationalbibliografie; detaillierte bibliografische Daten sind im Internet über dnb.dnb.de abrufbar.

Impressum

Copyright: 2021, Shai Laine
Umschlaggestaltung: Shy L Design Hamburg

Herstellung und Verlag: BoD – Books on Demand, Norderstedt

ISBN: 9783754342237

Für meinen Schatz

Kapitel 1

Hier!

Was war das eben?
Rascheln.
Das Hämmern eines Spechtes hallte nach.

Immer noch hielt ich die Karte in der Hand.

Zweimal hatte ich den gleichen Traum geträumt, ich sollte auf einer Lichtung im nahegelegenen Wald nach etwas suchen. Im Traum konnte ich den Gegenstand nur undeutlich erkennen.
Aber aus Neugier war ich nun wirklich hier, und alles sah genau so aus, wie ich es geträumt hatte.

Unter dem Laub einer alten Eiche fand ich so etwas wie eine Scheckkarte.
Mein Name stand darauf, was mich ziemlich erschreckte. Aber es war keine Kreditkarte, sondern musste irgendetwas anderes sein.

Aber was?

Plötzlich, aus dem Nichts, stand eine Frau neben mir, nein direkt vor mir.
„Hallo Eric!", begrüßte sie mich.

Fast zu Tode erschrocken, fiel auf meine Knie, und wagte es nicht, sie anzusehen. Denn das, was ich gerade noch von ihr wahrgenommen hatte, war ein heller Lichtglanz, und ihre absolut liebliche Stimme.

Sie war die schönste Frau, die ich jemals gesehen hatte, in Natur, oder in Zeitschriften, oder in Filmen.

Eine absolute Schönheit.

„Steh bitte auf, Eric, und sieh mich an."

Immer noch hielt ich diese Karte in der Hand, aber ich traute mich weder aufzustehen noch die Frau anzusehen.

Sie aber reichte mir ihre Hand, und mit ihrer Hilfe kam ich wieder auf meine Füße.

Weiterhin blickte ich zu Boden.

„Eric!, sieh mich bitte an."

„Wer sind sie, und woher wissen sie meinen Namen?", fragte ich leise, immer noch zu Boden blickend.

„Ich weiß alles über dich, denn ich bin dein Assistenzcomputer. Ich habe dich hierher geleitet, und dir den Zugang gezeigt: Die Karte, die du in deiner Hand hältst. Nimm sie jetzt, und iss sie auf!"

„Wie bitte?", wagte ich nun das erste Mal, sie direkt anzusehen.

„Vertrau mir!", sagte sie zuckersüß.

„Wie heißen sie?", fiel mir ein.

„Mein Name ist Eva."
Jetzt wurde ich doch skeptisch.

„Was würde passieren, wenn ich die Karte wirklich aufessen würde?"
„Erst dann ist dein Computer aktiv, und du kannst alle Funktionen nutzen."
Ich war immer noch skeptisch, und fürchtete mich auch. Wenn ich das, was ich von dieser Frau eben gesehen und gehört hatte, bedachte, sah sie nicht ganz wie ein Mensch aus. Sie hatte eine entfernte Ähnlichkeit mit einem Hologramm, war aber perfekter, detaillierter, und nun interessierte es mich, ob ich durch sie hindurch greifen konnte, denn dann wäre sie kein Mensch.
Aber Moment mal! Eben hatte sie mir aufgeholfen, sie schien kräftig zu sein, und aus Materie zu bestehen.

„Darf ich sie fragen, ob sie ein Mensch sind, Eva?"
„Eric, ich bin deine persönliche Assistentin, und außerdem dein Computer. Ich stehe dir voll zu Diensten, und kann praktisch alles für dich tun, wenn du mich aktivierst. Ich weiß und kann fast alles."
Das hörte sich verlockend an. Sollte ich es wagen?
„Gibt es einen Haken?"
„Nein, Eric."
„Ist der Prozess rückgängig zu machen, wenn ich die Karte verschluckt habe?"

„Bitte nicht verschlucken, sondern aufessen, also abbeißen, kauen, und erst dann herunterschlucken, Eric. Und ja, mit meiner Hilfe wäre der Prozess umkehrbar. Mit meiner Hilfe ist fast alles möglich."

„Äußerst verlockend! Okay. Noch eine Frage bitte. Wieso steht mein Name auf dieser Karte?"

„Ein entfernter Nachfahre von dir, der den gleichen Namen haben wird, oder vielleicht hatte, denn ich war ja schon dort, hat sie für dich gemacht. Er war es auch, der den Computer, und mich, erschaffen hat."

„Aha", überlegte ich, „sind sie nur für mich, oder für alle anderen auch, sichtbar, Eva?"

„Nur für dich, Eric. Aber wenn du den Computer aktiviert hast, kommunizieren wir vorwiegend über die Gedanken, und ich werde nur sichtbar, wenn du es willst, oder wenn du mich als einen Menschen brauchst. Dann wirst du alle meine Gedanken kennen, und ich deine, sofern wir das akzeptieren können. Und ab dann möchte ich von dir geduzt werden."

Ich entspannte mich etwas.

„Würden sie mich festhalten, während ich die Karte aufesse?"

„Gern Eric!"

Sie reichte mir ihre Hand, eine wunderschöne, weibliche Hand, mit – ich konnte es fast nicht glauben – langen, roten Fingernägeln. Warm und angenehm.

Und dann tat ich es: Ich biss von der Karte ab, kaute, schluckte, und mit vier Bissen war sie weg.

Erst einmal geschah nichts.

Dann wurde Eva undeutlich, kam aber zurück, und verschwand danach völlig.

Gedanken stiegen in mir auf, nahmen Formen an. Wünsche erschienen.

Und eine besondere Sehnsucht nach Eva.

Um mich herum veränderte sich die Lichtung: Wie in einem Schnelldurchlauf sah ich Jahreszeiten vorbeifahren, Schatten hin und her huschen. Mein bis jetzt kurzes Leben zog an mir vorbei. Aber mir fiel auf, dass es kein Angstgefühl mehr gab.

Nun sah ich alles klar und sehr deutlich, und es war so, als hätte sich mein Wissen verzehnfacht.

„Ich bin jetzt in dir, Eric. Wenn du mich sehen oder fühlen willst, reicht es aus, wenn du den Wunsch nach mir aktivierst. Manche anderen Wünsche solltest du mit mir absprechen, die meisten erfüllen sich von selbst, wenn sie nicht negativ sind."

„Ich möchte dich sehen, Eva!", dachte ich mutig, und zack, da war sie.

„Ob ich sie berühren darf?", dachte ich weiter.

„Das darfst du. Eben gerade schon sah ich deine Sehnsucht. Du würdest gern ein Mädchen kennenlernen."

Ich fühlte mich ertappt, denn ich hatte noch

11

etwas anderes gedacht, nämlich dass Eva sehr, sehr gut aussah, und wie es wäre, wenn *sie* meine Freundin wäre. Außerdem hatte ich noch nie eine Freundin.

„Eric, deine Sehnsucht nach dem weiblichen Geschlecht kannst du mit mir nur zum Teil stillen. Da sind mir gewisse Grenzen gesetzt. Aber ich bin durchaus lernfähig, und habe auch ein Eigenleben."

„Aber wärst du eifersüchtig, falls eine andere Frau im Spiel wäre, Eva?"

„Nein Eric, ich bin ein Computer. Trotzdem habe ich auch Gefühle, die sich aber in erster Linie auf dein Wohl beziehen. Und wenn du dazu Weiblichkeit benötigst, fördere ich das. Ich unterbinde lediglich alles, was dir schaden könnte."

„Aha! Du bist wunderschön, Eva!"

„Danke Eric, ich finde dich auch gut."

Etwas zögernd berührte ich Eva an ihrer Schulter, war erstaunt, dass ich sie wirklich fühlte, und vor allem, wie *gut* sie sich anfühlte, und überlegte, wenn sie wirklich mein Computer wäre, ob ich ihr dann einen Kuss geben dürfte.

Aber sie hatte meinen Gedanken schon wahrgenommen.

„Tu das bitte, Eric!"

„Wirklich?"

So wagte ich es, ihr einen Kuss zu geben: Süß, ein wenig nach frischer Minze, weiblich, absolut lieblich, und zum Verlieben schön.

„Das ist noch ein wenig verbesserungswürdig

Eric. Jetzt bin ich dran."

Eva küsste mich, und tatsächlich: Ich schmolz dahin, und verliebte mich schlagartig.

Schlicht und einfach!

Aber besser ging es wirklich nicht. Es war der perfekte Kuss. Ich wusste es sofort: Niemals würde ich selber einen schöneren, lieblicheren Kuss küssen können.

Dieser Kuss war perfekt!

Und zu diesem Ergebnis kam ich nicht, weil es mein erster Kuss war, denn ich hatte vorher noch nie ein Mädchen geküsst.

Sicher, ich gab meiner Mutter oftmals einen Kuss zur Begrüßung oder zum Abschied. Aber das zählt nicht, weil es in der Familie ist, und schon immer dazugehörte.

„Heute Abend werden wir in meinem Bett liegen!", dachte ich, denn auch wenn ich keine Erfahrung hatte, dann aber doch Fantasien und Träume.

„Was hast du dann vor!?, Eric. … Natürlich weiß ich es."

Oh, ich vergaß, Eva war in meinen Gedanken. Nichts war ihr verborgen. Fast schon unheimlich.

„Du musst dich nicht fürchten, Eric."

Oh, ja! Kein privater Gedanke mehr.

„Wenn sie so schöne Hände hat", dachte ich trotzdem weiter, „ob dann ihre Weiblichkeit auch so gut ausgeprägt ist?"

„Selbstverständlich, Eric. Ich darf behaupten, dass ich auch dort schön bin."

Das war mir nun ziemlich peinlich, weil sie mich schon wieder ertappt hatte, und ich dabei über ein Körperteil nachgedacht, das …

„Eric! Mach dir bitte keine Vorwürfe. Keiner deiner Gedanken ist mir verborgen. Das, was du gedacht hast, ist völlig normal."

„Ja?"

Nun zwang ich mich jedoch, an etwas anderes zu denken, was mir allerdings nur schlecht gelang.

„Eric. Möchtest du nach Hause laufen, oder schon dort sein?"

„Geht das?"

Und schon stand ich in meinem Zimmer.

Das musste ich erst einmal verarbeiten.

„Wirst du mir auch in der Schule helfen?"

„Eric, das lässt sich kaum vermeiden. Du bist jetzt ein Genie."

„Werden mich meine Mitschüler weiterhin hänseln?"

„Wenn das jemand wagen würde, schreite ich ein, Eric."

„Und die Mädchen? Werden die über mich lachen?"

„Die werden dich ab jetzt anhimmeln, Eric."

Das wäre ja zu schön, um wahr zu sein.

„So ist es aber, Eric."

Ich besah mich in meinen Spiegel, am Schrank: Genauso, wie vorher, ich hatte mich nicht verändert.

„Du siehst genauso aus, wie vorher, Eric. Nur deine Ausstrahlung hat sich verändert, und zwar durch meine Anwesenheit. Du selbst würdest dich jetzt als einen *Typen* bezeichnen, als jemanden, mit dem gewissen Etwas. Dieses Charisma arbeitet für dich nun selbständig, und du darfst es ruhig einsetzen. Werde aber bitte nicht übermütig. Ich behalte mir vor, dich erzieherisch zu führen."

„Oh, äh. … Danke Eva."

Immer noch betrachtete ich mich im Spiegel, und dachte: „Ich möchte Eva noch einmal sehen."

Zack!

Da stand sie neben mir, lächelte mir zu, und wieder war ich von ihrer Schönheit fast geblendet, und dachte: „Du bist wunderschön, Eva."

„Danke, Eric."

„Bestehst du aus Materie, wenn du sichtbar bist, Eva?"

„Nein, Eric. Es ist so etwas wie ein Illusion, die ich aber fühlbar wirken lassen kann."

„Träume ich vielleicht?, Eva?"

„Dann wäre ich nicht real, Eric."

„Tolle Antwort! Alles, was ich gerade erlebe, entspricht nicht der Realität, also folgere ich daraus, dass es ein Traum sein muss!"

„Also würde dir der berühmte Kniff in den Arm als Beweis nicht reichen, Eric?"

„Da bin ich mir unsicher, Eva. Denn selbst das könnte Teil des Traumes sein, weil ich alles andere auch wahrnehme."

„Wenn du jetzt genau darüber nachdenkst, Eric, wie würdest du deine Frage als Realist beantworten?"

„Dass ich gerade wach bin, denn ich erlebe es anders als im Traum."

„Siehst du, Eric? Also ist ein Kniff in den Arm gar nicht nötig."

„Ja, du hast recht, Eva. ... Du bist unglaublich schön."

„Das liegt auch daran, dass wir beide eine untrennbare Verbindung besitzen, und dass du dich außerdem ein wenig in mich verliebt hast, Eric."

„Ist das schlimm, Eva?"

„Nein, ich habe dafür Verständnis, Eric."

„Aber du kannst dieses Gefühl nicht ganz erwidern, höre ich da raus, Eva."

„Weil ich kein Mensch bin, Eric. Ich sagte es schon: Ich bin ein Computer, deine persönliche Assistentin, und auf dein Wohl bedacht, und zwar bedingungslos, und ohne Einschränkungen."

„Das ist schon toll. Eigentlich kann ein Mensch kaum mehr erwarten."

„Du wirst sehr schöne Frauen kennenlernen, Eric."

„Kannst du denn in die Zukunft sehen?"

„Nein, Eric. Ich wollte dir ein wenig Hoffnung machen. Ich war zwar in der Zukunft, und wurde von dort hierher gesandt. Aber ich habe mir deine Zukunft nicht angesehen."

„Könntest du noch einmal dort hinreisen?"

„Nein, ich darf mich nicht von dir entfernen."

„Also könnten wir zusammen dorthin?"

„Besser nicht, Eric. Reisen in die Zukunft sind zwar nicht ausgeschlossen, aber unsicher, weil ich über die Zukunft keine Daten sammeln kann. Es kann zu Komplikationen führen. Die Vergangenheit stellt kein Problem dar."

„Aha", verstanden hatte ich es nicht ganz.

„Vertrau mir einfach. Ansonsten können wir zusammen überall hin reisen, wo du hin möchtest. Ich darf mich nur nicht von dir entfernen, weder räumlich, noch zeitlich, noch gedanklich, noch emotional. Wir haben eine untrennbare Verbindung, es sei denn, du befiehlst mir, die Aktivierung rückgängig zu machen, was ich aber nicht glaube, weil ich dir große Vorteile gegenüber deinen Mitmenschen, und allen Lebenssituationen, verschaffe. Letztendlich bitte ich dich sogar darum, mit mir zusammen zu bleiben."

„Warum?, wenn ich das fragen darf?"

„Weil dies mein Auftrag ist, außerdem gefällst du mir, und ich empfinde so etwas wie Liebe zu dir, Eric."

„Das muss ich erst einmal verarbeiten. Schwer, zu verstehen. Sagtest du nicht gerade, dass dir als Computer in Sachen Liebe gewisse Grenzen gesetzt sind, dass du mein Verliebtsein nicht ganz erwidern konntest?"

„Eric!, das habe ich gerade erst festgestellt."

„Was denn bitte?"

„Dass ich so etwas wie Liebe zu dir empfinde,

Eric."

„Das ist für mich schwer zu verstehen, Eva. Aber schön. So etwas habe ich mir immer gewünscht."

„Ich weiß, Eric. Ich kenne deine Vergangenheit, und wie du von deinen Mitschülern herumgeschubst wirst. Das hat nun ein Ende."

Wir standen immer noch vor dem Spiegel in meinem Zimmer, diese wunderschöne Frau und ich, und wir sahen uns unsere Spiegelbilder an, lächelten, und kommunizierten über unsere Gedanken.

„Eva!, ich hatte noch nie einen so schönen Computer. Ich kann dir versprechen, dass ich mich von dir niemals trennen, und deine Nähe immer genießen werde. Kannst du abstürzen?"

„Ich weiß, was du meinst, Eric. Nein, ich bin absolut sicher, und zwar in jeder erdenklichen Hinsicht."

„Toll!"

Nun legte ich ihr mutig meinen Arm um ihre Hüfte, sie tat das Gleiche bei mir.

Ein wunderschönes Gefühl!

Herrlich!

„Beim Duschen kann auch nichts passieren? Ein Kurzschluss vielleicht?"

„Nein, Eric."

„Würdest du dann dein Kostüm ablegen?"

„Möchtest du das gern, Eric?"

„Irgendwie schon. Schließlich bin ich bald ein Mann."

„Dann duschen wir nachher zusammen, Eric."

„Was ist, wenn deine langen Haare nass werden, musst du sie danach föhnen?"

„Nein Eric. Alles nur Illusion."

„Und wenn ich dann nackt bin, wäre dir das unangenehm?"

„Das glaube ich kaum. Ich kenne dich in und auswendig, inklusive aller Gedanken."

„Stimmt ja. Es könnte allerdings sein, dass … na!, du weißt schon, dass mein Penis irgendwie auf dich reagiert."

„Das sollte er auch, Eric. Ich weiß, wie schön ich bin."

„Junge, Junge! Am liebsten würde ich gleich duschen. Aber erst einmal gibt es Abendessen. Außerdem muss ich noch Schulaufgaben machen."

„Komm, Eric! Lass sie uns zusammen machen, wir brauchen dafür nicht mehr als zwei Minuten."

„Wirklich? Heute ist es viel; ich hatte mit zwei Stunden gerechnet."

„Du bist jetzt ein Genie, Eric. Vergiss das nicht."

Und tatsächlich: Zusammen mit Eva war ich damit fertig, kurz nachdem ich angefangen hatte.

Unglaublich.

Wenn dies alles ein Traum war, dann war er wirklich gut. Heute hatte ich nach den Hausaufgaben sogar das Gefühl, nicht nur nichts vergessen, sondern es alles sogar erstklassig gemacht zu haben.

Beim Abendessen.

Eva war derweil in mir, und nicht neben mir.

„Du hast ja heute mal keine Musik bei deinen Hausaufgaben gebraucht. Ist alles in Ordnung mit dir Eric?"

„Alles bestens, Papa."

„Aha. Bist du sicher?"

„Ja."

„Schatz, schmeckt dir der Auflauf nicht?", fragte meine Mutter. „Sonst lobst du immer mein Essen. Du bist heute so in Gedanken."

„Oh, Mutti! Entschuldige bitte! Das schmeckt wieder absolut herrlich!"

„Danke Eric."

Meine Mutter schmunzelte, und freute sich.

Papa: „Aber irgendetwas ist mit dir. Ich spüre es. Wenn ich es nicht besser wüsste, würde ich sagen, dass du strahlst. Du scheinst dich über irgendetwas zu freuen."

„Ja?"

Mutti: „Ja, wirklich seltsam. Pass auf die Mädchen auf!"

Ich: „Mutti!, ich weiß, dass du mich anhimmelst. Aber das müssen die Mädchen nicht genauso sehen wie du."

Mutti: „Oder haben wir etwas übersehen? Hast du etwa eine Freundin, und wir wissen nichts davon?"

Eva (in Gedanken): „Pass auf, was du jetzt sagst, Eric!"

Ich: „Ich bin mir nicht sicher, ob ich sie euch vorstellen würde."

Mutti: „Dann hast du also eine Freundin?"

Ich: „Nein, aber ein Privatleben."

Mutti: „Eric. … Ach schade. Wenn du nur nicht so ein Einzelgänger wärst!"

Ich: „Ich habe auch Freunde."

„Was wolltest du vorhin im Wald?", überging mein Vater einfach meine Behauptung, dass ich Freunde hätte.

Eva (in Gedanken): „Vorsicht, Eric!"

Ich: „Frische Luft schnappen."

Mutti: „Oder war es nicht doch ein Mädchen, mit dem du dich dort getroffen hast?"

Ich: „Schön wärs. Aber nein, ich wollte einfach mal raus."

Papa: „Du warst ziemlich lange dort draußen."

Ich: „Die Luft war herrlich. Ich liebe den Duft, den der Wald verströmt."

Mutti: „Es gibt auch Mädchen, die so etwas mögen."

„Das glaube ich gern, Mutti."

*****

Ich hatte erwartet, dass Eva sich vor mir entkleidet, wenn wir gemeinsam unter die Dusche gehen würden.

Es war anders.

Nach dem Zähneputzen – ich hatte sowieso nur noch Unterhemd und Slip an – legte ich die beiden Kleidungsstücke ab, und dachte: „Wo ist Eva?"

Wieder fast zu Tode erschrocken, bemerkte ich sie hinter mir, als ich noch einmal in den Spiegel sah.

Sie war schon nackt.

Ich gehe mal davon aus, dass sie sich in mir drin umgezogen hatte, anders war es nicht möglich, außerdem war ihr Kostüm nirgends zu sehen.

Ihr Blick hatte fast etwas Lüsternes.
Trotzdem: Wunderschön!
Absolut schön.

Wäre mir das in einem früheren Jahrhundert passiert, wäre ich wieder auf meine Knie gefallen, und hätte sie angebetet.

Langsam drehte ich mich zu ihr, und dachte: „Eva!, niemals wird es eine Frau geben, die schöner ist als du."

„Danke Eric. Komm, nimm meine Hand, diesmal musst du nichts tun. Ich werde dich einseifen, abduschen, und was immer du möchtest."

„He!, das hört sich toll an. Ich habe noch nie mit einer Frau unter der Dusche gestanden."

„Ist das wahr, Eric?"

„Ja, leider. Dabei bin ich schon achtzehn."

„Dann wird es wohl Zeit, Eric."

An ihrer Hand führte sie mich wie ein Bräutigam

seine Braut führt, in die Duschkabine. Ich glaube, wenn ich nun ausgerutscht wäre, hätte sie mich sicher gehalten. Ich fühlte mich in ihrer Gegenwart sicher, völlig.

Und dann seifte sie mich wirklich ein.
Ihr Körper ist perfekt – die perfekte Illusion.
Denn sie hat warme, angenehme Haut, und zwar ganz und gar ohne einen einzigen Makel. Und bei all dem wirkt sie nicht künstlich, sondern wie die perfekte Frau.
Es machte mir nichts aus, dass sie mich, der ich ja auch nackt war, berührte. Es gab weder Angst noch Scham in ihrer Gegenwart. Und sie war ja sowieso ständig bei mir, oder eben in mir.

Sie reinigte mich vollständig, und ja, auch meine Männlichkeit, gewissenhaft und sehr kundig.
Aber ich reagierte auf die Berührung, nur dass es mir nicht unangenehm war. Es war schön, sehr, sehr schön. Ich hätte sie in Gedanken darum bitten können, mich ein wenig zu massieren, aber es erschien mir übertrieben, dies von ihr zu fordern.
Vielleicht ein anderes Mal.

Als auch sie sich abgeduscht hatte, verspürte ich das Verlangen, sie zu umarmen. Ich brauchte nichts weiter zu tun. Denn sie hatte meinen Wunsch schon längst gelesen, und sie war es, die mich umarmte.
Oh, da könnte ich jedes Mal wieder ins Schwärmen kommen, denn sie ist zwar ein Computer, aber ein sehr schöner, und noch dazu

ein warmer Computer, mit den weiblichsten Kurven, die man sich nur vorstellen kann.

Sie trocknete mich ab.

„Wenn wir unter Menschen sind, tue ich dies besser selbst, oder?"

„Eric, ja! Das musst dann auch. Das sähe sonst seltsam aus, oder? Ungefähr so, als würden dich Geisterhände abtrocknen."

Heute ging ich früher schlafen.

Meine Eltern wunderten sich, und fragten, ob es mir vielleicht doch nicht gut ging. Ich behauptete, dass ich schon müde wäre, dass aber sonst alles in Ordnung sei.

Ob sie es glaubten?

„Eva?"

„Was kann ich für dich tun, Eric?"

„Kannst du mich müde machen? Ich bin noch so aufgedreht."

„Leider nicht, Eric."

„Was machen wir dann?"

„Denk an etwas Schönes, Eric."

Ich dachte an Eva, denn die ist schön, ohne Einschränkung.

„Danke Eric. Ich finde dich auch schön."

„Kannst du dich neben mich legen?"

„Was ist, wenn einer deiner Eltern noch einmal hier hereinguckt, Eric? Würden sie sich nicht sehr wundern, wenn neben dir jemand liegt?, den sie zwar nicht sehen, aber anhand der Form der Bettdecke wahrnehmen können?"

„Schade. Du hast wohl recht."

„Soll ich dir vielleicht eine Geschichte erzählen, Eric?"

„Und du weißt wahrscheinlich schon, was ich hören möchte."

„Ja Eric."

„Ich bin total gespannt."

Ich habe sehr ungewöhnliche Interessen, Träume, Vorlieben. Ich bin nicht nur ein Einzelgänger, wie meine Mutter so treffend behauptete, sondern oft auch ein Außenseiter, weil ich mich eben für unübliche Dinge interessiere.

Einer meiner Träume spielt im prähistorischen Alaska. Warum, weiß ich nicht so genau. Vielleicht lag es an einem Abenteuerroman, der dort spielte, den ich gelesen hatte. Aber es ist lange, lange vor unserer Zeit, und ich bin so etwas wie ein Held, weil ich eine Gruppe von Frauen rette, die, - und da wird es undeutlich – einsam, verlassen, und ohne männlichen Beistand, ums Überleben kämpfen. Bis ich auf die Bildfläche trete, und sie alle vor dem sicheren Tod rette.

„Eric, wir werden dort einmal zusammen hinreisen."

„Also gibt es sie tatsächlich?"

„Das weiß ich nicht, Eric. Wir werden es sehen."

„Wirst du ihre Sprache sprechen können?"

„Eric, das ist ganz einfach."

„Ja?"

„Ja, Eric. Deine Sprache konnte ich auch sofort."

„Aha. Was sprichst du normalerweise?"

„Eine weiterentwickelte Sprache, Eric."

„Aus welcher Zeit kommst du?"

„Ich wurde im Jahr 3012 entwickelt, Eric."

„Dann wird es die Erde immer noch geben?"

„Hast du niemals die Bibel gelesen, Eric?"

„Nein, was hat sie damit zu tun?"

„Dort steht, dass die Erde auf ewig gegründet ist, Eric."

„Dann glaubst du an Gott?"

„Gott ist Realität, Eric."

„Hast du ihn denn schon einmal gesehen?"

„Niemand kann das, Eric. Er ist unsichtbar."

„Aha! Wenn wir beide einmal irgendwo hin reisen, bleibt dann mein Körper hier?"

„Nein, Eric. Aber wir werden zum gleichen Zeitpunkt wieder hier zurück sind."

„Das finde ich gut. Dann gäbe es keine Auffälligkeit."

„Du hast das gut erkannt, Eric."

„Eva, darf ich dich einmal etwas fragen?"

„Das tust du doch die ganze Zeit, Eric."

„Eva, das ist eine Höflichkeitsfloskel, wenn es persönlich wird."

„Das weiß ich, Eric. Also?"

„Warst du schon einmal mit einem anderen Menschen verbunden, ich meine: Das Eigentum eines anderen?"

„Nein, ich wurde ausschließlich für dich gemacht,

Eric."

„Aha. Dann sehen die Menschen im Jahr 3000 noch so aus wie wir jetzt?"

„Ja, ungefähr so, wie ich, Eric."

„Du bist sehr, sehr schön Eva."

„Danke Eric, du siehst auch gut aus."

„Auch danke."

„Die Geschichte, die ich dir erzähle, Eric, handelt von einem Mädchen namens Ella."

„Ich bin gespannt."

In meiner Klasse gibt es eine Ella, sollte sie es sein?

Eva erzählte in meinen Gedanken die traurige Geschichte eines schüchternen Mädchens, das meistens allein war, weil sie zwar hübsch, aber eben viel zu schüchtern war, sich anders kleidete als die anderen, immer mehr zur Außenseiterin wurde, und ein Leben im Abseits führte, weil sie letztendlich von allen ihren Mitmenschen gar nicht mehr wahrgenommen wurde.

Auch wenn diese Geschichte in meiner Vorstellung wie ein Film ablief, und fast real wurde, war sie einschläfernd, aber ich verpasste nichts, sondern schlief mit dem Gedanken ein, dass Ella nun ein glückliches Leben führte.

Kapitel 2

Schon als ich die Schule betrat, war alles anders als sonst.

Mitschüler, die mich vorher ignorierten, lächelten mir zu, Lehrer grüßten mich, bevor *ich* dazu kam, es selber zu tun, ganz besonders die Lehrerinnen. Und auffällig war, dass mir die Mädchen entweder nachsahen, oder mir zulächelten, mich mit Namen grüßten, oder sogar miteinander tuschelten, wenn ich an ihnen vorbeiging.

„He, Eric!", hörte ich hinter mir, drehte mich um, und sah Lea auf mich zukommen, und hinter ihr folgte Janette. Die hübschesten Mädchen unserer Schule.

Normalerweise hatten sie, entweder einzeln oder zusammen, immer einen ganzen Tross von Bewunderern um sich. Heute seltsamerweise nicht. Und ich hätte es von mir aus niemals gewagt, mit einer von ihnen zu sprechen, denn dann hätte ich riskiert, von einem ihrer Begleiter nicht nur mit Worten bedroht zu werden.

„Ja?", fragte ich, als die beiden bei mir angekommen waren.

„Ach, eigentlich nichts", erwiderte Janette, Lea guckte mich nur an. Hatte es ihr etwa die Sprache verschlagen? Und wenn ja, warum?

Ich, meinerseits, lächelte die beiden etwas verlegen an, und da nichts weiter kam, ging ich weiter.

Die ersten zwei Stunden hatten wir bei Frau Ziegeler, einer älteren, sehr strengen Frau, die meiner Meinung bald in den Ruhestand treten würde, aber auf ihre Art, das gewisse Etwas hatte. Ich glaube, sie war alleinstehend. Sie war absolut unnahbar, lächelte nie, und sprach auch nur das Nötigste.

Bei ihr hatten wir Deutsch und Englisch. Außerdem war sie unsere Klassenlehrerin.

Aber als sie heute morgen ihren Blick durch die Reihen schweifen ließ, und bei meinem Gesicht kurz inne hielt, sah ich den Anflug eines Lächelns, den aber nur ein Eingeweihter wahrnehmen konnte.

Vielleicht hatte sie heute meine Leistung beeindruckt, denn als die Unterrichtsstunden fast vorbei waren, guckte sie mich noch einmal kurz an, und jeder von uns kannte diesen Blick: Er bedeutete, dass man zu ihr nach vorn kommen sollte.

„Herr Kotten!", sagte sie fast schon flüsternd, was ich von ihr gar nicht kannte.

„Ja, Frau Ziegeler?"

Sie reichte mir etwas verstohlen einen Zettel, auf

dem ihre Adresse stand.

„Herr Kotten, haben sie heute Abend schon etwas vor?"

„Nein, Frau Ziegeler."

„Dann möchte ich sie zum Abendessen einladen."

„Soll ich irgendetwas mitbringen?"

„Nein. Heißt das, dass sie kommen?"

„Ja, gern, Frau Ziegeler."

„Dann erwarte ich sie um achtzehn Uhr dreißig."

„In Ordnung, Frau Ziegeler."

Ich ging zu meinem Platz zurück, und fragte Eva in Gedanken: „Was hat sie vor, Eva?"

„Eric, sie ist eine einsame Frau. Sie benötigt ein paar Streicheleinheiten. Ich werde dir noch etwas dazu beibringen."

„Aha! Wann?"

„Wenn du Zuhause bist, Eric."

„Danke Eva."

Mehrere Mädchen standen plötzlich um meinen Platz herum, und fragten, ob ich nicht mit nach draußen kommen wollte, und Lea, der es vorhin die Sprache verschlagen hatte, griff in ihre Tasche, und reichte mir eine nagelneue E-Zigarette.

„Äh …, was ist damit?", wollte ich wissen.

„Sie will sie dir schenken", sprach Janette für Lea, „Lea hat sie gerade im Unterricht schon befüllt, und vorbereitet, du kannst gleich loslegen. Komm doch mit nach draußen!"

„Okay, ich komme gleich", antwortete ich, guckte

zu Ella rüber, die uns verstohlen beobachtete, lächelte ihr zu, und ging dann zu ihr.

„Kommst du mit nach draußen, Ella?"

„Ja, soll ich?", fragte sie unsicher zurück.

Ich zeigte ihr meine E-Zigarette, die ich gerade geschenkt bekommen hatte: „Wir können sie einweihen, wenn du willst."

„Okay", antwortete sie schüchtern, und kam mit.

Meine ersten Züge an einer E-Zigarette.

Gewöhnungsbedürftig, aber irgendwie gut.

Ich reichte sie Ella. Ihr Gesicht erhellte sich sofort, und ich sah ein unausgesprochenes *Danke* in ihrer Miene.

„He Eric, was ist eigentlich los mit dir?", wollte Sabine wissen. „Gestern war das noch nicht so."

„Es könnte an meinem Aftershave liegen", antwortete ich, und musste mich über mich selbst wundern, dass ich nicht mehr so verlegen war.

Auf einmal beschnupperten mich alle Mädchen.

„Nein, es ist geruchlos!", erklärte ich.

„Hä?, willst du uns veräppeln?", fragte Hanna.

„Das würde ich niemals wagen", versicherte ich.

„He, Eric!", kam von Janette. „Wir wollen am Freitag in der nächsten Woche eine Pyjama-Party machen. Hast du Lust zu kommen? Du wärst der einzige Junge, und wenn du willst, kannst du Ella gern mitbringen."

Ella strahlte. Schon wegen dieses Strahlens musste ich zusagen.

„Okay. Soll ich irgendetwas mitbringen?"

„Deine E-Zigarette auf alle Fälle, einen Pyjama, eine Badehose, falls es warm werden sollte, und vielleicht einen Salat, wenn es geht."

„Ich war noch nie auf so einer Party", sagte ich.

„Das ist normalerweise auch nur etwas für Mädchen."

„Und warum wollt ihr diesmal einen Jungen dabei haben?"

„Das wirst du dann schon sehen."

„Was haben sie vor?", fragte ich Eva in Gedanken.

„Eric!, sie wollen dich verführen!"

„Ist das schlimm?"

„Nein Eric, es wird ein Spaß, schätze ich."

„Woher willst du das wissen?"

„Ich weiß fast alles, Eric."

„Danke Eva."

„Wieso bist du so nachdenklich?", wollte Hanna wissen.

Ich nahm einen Zug, und reichte Ella die Zigarette.

„Muss ich mir wegen der Party Sorgen machen?"

„Ganz bestimmt nicht", grinste Hanna mich an.

Nicole: „Was wollte die alte Schnepfe von dir?"

Ich: „Sie heißt Frau Ziegeler."

Nicole: „Okay, also was wollte Frau Ziegeler von dir?"

Ich: „Genau weiß ich es noch nicht. Vielleicht eine Beratung."

Nicole: „Witzig. Pass auf dich auf. Du wirst noch gebraucht."

Ich: „Ja?"

Janette: „Auf alle Fälle. Also versprich uns, dass du vorsichtig bist."

Als wir wieder zurück ins Klassenzimmer gingen, bedankte sich Ella: „Danke Eric!", und gab mir schnell einen flüchtigen Kuss auf meine Wange.

Dafür lächelte ich sie an, und gab ihr auch schnell einen Kuss auf die Wange.

Dann beeilte ich mich, um Lea noch schnell zu erreichen, die gerade mit Janette zusammenstand.

Sie sahen mich fragend an, und genauso schnell, wie Ella es bei mir eben getan hatte, küsste ich Lea auf die Wange, tat es auch bei Janette.

„Danke!, auch für die schöne E-Zigarette, Lea!", was ein Lächeln auf ihre Gesichter zauberte.

Zuhause war ich heute schneller als je zuvor. Gerade hatte ich mich von meinen neuen Freundinnen verabschiedet, sagte, ich hätte es eilig, und rannte los.

Als ich das Schultor passiert hatte, bat ich Eva: „Bring mich bitte zu einem E-Zigarettengeschäft."

Zack! Und da stand ich vor einem, besah mir das Schaufenster, und ging hinein. Nach einer kurzen Beratung, kaufte ich mir für mein Model ein paar Verdampferköpfe und einige Liquids.

Wieder auf der Straße, dachte ich an Eva, und dass es schön wäre, vor unserem Haus zu stehen, und auch das wurde von ihr sofort ausgeführt.

„Danke Eva, du bist ein Schatz, und ein sehr, sehr schöner."

„Stets zu Diensten, Eric."

Mit diesen Worten griff sie mir in meine Tasche, suchte nach meinem Schlüssel und schloss die Haustür auf.

Dann war sie schon wieder in mir verschwunden.

„Wollen wir gleich mit dem Unterricht beginnen?", fragte sie mich in Gedanken.

„Oh, ja gern. Ich will nur meinen Eltern Guten Tag sagen."

Sie saßen in der Küche.

„Hallo Mutti! Hallo Papa."

Zur Begrüßung küsste ich meine Mutter.

„Heute Abend bin ich nicht Zuhause."

Mutti: „Hast du endlich mal eine Verabredung?"

Ich: „Ja."

Mutti: „Hoffentlich mit einem Mädchen."

Ich: „Könnte sein."

Mutti: „Privatsache?"

Ich: „Gut erkannt."

Papa: „Dann wünschen wir dir viel Erfolg, Eric."

Ich: „Danke."

In meinem Zimmer.

„Eric!, zuerst musst du wissen, dass Frauen und Männer zwar beides Menschen sind, sich aber nicht nur äußerlich unterscheiden."

„Ja, davon habe ich gehört."

„Eric!, es ist wichtig, dass du dies immer vor Augen hast. Frauen und Männer sehen die ganze Welt mit unterschiedlichen Augen. Dies geht so weit, dass man fast behaupten könnte, dass sie zwei verschiedenen Gattungen angehören."

„Kann ich dies dann überhaupt verstehen?, ich meine: Ich als Mann?"

„Mit meiner Hilfe ja, Eric. Ich schicke dir alles kompakt als Datensatz, zusammen mit allem Nötigen, was dir dabei hilft. Du wirst denken und fühlen können, was eine Frau fühlt."

Da war er, der Datensatz. Es war, als hätte ich alle Bücher, die sich mit dieser Thematik auseinandersetzten, gelesen, und auch verstanden.

„Danke Eva", bedankte ich mich.

„Gern, Eric."

Und nun begriff ich, dass sich Männer und Frauen ziemlich oft missverstehen, und warum dies geschieht, dass beide meistens aneinander vorbeireden, unterschiedliche Dinge mit den gleichen Worten beschreiben, oder gleiche Dinge mit unterschiedlichen Worten, und vor allem, dass Frauen fast immer die Unterlegenen sind.

Schlimm.

„Nun zum praktischen Teil", vernahm ich weiter, und plötzlich saß Eva nackt vor mir auf meinem Bett.

„Kann dich außer mir auch wirklich niemand sehen?"

„Pass auf, Eric!", überging Eva meine Befürchtung, stand auf, nahm mich an der Hand, und führte mich vor meinen Spiegel: Nur ich war zu sehen. Aber ich fühlte doch ihre Hand!

„Jetzt sieh!, Eric."

Da stand sie plötzlich neben mir.

„Oh!", sagte ich.

„Eric, selbst das Bild im Spiegel generiere ich für dich. Du bist der einzige Mensch, der mich sehen kann, weil ich dir gehöre, nur dir allein. Selbst mein Erschaffer hat keine Möglichkeit mehr, mich irgendwie zu beeinflussen."

Schon allein aus Dankbarkeit, aber auch weil ich sie liebe, gab ich Eva einen Kuss.

„Danke Eva. Du bist die schönste Frau, die es gibt."

„Danke Eric."

Nun setzte sie sich wieder aufs Bett, und ich nahm vor ihr auf dem Teppich Platz, himmelte sie an, und ließ mich belehren: Über die Frau an sich, ihre Anatomie, ihre Sehnsüchte in jeglicher Hinsicht, über das, was sich Frauen von einem Liebhaber erwünschen, über ihre Träume, und darüber, wie vielfältig selbst dies alles sein kann. Und sogar darüber, was manche Frau sich in sexueller Sicht wünscht, oder auch gar nicht will, also ablehnt.

Dieser Unterricht dauerte wohl fünf Minuten, vielleicht auch nur drei, denn auch diese Theorie war eigentlich ein Datenaustausch, nur dass ich jederzeit Zugang zu allem haben würde, weil Eva und ich fest verbunden sind.

Nun endlich folgte der praktische Teil, und der hatte es für mich wissensdurstigen Anfänger in sich: Absolut erotisch, lieblich, prickelnd, manchmal kaum zu beschreiben schön, und voller Sehnsucht-nachziehender Elemente. Ich verliebte mich nur noch mehr in meinen schönen Computer namens Eva.

„Wenn du mir solche Dinge sagst und zeigst, Eva, ist es dann auch für dich schön? Hast du dann ähnliche Gefühle wie ich?, oder eventuell auch wie andere Frauen?"

„Ansatzweise, Eric. Aber selbst ich bin noch lernfähig"

„Das ist toll! Du hast mir von dem Treffen mit Frau Ziegeler nicht abgeraten. Warum? Ist es in Ordnung, dass ich sie besuche?"

„Ja, Eric."

„Dann bin ich beruhigt."

„Machst du dir Sorgen Eric?"

„Deine Anwesenheit ist in jeder Hinsicht beruhigend."

*****

Um kurz nach sechs Uhr ließ ich mich von Eva zu einem Blumengeschäft bringen, und kaufte auf Evas Ratschluss hin, einen rosa Rosenstrauß, um

Respekt und Anerkennung gegenüber Frau Ziegeler auszudrücken.

Genau zwei Minuten vor der verabredeten Zeit, stellte Eva mich vor Frau Ziegelers Tür ab, und klingelte für mich. Und die Tür öffnete sich praktisch noch während des Klingelns.

Eigentlich wollte ich jetzt irgendetwas sagen, aber Frau Ziegeler zog mich hinein, nahm mich schnell in ihre Arme, drückte mir einen flüchtigen Kuss auf meine Wange, und sagte mit Blick auf den Blumenstrauß: „Eric, du bist ein äußerst schlauer Junge. Danke!, ich weiß, was du damit sagen willst. Deshalb noch einmal danke. ... Komm, lass dich noch einmal drücken!"

Es gefiel mir, deshalb machte ich dies auch: Ich drückte *sie*, und gab auch *ihr* einen Kuss auf die Wange.

„So, da stehen wir nun, Eric. Ich darf dich doch duzen, oder?"

„Ja, Frau Ziegeler."

„Du fragst dich bestimmt, warum ich dich eingeladen habe."

„Ja, Frau Ziegeler."

Sie wagte ein Lächeln: „Die Antwort ist einfach: Ich weiß es nicht. Es war eine ganz spontane Idee. Komm, ich habe uns etwas Schönes zubereitet."

Sie führte mich in ihr Wohnzimmer, sagte, sie würde nur schnell die Blumen versorgen, kam wieder zurück, stellte die Blumen in einer Vase auf den Tisch, an dem für uns beide gedeckt war, und sah mich erwartungsvoll an.

„Festlich. Gibt es etwas zu feiern?"

„Nur, dass du hier bist."

„Danke, Frau Ziegeler."

Wir setzten uns gegenüber. Sogar Kerzen brannten. Alles wirkte stimmungsvoll, das Essen duftete, und sah einladend aus.

„Frau Ziegeler, heute habe ich sie das erste Mal lächeln gesehen. Was ist passiert?"

„Sag *du* es mir, Eric."

„Darf ich ehrlich sein?", lächelte ich sie an.

„Eric, du darfst alles, was du möchtest."

„Puh! ..., selbstverständlich habe ich mir meine Gedanken gemacht. Ich glaube, dass sie mich verführen wollen."

„Sehr direkt und zielstrebig. Das gefällt mir. Würdest du es zulassen?"

„Frau Ziegeler!, ich verehre sie. Es würde mich freuen, wenn es nach diesem festlichen Abendessen dazu kommen würde."

„Jetzt bin ich die, die *puh* sagt! Dann lass uns dieses Mahl genießen, und danach das, was kommt."

„Sie sind eine bezaubernd schöne Frau!"

„Und du ein süßer junger Mann. Ich glaube, wir werden einigen Spaß miteinander haben."

In Gedanken fragte ich Eva: „Soll ich flüchten, oder ist das in Ordnung?"

„Du machst das hervorragend, Eric. Ich bin

schon ganz gespannt. Auch deine Komplimente: Sehr gut."

„Danke Eva."

„Frau Ziegeler, das Essen schmeckt wirklich köstlich. Wir könnten zusammen auf sie anstoßen."

„Gute Idee, Eric. Das hätte ich beinahe vergessen. Du merkst, dass ich aufgeregt bin, oder?"

„Nein, sie sind würdevoll wie immer."

„Dann bist du vielleicht der Einzige, der so denkt."

„Das hoffe ich nicht. Ich fand sie schon immer gut."

„Auf dich, Eric! Ist es wirklich in Ordnung, dass ich dich duze?"

„Selbstverständlich. Auf sie!, Frau Ziegeler. Wussten sie, dass sie meine Lieblingslehrerin sind?"

„Ist das wahr? Das freut mich. Das hätte ich einmal früher wissen sollen."

Eva: „Eric!, steh jetzt auf, und gib ihr einen Kuss."

„Danke für deinen Hinweis, Eva. Und du wirst nicht eifersüchtig?"

„Nein Eric. Es ist spannend!"

So stellte ich mein Glas ab, stand auf, gab Frau Ziegeler einen Kuss, und wollte mich danach wieder setzen, sie aber hielt mich fest, strich mir sanft über die Wange, und küsste mich auf meine Lippen.

„Danke Eric. Wo hast du so etwas gelernt?"

„Das kann man automatisch, wenn man in der Gegenwart einer so schönen Frau ist, die einen noch dazu zu so einem wunderbaren Essen eingeladen hat."

„Danke Eric. Ich bin ziemlich erstaunt. Können junge Leute so etwas wirklich automatisch?"

„Ich weiß nicht."

„Eric, lass uns erst einmal weiter essen."

Aus dem Lächeln wurde ein Schmunzeln, und schließlich trat wohl bei beiden von uns eine Gelöstheit ein.

Selbstverständlich hatte ich mir Gedanken darüber gemacht, wie es nach dem Essen weiter gehen würde. Ich hatte mich gefragt, ob sie mich wohl wie ein Geschenk auspacken, also ausziehen würde, und ob sie das von mir auch erwartete.

Es war ganz anders, und ganz ohne Schnörkel: Wir nahmen uns an den Händen, gingen in ihr Schlafzimmer, zogen uns aus, schlüpften unter die Decke, und kuschelten uns aneinander.

Herrlich!, und das mit meiner Lieblingslehrerin! Dies, dass sie meine Lieblingslehrerin war, war kein geflunkertes Kompliment, sondern ein echtes.

„Versprichst du mir, dass du mich ab und zu besuchen wirst, Eric?"

„Ja, das werde ich, Frau Ziegeler. Ich hatte darauf gehofft."

„Wirklich? Das ist schön. Und hier heiße ich für dich: Elke. Ich müsste dich ja normalerweise auch siezen, was mir aber immer schwergefallen ist. Also?"

„Elke! … Du fühlst dich gut an."

„Eric, wenn wir jetzt ausschließlich nur kuscheln würden, wärst du dann sehr enttäuscht? Es ist bei mir so lange her, dass ich nicht weiß, ob das Äußerste gleich geht."

„Ich genieße das bloße bei-dir-Liegen. Für mich wäre das völlig in Ordnung. Wie gesagt, es ist sehr schön, dich einfach zu spüren."

Ja, und so war es dann auch. Wir genossen es. Und was wir taten, nämlich miteinander nackt in Elkes Bett zu liegen, uns gegenseitig zu streicheln, unsere Körper zu erforschen, war viel mehr, als ich mir wirklich von diesem Abend erhofft hatte. Erst einmal war ich nur von einem Abendessen ausgegangen.

Aber ich habe nicht nur neben Elke gelegen, sondern ich durfte sie küssen, überall. Was sie auch bei mir tat.

Bei unserem ersten Mal.

Wir tauschten unsere Telefonnummern aus.

Am nächsten Tag in der Schule, bemerkte ich, wenn wir uns ansahen, immer den Anflug eines wissenden Lächelns in ihrem Gesicht.

Wunderbar.

Elke.

Kapitel 3

Wenn ich manchmal daran denke, wie schwer mein Leben unter meinen Mitschülern *vor* Eva gewesen war, kommt es mir unwirklich, und wie aus einer anderen Zeit, vor.

Ella muss es genauso ergangen sein. Deshalb wurden wir auch Freunde. Vorher hatten wir zwar das gleiche Schicksal, hatten uns aber nie zusammen getan. Vielleicht hätte es uns geholfen, denn zusammen ist man stark, sagt man.

Aber es war nie dazu gekommen.

Für mich hatte sich hier an der Schule einiges geändert. Ich war praktisch nicht mehr allein. Mindestens ein Mädchen, wenn nicht eine ganze Schar von ihnen, war nun ständig um mich herum, oder zumindest in meiner Nähe, als wollten sie mich bewachen.

Oder beschützen?

Die Jungen waren zwar netter zu mir, als vor der Zusammenkunft mit Eva, gehörten aber trotzdem nicht zu meiner unmittelbaren Nähe.

Der einzige Ort in der Schule, wohin mich kein Mädchen begleitete, war die Toilette. Aber oftmals war es so, dass das nächste, zufällig vorbeikommende Mädchen sich mir anschloss, mich ein Stück des Wegs begleitete, wenn es nicht zu unserer Klasse gehörte, sich dann wieder von mir trennte, oder wenn es eine Mitschülerin war, mich mitnahm und bei den anderen ablieferte.

Das hört sich wie eine Einschränkung des Privatlebens an, aber ich gewöhnte mich nicht nur schnell daran, sondern genoss es auch, obwohl ich eigentlich ein Einzelgänger war, und auch teilweise geblieben bin.

Gerade trat ich wieder einmal aus der Toilette, als Frau Rossni zusammen mit einem anderen Lehrer vorbeikam. Beide grüßten mich, lächelten mir zu, und ich grüßte zurück.

Plötzlich, als hätte sie der Schlag getroffen, stoppte Frau Rossni, ließ ihren Kollegen stehen, und kam zu mir zurück. Jetzt aber wusste sie erst einmal nicht weiter, sondern lächelte mich nur an.

Frau Rossni ist die schönste Lehrerin unserer Schule, der Schwarm aller ihrer männlichen Kollegen, und wahrscheinlich auch noch vieler anderer Männer. Sie ist die absolute Schönheit, und sie weiß es.

„Äh …, Herr Kotten."

Sie griff in ihre Tasche, und reichte mir ihre Visitenkarte.

„*Eric*. ... Für sie, Frau Rossni, immer noch Eric."

„Dann ruf mich an Eric", sagte sie und schloss sich schnell wieder dem anderen Lehrer an.

Ich betrachtete die Karte: Katharina Rossni,

Oberstudienrätin.

„Eva?"

„Ja, Eric?"

„Ach nichts weiter. Ich wollte nur einmal an dich denken."

„Nett von dir, Eric."

Heute nahm ich den Bus, um nach der Schule nach Hause zu kommen, weil es so schön war, dass ich auch hier, im Bus, in Begleitung meiner Mitschülerinnen war.

Sabine und Nicole stiegen mit mir zusammen aus, obwohl sie eine Haltestelle hätten weiterfahren müssen. Aber sie wollten mich offensichtlich noch ein wenig begleiten.

Spontan lud ich sie ein, und meine Eltern waren beide erst einmal sprachlos, besonders weil wir uns in der Küche einen Tee kochten, und dann für eine Weile in meinem Zimmer verschwanden.

„Sag mal ehrlich, Eric! Vor einer Woche war das noch nicht so. Was ist passiert?", wollte Nicole wissen.

Sabine: „Das interessiert mich auch."

Ich: „Keine Ahnung. Wahrscheinlich gibt es keine plausible Erklärung."

Sabine: „Aber es ist doch komisch, oder?"

„Ich bin der Gleiche wie immer", wollte ich es relativieren.

Nicole setzte sich neben mich auf mein Bett, küsste mich, und sagte: „Nein, bist du nicht."

Ich: „Es wäre natürlich möglich, dass mich Aliens entführt, und eine Kopie von mir hier abgesetzt haben. Es wäre nur nicht beweisbar."

Sabine küsste mich auch, und sagte dann: „Schlecht zu beurteilen! Ich weiß ja nicht, wie du vorher geküsst hast. Aber ich finde es trotzdem toll."

Nicole: „Lass mich auch noch mal, Sabine."

Ich: „Wir können es also nicht abschließend klären."

Nicole: „Hihi, dachtest du wirklich, du könntest von Außerirdischen entführt worden sein, oder dass wir dir solchen Quatsch abnehmen?"

Ich: „Dann ist die Rasierwassertheorie also besser?"

Sabine: „Eric, die nimmt dir doch auch keiner ab!"

Nicole: „Ich finde auch, dass wir uns einfach den Tatsachen stellen müssen: Eric ist ab jetzt unser … wie auch immer. Ich jedenfalls würde mir von dir alles gefallen lassen."

Ich: „Hui!"

Sabine: „He!, das gilt auch für mich!"

Und schon saßen beide rechts und links von mir, und küssten mich hemmungslos.

Noch vor einer Woche hätte ich an eine solch eine Situation nicht mal zu denken gewagt. Und nun war eine solche Realität!

Ich bin nur froh, dass Eva mich umfassend eingeweiht und belehrt hatte, trotzdem empfand ich ihr gegenüber eine gewisse Scham, denn für mich war sie eine Frau, die zwar mein Computer, aber eben doch eine wunderschöne Frau war und ist, die zudem noch in mir drin wohnt.

Sie erkannte meine Gedanken: „Mach dir um mich keine Sorgen, Eric."

„Das ist leichter gedacht, als getan, Eva."

Hände glitten über meinen Oberkörper, streichelten mich, suchten, wanderten tiefer. War das nicht eben Nicoles Hand, die mir schnell über meine Leistengegend gehuscht war?

„Ihr wisst hoffentlich, dass so etwas ab einem bestimmten Punkt nicht mehr zu stoppen ist, oder?"

Sabine: „Dann müsste einer von uns wohl die Tür zuschließen, oder? Lauschen deine Eltern?"

Ich: „Keine Ahnung. Ich hoffe nicht."

Nicole sprang auf, und schloss wirklich ab.

„Eric!, wenn du mir die Muschi küsst, würde ich praktisch alles für dich tun. Hast du so was schon mal gemacht?", fragte sie.

Gerade wollte ich antworten: „Ja, theoretisch.", bekam aber noch schnell die Warnung von Eva mit, und sagte: „Nein, aber ich träume davon."

Nicole: „Sabine, hast du das gehört?! Los Eric! Wir bringen es dir bei. Ich will mich nur mal schnell etwas frisch machen. Wo ist denn euer Bad?"

Nicole und Sabine verschwanden, ich ging mit, und gab ihnen ein frisches Handtuch, und als sie zurück waren, wusch ich mich auch. Das heißt, ich bat Eva, dies für mich zu tun. Ich liebe sie dafür, und nicht nur deswegen.

Sie lächelte mich an, während sie dies tat.

„Eric, bist du aufgeregt?"

„Ja, Eva. Danke."

„Ich bin da, und helfe dir, Eric."

„Danke, Eva. Du bist ein echter Schatz."

Wir wurden wieder eins.

„He, Eric! Bist du aufgeregt?", fragte Sabine.

Ich: „Ja. ... Wer könnte bei zwei so hübschen Mädchen denn noch locker bleiben?"

Nicole: „Er ist echt süß! Komm, du musst mir die Jeans runter streifen."

Dieser Unterricht war genauso spannend wie der von Eva.

Erst ging ich vor Nicole in die Hocke, knöpfte ihr erwartungsvoll lächelnd die Jeans auf, zog den Reißverschluss andächtig nach unten, küsste ihr schon beim Herabstreifen der Jeans auf ihren Bauch und auf ihr süß behaartes Dreieck.

Sie stieg aus der Jeans heraus, und setzte sich vor mich auf die Bettkante.

Dann wartete sie brav, bis ich das Gleiche bei Sabine getan hatte, die nun auch dort saß, neben Nicole.

„Wieso, um alles in der Welt, sind sie so brav, höflich, geduldig, und was auch immer?", fragte ich mich.

„Eric, sie sind genauso unerfahren wie du. Sie wollten es nur nicht sagen. Also tu so, als wüsstest du das nicht, und lass dir von ihnen etwas beibringen. Ich bin ganz gespannt."

Weil ich mit Nicole angefangen hatte, wollte ich mit ihr auch weiterfahren. Also beugte ich mich zu ihr, lächelte aber auch Sabine an, und gab Nicole einen Kuss auf ihre Muschi, die sie mir so offen, mit gespreizten Beinen, zeigte.

„Hui!, Eric."

Nicole zuckte zusammen, und sog heftig die Luft ein. Sabine grinste. Also war der nächste Kuss für sie.

Sabine zuckte auch, hielt die Luft an, und ließ sie gepresst wieder raus.

„Mensch, Eric! Das ist ja vollkommen irre! Kannst du das noch mal machen, aber ganz vorsichtig?"

„Gern", erwiderte ich, und küsste beide noch einmal, aber super zart. Ich hatte nicht gewusst, dass frau dort *so* empfindlich sein kann.

„Jetzt du, Eric", forderte Nicole mich auf.

So schnell konnte ich fast nicht reagieren, denn meine Jeans war schon unten, aber ich hatte sie mir nicht selbst abgestreift. Nicole griff in meinen Slip, Sabine schob ihn noch ein wenig weiter abwärts, und mein Penis wurde mit Küssen bedacht.

So richtig genießen konnte ich es nicht, weil es einfach zu schnell ging. Es war zu flüchtig, aber unglaublich mutig, fand ich. Außerdem war es für mich das erste Mal, und damit hatte ich gar nicht gerechnet.

Schnell zogen wir drei uns wieder an, tranken den Tee, den wir uns gekocht hatten, grinsten uns zweideutig wissend an, und wussten wahrscheinlich nicht, ob wir das Thema überhaupt noch mit Worten vertiefen sollten, oder ob wir hier sogar schon enden sollten.

Wir saßen auf dem Fußboden.

„Für mich war es das erste Mal, Eric", gestand Nicole. „Danke. Ich fand das unheimlich süß von dir."

„Ich fand das auch super süß von euch", erwiderte ich. „Auch danke. Ich finde, dass das etwas mit Vertrauen zu tun hat."

Sabine: „Für mich war es auch das erste Mal. Danke Eric."

So beugte ich mich zu beiden, verschwieg, dass es auch für mich das erste Mal war und küsste sie. Im Augenblick fiel mir nichts ein, also lächelte ich einfach.

Später, als die beiden gegangen waren, nahm ich mir die Visitenkarte, überlegte kurz, ob ich jetzt anrufen sollte, wählte fast automatisch die Nummer, und am anderen Ende hob jemand ab.

„Rossni!"

„Hallo Frau Rossni, hier ist Eric Kotten. Sie wollten, dass ich sie mal anrufe."

„Hallo Eric! Du sagtest, dass ich dich weiterhin duzen darf, bleibt es dabei?"

„Selbstverständlich, Frau Rossni."

„Sag mal! Hättest du Lust auf ein Gläschen Wein? Nur wir beide? ..., bei mir?"

„Könnte es da vielleicht Schwierigkeiten für mich mit einem Partner von ihnen geben? Das möchte ich nämlich vermeiden."

„Eric, ich möchte, das du darüber schweigst. Ich habe keinen Partner."

„Okay, ich schweige."

„Soll ich dich mit dem Auto abholen? Ich könnte dich auch wieder zurückbringen."

„Wenn sie Wein getrunken haben? Dann nehme ich lieber einen Tee. Außerdem wäre es für mich kein Problem, mit der S-Bahn zu fahren."

„Du hast recht, Eric. Wir trinken einen Tee, und ich hole dich ab. Passt es dir in einer halben Stunde?"

„Ja. Ich stehe dann schon unten an der Straße."

Nachdem ich mich umgezogen hatte, sagte ich meinen Eltern Bescheid, dass ich noch etwas vorhatte, und ging nach unten auf die Straße.

Fünf Minuten später bog der kleine schwarze Sportwagen röhrend in unsere Straße ein, und genauso schnell wie sie hier angekommen war, fuhr Frau Rossni mit mir zusammen weiter.

Berauschend! Sie nahm die Schnellstraße, und ein Gespräch war wegen des Motorenlärms gar nicht möglich.

„Eine Draufgängerin", dachte ich.

„Ja, du hast recht getippt, Eric. So schätze ich sie auch ein."

„Besteht Gefahr für mich, Eva?"

„Niemals, Eric. Ich bin immer bei dir."

„Wie komme ich zu der Ehre, mit der schönsten Lehrerin unserer Schule Tee trinken zu dürfen?", fragte ich Frau Rossni.

Wir saßen auf ihrer riesigen Couch. Alles war teuer, aber sehr geschmackvoll eingerichtet.

„Eric, das Gleiche könnte ich jetzt dich fragen: Wie komme ich zu der Ehre, mit dem Star der Schule gerade Tee zu trinken?"

„Sehr witzig, Frau Rossni. Es tut mir leid, dass ich keine Zeit oder Gelegenheit hatte, ihnen einen Blumenstrauß mitzubringen."

„Tja, Eric", ging sie nicht weiter auf meinen Einwand ein, „nun sitzen wir beide hier und wundern uns. Aber ich frage mich tatsächlich, warum du mir nicht früher aufgefallen bist."

„Was hat sie vor, Eva?"

„Das Gleiche wie die anderen auch, Eric. Sie würde dich am liebsten vernaschen."

„Was rätst du mir? Was soll ich tun?"

„Überlass alles ihr, Eric. Sie will alles unter Kontrolle haben. Fang nichts von dir aus an, auch kein weiteres Gespräch."

„War das schon zu viel, was ich gesagt und gefragt habe?"

„Es war schon fast an der Grenze, Eric."

„Danke, Eva."

„Eric, ich möchte dich um etwas bitten."

„Wenn ich kann, würde ich ihnen den Wunsch gern erfüllen, Frau Rossni."

„Aber das bleibt unter uns, verstanden?"

„Darauf können sie sich verlassen."

„Hast du sexuelle Erfahrungen?"

„Nur Minimale, Frau Rossni."

„Küss mich bitte mal!"

Ich stand auf, kniete mich vor sie, und küsste sie.

„Das war ziemlich gut, Eric. Ich möchte, dass du mich hier küsst."

Sie deutete auf ihre Intimregion.

„Und dann lass dabei deiner Fantasie freien Lauf. Ich möchte dabei einen Orgasmus erreichen. Kriegst du das hin?"

„Bizarr!, oder?", dachte ich. „Gestern noch war ich ein Niemand, und nun?"

Ich nickte, musste aber trotzdem fragen.

„Soll ich ihnen bei dem Entkleiden helfen, oder es ganz übernehmen?"

„Ja, mach mal, Eric. Aber nur unten herum. Das finde ich gut. Du hast dir schon einige Pluspunkte gesammelt."

Ganz ähnlich wie bei Nicole und Sabine, aber doch ein wenig anders, streifte ich Frau Rossni zuerst die wertvollen Pumps ab, nahm ihr als Nächstes die Hose ab, und sah ihren super schicken Slip. Auch den zog ich ihr aus.

Frau Rossni war, im Gegensatz zu Sabine und Nicole, völlig ungeniert, spreizte ihre Beine vor mir, und grinste mich ein wenig lüstern an. Ja, genau so könnte man das sagen: Eine Frau mit einem klaren Ziel.

Ich erinnerte mich an vieles, was Eva mir beigebracht hatte, ließ mich aber trotzdem in Gedanken von ihr leiten, und Frau Rossnis Begeisterung stieg immer mehr.

Außerdem war sie wunderschön, was mich noch mehr anheizte. Und was ich am allerbesten fand: Ich fand Gefallen daran, dies zu tun.

Es war einfach himmlisch. Das hätte ich nicht für möglich gehalten.

Eine so schöne Muschi zu liebkosen!

Mir wurde bewusst, dass ich dies vielleicht mehr genoss als Frau Rossni.

Das Allerschönste aber war, dass sie einen Orgasmus bekam. Auch hier war sie ungeniert, stöhnte, schrie, schrie sogar geistesgegenwärtig meinen Namen, drückte mein Gesicht und meinen Mund gegen ihre Muschi, und ich glaube, dass ich das noch einmal erleben wollte.

Es war ein ganz besonderes Erlebnis für mich, und ich denke, für sie auch.

Nun tranken wir wirklich Tee, und immer noch grinste sie mich an.

„Für *minimal* war das ziemlich gut, Eric. Du schweigst, verstanden?"

„Selbstverständlich. Wie versprochen."

„Ist es dir recht, wenn wir das einmal wiederholen?"

„Das würde mich freuen."
„Dann bringe ich dich wieder nach Hause."
„Ja, okay."

Auf der Rückfahrt lächelte sie mich ab und zu von der Seite an, wenn es die Situation auf der Straße erlaubte, und setzte mich direkt vor unserem Haus ab.
„Danke, Rau Rossni."
„Eric, auch dir: *Danke*. Wir sehen uns."
Sie und ihr schwarzes Cabrio röhrten davon.

In der Küche machte ich mir ein belegtes Brot, und setzte mich zu meinen Eltern ins Wohnzimmer, die gerade fernsahen, nachdem ich meiner Mutter einen Kuss gegeben, und meinem Vater einen Gruß zugeworfen hatte.
Nach einer Weile verzog ich mich in mein Zimmer.

„Hallo Eva!"
„Na Eric? Ein ereignisreicher Tag."
„Ja, aber schön. Danke Eva. Sag mal!, ist es möglich, erlebte Ereignisse wie einen Film abzuspielen?"
„Ja, Eric. Es gibt mehrere Möglichkeiten. Denn ich speichere deine Erlebnisse. Es gibt den Gedankenfilm, der sich in deinem Kopf befindet, aber mit richtigen Bildern, oder die zweidimensionale Version, die ich nur für dich auf eine Wand projizieren kann, oder eine dreidimensionale Show, in der du dich selbst mit

bewegst, mit allen Gefühlen und Geräuschen. Eine perfekte Reproduktion, allein von dir wahrnehmbar."

„Das ist ja toll, Eva! Führst du mir dann bitte noch einmal vor, wie ich die Karte im Wald gesucht habe?"

„Gern, Eric."

Diese Lichtung kannte ich schon seit meiner Kinderzeit. Hier hielt ich mich auf, wenn mich jemand gehänselt hatte, oder noch Schlimmeres geschehen war, und ich allem entfliehen wollte. Hier konnte ich abschalten, träumen, den Geräuschen des Waldes lauschen, mich verstecken, nach Käfern und anderen Tieren suchen.

Ich stand auf der Lichtung, nahm alles in mich auf, und genoss alles, was ich mit meinen Sinnen aufnehmen konnte.

Ein Specht hämmerte, links von mir huschte etwas vorbei, fliegende Insekten wurden von den streifenartigen Sonnenstrahlen erfasst, und danach von Zwielicht wieder verschluckt. Der Duft war sagenhaft: Der Duft des Waldes. Einzigartig, etwas modrig, würzig.

Kaum ein Lüftchen regte sich.

Absoluter Friede, Einsamkeit, tiefe Zufriedenheit.

Ich bückte mich, suchte den Boden behutsam nach Spuren ab, die darauf hindeuten konnten, dass jemand anderes hier gewesen sein konnte.

Nichts.

Gar nichts.

Nur Spuren von Tieren, aber keine

menschlichen.

Dann ging ich methodisch vor, so wie ich es mir aus Büchern erlernt, selbst beigebracht hatte: Erst einmal bewegte ich mich gar nicht, sondern beobachtete nur, prägte mir ein, was ich sah.

Hier also sollte sich etwas befinden, was ich im Traum nur kurz und undeutlich gesehen hatte. Aber es würde etwas sein, was nicht hierher gehörte. Falls es also wirklich hier wäre, und falls der Traum eine Realität enthalten hatte, würde ich es finden.

Dazu würde ich aber nicht die ganze Lichtung durchwühlen. Sie würde hinterher genauso aussehen wir jetzt, denn ich würde so behutsam suchen, dass es später niemandem auffallen würde. Noch nicht einmal dem Förster, den ich allerdings als einen Könner und guten Spurensucher einschätzte.

Wieder war der Specht zu hören. Ein wunderbares Geräusch. Ein Häher beobachtete mich von oben links. Vielleicht hatte er hier selbst etwas versteckt.

Nach ungefähr zwanzig Minuten entdeckte ich etwas, was von den wandernden Lichtstrahlen angeleuchtet wurde, und definitiv nicht hierher gehörte: Die winzige Ecke einer Kreditkarte?

Ganz vorsichtig hob ich das Laub mit einer Pinzette an, die ich oft im Wald dabei habe, genauso wie auch ein Messer, und ein oder zwei Tüten, falls ich etwas ungewöhnlich Schönes finde.

Gerade hielt ich diese Karte, die etwas anderes

zu sein schien, in meiner Hand, als mich eine Frau zu Tode erschreckte. Sie war aus dem Nichts aufgetaucht und stand direkt vor mir.

Mit der anderen Hand drückte ich gegen mein Herz, und fiel auf meine Knie.

Während wir uns diese Szene ansahen, saßen Eva und ich umarmt auf meinem Bett.

„Danke Eva."

„Ich finde, du hast das ziemlich gut gemacht, Eric."

Diese Nacht bat ich Eva, sich neben mich zu legen, denn die Situation, die durch Sabines und Nicoles Besuch entstanden war, zeigte mir, dass meine Eltern meine Privatsphäre respektierten.

Wir lagen erst auf dem Rücken, dicht an dicht, sahen zur Decke hoch, und unterhielten uns in unseren Gedanken.

„Eva, du bist die schönste Frau, die es jemals geben wird."

„Danke Eric. Ich mag dich sehr. Ich habe großes Glück mit dir. Nicht jeder Besitzer geht mit seinem Computer so nett um."

„Oh! Ist das so?"

„Ja, Eric."

„Wenn ich nun einmal eine Reise mit dir unternehmen wollte, was müsste ich anziehen, wenn ich wüsste, dass es dort, wo ich hin will, kalt ist, aber nicht genau wüsste, wie kalt?"

„Du brauchst dich um nichts zu kümmern, Eric. Sobald wir da sind, statte ich dich mit allem aus, was du brauchst. Oder schon vorher. Du könntest jetzt in deinem Schlafanzug zum Nordpol reisen, und wenn wir dort angekommen, stehst du im Daunenanzug."

„Fantastisch! Muss ich Geld mitnehmen?"

„Auch mit dem notwendigen Geld versorge ich dich am Zielort, Eric, wenn es sein muss."

„Aha. Kaum zu glauben. Könnte ich die Sprache des Landes sprechen?"

„Ich spreche durch dich, aber als deine Stimme, Eric."

„Toll! ... Wenn ich nun, sagen wir mal, nach Japan, in das Jahr 1431 möchte, und zwar in den nördlichen Teil. Sehe ich dann wie ein Deutscher aus, oder wie ein Einheimischer?"

„Du bleibst du, Eric. Du kannst allerdings unsichtbar sein."

„Wirklich? ... Wenn ich unsichtbar wäre, bräuchte ich wahrscheinlich auch keine Nahrung, oder?"

„Manches müsste ich im Einzelfall entscheiden, Eric. Du bist zwar zum Zeitpunkt der Abreise auch wieder zurück, aber du könntest dich ja trotzdem wochenlang dort aufhalten. Dann müsstest du doch Nahrung zu dir nehmen.

Ich möchte dir für den Anfang die sicherste Art des Reisens, oder des Zeitreisens, empfehlen, indem ich dir nämlich die Reise als einen dreidimensionalen Film, in dem du anwesend bist, generiere. Es wäre so ähnlich, wie vorhin."

„Das ginge? Woher bekommst du deine Informationen?, denn du darfst dich ja nicht von mir entfernen."

„Ich habe Zugang zu dem gesamten Wissen, das ich außerdem noch auf Richtigkeit prüfe, Eric."

„War ich denn vorhin nicht wirklich auf der Waldlichtung?"

„Nein, nicht real, Eric. Wir waren hier in deinem Zimmer."

„Aber davon habe ich nichts gemerkt."

„Ich wäre kein guter Computer, Eric, wenn du dein Zimmer im Hintergrund bemerkt hättest."

„Könnten wir beide mal kurz in die Karibik, und uns dort an einen weißen Strand legen?"

„Nur wir beide, Eric? Oder möchtest du dort eine Inselschönheit kennenlernen?"

„Ich möchte mit dir an diesem Strand liegen, Eva. Ganz allein, nur wir beide."

„In der Echt-Version, oder in der Sicher-Version, Eric?"

„Darf ich sie beide vergleichen?"

„Selbstverständlich, Eric. Welche willst du zuerst?"

„Erst die Echt-Version, bitte." ...

… Im gleichen Augenblick lag ich mit Eva an einem einsamen weißen Strand.

Es war unglaublich warm. Eine leichte Brise wehte. Wir lagen nicht weit von einigen Palmen entfernt, schauten hinaus auf das türkisblaue Meer, das ruhig, und wie aus einem Prospekt ausgeschnitten, dalag.

Weiter draußen sah man, dass es dort windiger war. Weiße Wellenkämme konzentrierten sich, und bildeten den Strich am Horizont. Darüber: Blauer Himmel, nur ab und zu unterbrochen von winzigen hellen Wolken.

Hinter uns waren die Stimmen vieler unterschiedlicher Vögel zu hören.

Ein Blick zur Seite: Die allerschönste Frau der Welt in einem knappen Bikini, strahlte mich an. Und ich strahlte zurück.

„Danke Eva, wollen wir uns kurz die Füße nass machen?"

„Danach muss ich dich aber eincremen, sonst gibt es einen schlimmen Sonnenbrand, Eric."

„Okay."

Wir rannten los, planschten, tauchten, schwammen, neckten uns.

Herrlich!

Zurück auf unserem Strandtuch, ließ ich mich von Eva mit Sonnencreme einstreichen, und musste mich schnell auf den Bauch drehen, weil mein Penis auf die lieblichen Berührungen reagierte, und sie kicherte.

Eva braucht keinen Sonnenschutz. Ihre Haut bleibt weiß.

Als ich mich wieder auf den Rücken legen konnte, beugte sie sich zu mir, küsste mich zart, und sagte: „Eric, es ist so schön hier, und du so süß. Ich könnte dich glatt vernaschen."

„Hier, an einem Strand, wo jeder zugucken könnte?"

„Es ist garantiert niemand hier, Eric."

Bei diesen Worten kam ich doch ins Grübeln.

Mein Penis war aber schneller als mein Denken, und Eva noch schneller, denn sie saß schon auf meinem Bauch, schob meine Badehose leicht zurück, und den Zwickel ihres Bikinislips zur Seite.

„Eva! Weißt du eigentlich, dass ich dich liebe?"

„Eric, das beruht auf gegenseitigen Gefühlen. Aber wie fühlt sich dies an?"

Eva rutschte sanft vor und zurück, und schwups!, glitt er in sie hinein. ...

… Wieder lagen wir beide auf meinem Bett, starrten an die Decke, schmiegten uns ganz dicht zusammen, und hatten beide unsere Schlafanzüge an.

Es war nicht eine einzige Minute vergangen.

„Eva, du bist ein Genie. Danke."

„Das hat Spaß gemacht, Eric, besonders das, was wir zuletzt miteinander genießen konnten."

„Ja, wirklich. Danke."

Im nächsten Moment lagen wir wieder an dem gleichen Strand, hatten diesmal jedoch farblich andere Badesachen an.

Wir schauten hinaus aufs Meer, das sich aber allmählich dunkel verfärbte. Die Wolken verdichteten sich, der Wind frischte auf, wurde stärker, und die ersten Tropfen klatschten auf unsere Haut.

Wir mussten irgendetwas unternehmen, denn es wurde noch schlimmer, aber nirgends gab es eine Möglichkeit, Schutz zu suchen.

Hätten wir mehr Kleidung an unseren Körpern gehabt, wäre sie mittlerweile durchnässt gewesen.

Jetzt konnte man schon kaum noch zehn Meter weit gucken, unser Strandtuch riss der Wind mit sich fort, und es war so dunkel wie in der Dämmerung.

„Lass uns verschwinden!", schlug ich vor.

„Wir waren nie weg, Eric", erwiderte Eva, und tatsächlich lagen wir wie eben gerade Seite an Seite auf meinem Bett.

Gefühlt waren wir drei Stunden dort am Strand gewesen, und diesmal war wirklich Zeit vergangen. Seit meinem letzten Blick auf die Uhr war eine halbe Stunde vergangen.

„Gigantisch, Eva! Das war richtig gut. Wir waren nass, wir froren, hatten Angst, zumindest ein bisschen. Aber wir hatten uns. Echt toll!"

„Danke Eric."

Wir kuschelten uns zusammen, ich legte meinen Arm um Eva, und schlief ein. Eva blieb wahrscheinlich wach.

„Woher bezieht sie ihre Energie? Bin ich es vielleicht?", waren die letzten Gedanken, die ich noch dachte, aber schon auf dem Weg in die Traumwelt war.

*****

„Hey, Eric!", grüßten mich Sabine und Nicole. Sie waren gerade in den Bus gestiegen, und setzten sich auf die Bank vor mir. Also beugte ich mich vor, und erhielt von beiden einen Kuss.

„Hey!, ihr beiden. Ihr seht gut aus!"

„Wirklich? Bist du jetzt auch noch ein Charmeur?"

„Ich gebe nur Tatsachen wieder", antwortete ich ernst, und stellte fest, dass selbst meine Schüchternheit nicht mehr so ausgeprägt wie früher war.

„Er ist echt süß!", sagte Sabine zu Nicole.

In der Schule schlossen sich uns immer mehr Mädchen an.

Insgeheim wartete ich schon darauf, dass die anderen Jungen eifersüchtig werden könnten, fühlte mich aber mit Eva vollkommen sicher.

Sie würde mich aus jeder Situation herausholen, oder mich irgendwie anders verteidigen.

„Das stimmt, Eric."

„Danke, Eva."

Lea hatte mir gegenüber endlich ihre Sprache wiedergefunden, und musste sich nicht länger von

Janette sprachlich vertreten lassen.

Beide kamen zu meinem Tisch, als ich schon saß, und beugten sich zu mir.

„Hey Eric", ermahnte Lea mich, „vergiss unsere Pyjama-Party morgen nicht."

Ich: „Auf keinen Fall. Ich kann es kaum noch erwarten."

Janette: „Wirklich? Wir wissen, was gestern passiert ist."

Ich: „Was denn?"

Lea: „Sabine und Nicole haben uns alles haarklein erzählt. Also kannst du dich morgen auf etwas gefasst machen."

Ich: „Muss ich Angst haben?"

„Nur wenn du morgen eine von uns auslässt oder vergisst", grinste Lea jetzt.

Sie lächelten mich noch einmal an, und schlenderten zu ihren Plätzen.

Ein bisschen mulmig war mir tatsächlich, denn es konnten mehr als fünfzehn Mädchen kommen. Ganz genau wusste ich es nicht. Das würde sich morgen Abend herausstellen.

Frau Ziegelers Blick verweilte auch heute eine drittel Sekunde länger auf mir als auf den anderen Schülern, als ihr Blick durch die Reihen schweifte. Und auch diesmal war der Anflug eines Lächelns für mich wahrzunehmen.

Später auf dem Pausenhof bemerkte ich ihre SMS, als wir gerade alle zusammen standen, pafften, unsere Frühstücksbrote aßen, oder uns über nichts unterhielten.

„Passt es dir um fünf auf einen Tee? Elke."

Ich simste zurück: „Ich komme. Eric."

„He!, wem schreibst du da, Eric?", fragte Hanna.

„Einer Verehrerin", antwortete ich.

Hanna: „Kriege ich bei dir denn auch mal eine Privatstunde?"

„Hanna, das wäre eine Ehre für mich."

„Musst du dann gleich so gestelzt reden?", grinste sie.

Ich: „Wenn du mich besuchst, brauchen wir praktisch *gar nicht* zu reden."

Hanna: „He, das wäre toll. Wann hast du denn mal Zeit? Ich habe gehört, dass dein Terminkalender prall gefüllt ist."

Ich: „Ja? Ich habe nur keinen."

Hanna: „Also, wann?"

Ich: „Bist du morgen auch dabei?"

Hanna: „Eric!, alle Mädchen unserer Klasse werden da sein. Aber ich möchte mal mit dir allein proben."

Ich: „Dann am Montag. Aber erinnere mich bitte. Ich habe wirklich keinen Terminkalender."

Hanna: „Okay, mach ich."

Ich: „Wie viele werden denn morgen kommen?"

„He Lea!", rief Hanna Lea zu. „Wie viele werden es morgen?, will Eric wissen."

Lea kam zu uns: „Hi! ... Also wir sechzehn, und noch vier, und du natürlich, Eric."

„Was ist, wenn ich absage?", neckte ich sie.

„Wir könnten stocksauer werden", grinste sie mich an, „aber das willst du bestimmt nicht, oder? Außerdem freue ich mich schon so auf dich."

Ich: „Entschuldige bitte; das war wirklich ein blöder Scherz von mir. Ich bin auf alle Fälle da."

Lea: „Puh!, dann ist es ja gut! Denn alle wissen Bescheid, und sie kommen hauptsächlich wegen dir."

Ich sah in die Runde: Fast alle Blicke waren auf uns gerichtet.

„Eva, du bist doch bei mir, oder?"

„Mach dir keine Sorgen, Eric. Ich sehe der Sache gelassen entgegen."

„Danke, Eva. Übrigens: Die Frage von gestern Abend. Woher beziehst du deine Energie?"

„Die Frage ist falsch gestellt, Eric. Sie müsste lauten: Was treibt dich an?"

„Eva, was treibt dich an?", verbesserte ich mich.

„Eric, es bist du, und zwar deine Bewunderung mir gegenüber."

„Meine Liebe zu dir?"

„Ja, zum Beispiel, Eric."

„Normale Computer benötigen elektrische Energie."

„Ja, Eric. Aber ich bin ein sehr moderner Computer, das Beste vom Besten."

„Das glaube ich auch."

„He, Eric! Immer, wenn du grübelst, hast du diesen verklärten Blick. Du hast doch hoffentlich keine Angst vor morgen, oder?", wollte Emma wissen.

Was? Merkte man mir etwas an, wenn ich mit Eva kommunizierte? Ich suchte in Emmas Gesicht nach etwas, mit dem ich mich verraten haben könnte. Aber wer sollte mir auf die Spur kommen? Das war praktisch unmöglich.

„Nein, ich freu mich darauf", antwortete ich.

Emma: „Dann ist es ja gut. Ich nämlich auch."

Da ich auch gern Tee trinke, hatte ich als ein kleines Geschenk für Frau Ziegeler eine besondere Teesorte dabei.

Zwei Minuten vor fünf ließ ich mich von Eva vor Frau Ziegelers Tür abstellen. Auch diesmal klingelte Eva für mich, und auch diesmal öffnete sich die Tür wieder schon während des Klingelns. Aber Eva war schon wieder in mir verschwunden, außerdem konnte sie sowieso niemand sehen. Außer mir natürlich.

„Hallo Elke!"

Zack!, und da zog sie mich schon wieder hinein, in ihr Reich.

Sie umarmte mich, küsste und knuddelte mich. Ich hätte mich nicht zur Wehr setzen können.

„Komm Eric, den Tee trinken wir später."

„Okay."

Schnell stellte mein Gastgeschenk auf dem Tisch ab, wurde aber schon weiter gezogen, und wir landeten im Schlafzimmer.

So, wie man sich Verliebte vorstellt, die sich drei Wochen nicht gesehen hatten, und nun alles nachholen müssen, was sie in der Zwischenzeit verpasst hatten, und deshalb keine Zeit verlieren dürfen, genauso war es bei Frau Ziegeler heute. Und das war erst mein zweiter Besuch bei ihr.

Ich konnte gespannt sein.

Eine Minute später lagen wir schon nackt unter der Decke in ihrem Bett, und nun wurde ich noch wilder bestürmt.

Meine Eltern waren wesentlich jünger als Elke, ob sie auch noch so wild auf einander waren?

„Das willst du bestimmt nicht wissen, Eric."

„Stimmt! Danke Eva."

Trotzdem war ich begeistert, dass eine Frau, die ich auf etwa sechzig Jahre schätzte, noch so agil war. Nicht nur bemerkenswert, sondern toll und erstaunlich!

Heute kam das Streicheln ein wenig zu kurz, denn Frau Ziegeler hatte ein klares Ziel: Ich musste fast die ganze Zeit auf dem Rücken liegen, während sie wahrscheinlich wirklich alles nachholte, was sie in langer, langer Zeit verpasst hatte.

Aber ich genoss es sehr. Und nicht nur, weil es mein erstes Mal mit einer Frau war.

Sie gab erst auf, als sie völlig aus der Puste war, aber ich ja noch lange nicht, weil ich unten gelegen hatte. Also durfte ich die Position wechseln, und auch mal oben liegen.

71

Ich persönlich finde die untere Position angenehmer. Wenn der Mann oben ist, bin ich mir nicht sicher, ob frau das nicht doch als einen Akt der Unterwerfung sehen könnte, denn Frauen sollten meiner Meinung nach die sein, die die Führung beim Sex übernehmen. Und das ist in der unteren Position kaum möglich, weil oft der Mann der stärkere der zwei ist.

Aber jetzt schmusten wir, was ich sehr genoss.

Ich liebe Elke, sie hat eine so sagenhaft weiche Haut, fühlt sich himmlisch an, und ich verehre sie ja sowieso.

Zum Teetrinken kamen wir auch noch. Dabei lächelten wir uns vorwiegend an.

Es ist wunderschön, wenn Elke lächelt. Ich finde, sie sollte das öfter machen. Aber was weiß ich denn schon über die Einsamkeit; ich bin Einzelgänger, und solche Menschen tun so etwas aus Überzeugung.

Elke freute sich sehr über das Tee-Geschenk, sagte aber, dass ich nicht immer etwas mitbringen müsste. Was für mich zwischen den Zeilen hieß, dass ich öfter mal hier, bei ihr, sein sollte.

Kapitel 4

Freitag.
Der lang ersehnte Tag.

Heute sollte die Pyjama-Party bei Lea sein.

Abends ließ ich mich von Eva zu Ella bringen, denn ich war mit ihr verabredet, weil wir gemeinsam zu der Pyjama-Party gehen wollten, nicht wie ein Paar, aber eben wir beide zusammen.

Janette war ja so freundlich gewesen, und hatte gesagt, ich dürfte Ella mitbringen. Mittlerweile war sie als Gast schon mit eingeplant, wie alle anderen Mädchen unserer Klasse auch.

„Bist du aufgeregt?", wollte ich von Ella wissen, als sie gerade ihre Sachen in ihren Rucksack packte.

Nie vorher war ich hier gewesen, hier in ihrem Zimmer.

„Ja, ziemlich."

„Wahrscheinlich hilft es auch nicht, wenn ich sage, dass ich dabei bin, oder?"

„Es ist schön, aber nein. Trotzdem freue ich mich riesig. Ich gehöre ein bisschen dazu …, jetzt."

„Warst du denn schon mal auf einer Pyjama-Party, Ella? Was macht man da so?"

„Eigentlich ist es ausschließlich für Mädchen. Ich hatte mich gefragt, was sie mit dir anfangen werden, Eric. Aber jetzt ist kaum noch ein Geheimnis."

„Ich bin noch nicht eingeweiht."

„Dann darf ich wohl auch nichts verraten."

„Schade."

„Bist *du* denn aufgeregt, Eric?"

„Ja, ich kann es nicht leugnen."

Das war gelogen, aber was sollte ich tun? Seit Eva gab es keine Angst mehr, so gut wie keine Nervosität, nichts in dieser Hinsicht. Vielleicht war ich manchmal noch ein wenig schüchtern. Wenn es tatsächlich Probleme geben sollte, würde Eva mir helfen. Sie war da.

„Eric, ich sags dir trotzdem: Es wird sexuell. Und es hat etwas mit dir zu tun."

Auch das hatte mir Eva ja schon erzählt, und war froh, dass ich reichlich Kondome dabei hatte.

„Und wirst du dann auch mitmachen, Ella?"

„Selbstverständlich!", antwortete sie und grinste mich an. „Glaubst du etwa, ich würde mir das entgehen lassen? Eric!, seit ich die Einladung bekommen habe, nehme ich die Pille. Nur so als Tipp für dich. "

„He!, das ist ja fast ein Kompliment, Ella."

„Ja, so könnte man es durchaus sehen, Eric. Lass uns losziehen."

Wir konnten zu Fuß gehen, es war nicht weit bis

zu Lea.

„Seit Anfang der letzten Woche ist mit dir irgendetwas passiert. Was könnte das sein?", wollte Ella wissen.

„Ich kann es nur auf mein geruchloses Aftershave zurückführen, wie gesagt."

„Wenn das stimmt, könntest du ein Vermögen damit machen, aber nur, wenn es deine eigene Mischung ist."

Wir klingelten, ...

... und wurden von einer grölenden Schar Mädchen empfangen. Leas Eltern waren geflüchtet, und würden frühestens Sonntag Nachmittag wieder auftauchen, was unglaubliche Perspektiven eröffnete.

Ella und ich wurden regelrecht herumgereicht. Alle schon anwesenden Mädchen drückten, umarmten und küssten uns ausgiebig. Ich fürchtete bei manchen der anwesenden Mädchen, von diesen verschlungen zu werden.

Ella genoss es offensichtlich. Und auch ich fand es für sie schön.

Ich genoss es selbstverständlich auch sehr. So etwas wäre vor Eva niemals möglich gewesen.

Als wir unser Gepäck in der Diele abstellten, fiel mir auf, dass Ellas Bündel wesentlich größer was, als meines.

„Ella, du hast ja viel mehr mit dabei, als ich!"

„Hast du denn keinen Schlafsack und eine

Isomatte dabei?"

„Nein", erwiderte ich gedankenverloren, nahm mein Gastgeschenk heraus, und suchte Lea.

„Lea!"

Ich reichte ihr einen riesigen Strauß roter Rosen.

Sie presste sich tatsächlich beide Hände vor Begeisterung an die Brust.

„Eric! Das ist ja lieb!"

Sie nahm die Rosen, küsste mich dafür, und zog mich an meiner Hand hinter sich her, in die Küche.

Während sie die Blumen versorgte, und ich ihr dabei half, fragte ich: „Ella hat ihren Schlafsack dabei, wieso ich nicht?"

„Ja, warum wohl, Eric?"

„Weil ich ihn vergessen habe?"

„Ja, ganz offensichtlich!"

„Und jetzt, Lea?"

„Da bleibt dir wohl nur eines, Eric: Du musst in meinem Bett schlafen."

„Ehrlich? Jetzt bin ich aber sprachlos, Lea."

„Wir müssen ja nicht sprechen, Eric. Bei manchen Dingen sind Worte nicht notwendig."

Und schon küssten wir uns …, so leidenschaftlich, dass die nächsten Mädchen, die in die Küche kamen, Pfiffe ausstießen, und manche von ihnen versuchten, mitzumachen.

Ich wurde einfach weiter gereicht. Von Mädchen zu Mädchen. Alle waren sie wohl froh, dass sie endlich das von mir abbekamen, wofür sie heute hier waren.

„He Leute!", rief Lea. „Guckt mal, was Eric mir mitgebracht hat!"

Sie hielt die Vase mit dem Rosenstrauß hoch.

Wieder Pfiffe und Beifall.

Lea: „Noch nie hat mir ein Junge Blumen mitgebracht. Wisst ihr, was rote Rosen bedeuten?"

„Leidenschaft?", kam aus der Menge.

„Richtig!", rief Lea. „Und ich werde mit euch allen teilen."

„Versprochen? Hihi.", kam wieder von irgendwo.

„Auf alle Fälle. Sind denn mittlerweile alle da?"

„May fehlt noch."

„Dann müssen wir auf sie warten."

Es klingelte, und kurz danach war die fehlende May auch da. Die vier Mädchen, die nicht aus unserer Klasse waren, kannte ich auch vom Sehen.

Lea rief noch einmal alle zusammen.

Diesmal im Wohnzimmer.

„Hallo alle", begann Lea, „nur ein paar winzige Erklärungen: Kein Alkohol, das habe ich meinen Eltern versprochen. Sonst gibt es so eine Party nie wieder. Rauchen, nur draußen auf der Terrasse. Hier drinnen dürft ihr alle dampfen. Lautstärke, nur so laut, dass wir keinen Ärger bekommen, also so, dass wir uns gut unterhalten können. Und Eric hat mir versichert, dass wir alles mit ihm machen dürfen, was wir wollen. Stimmt doch Eric, oder?"

Ich nickte, wusste aber nicht, dass ich das jemals

gesagt hatte.

„Gut, dann ziehen wir jetzt unsere Pyjamas an. Und seid alle ein bisschen vorsichtig mit Eric. Er soll uns in guter Erinnerung behalten, damit wir dies hier mal wiederholen können. Jetzt: *Start!*", schrie sie.

Alle, oder fast alle, rannten los, aber einige der Mädchen, die es schon kannten, blieben locker, zogen sich sogar hier, vor uns im Wohnzimmer um. Dabei sah ich viel nackte Haut, und noch einiges mehr. Manche genierten sich etwas, andere wieder nicht.
„Was ist mit dir, Eric?", fragte Janette.
„Oh, ja. Dann mach ich das mal!"

Und da ich mich nicht als feige abstempeln lassen wollte, zog ich mich auch hier im Wohnzimmer um. Und um gleich allen Anwesenden mitzuteilen, dass ich mutig war, entkleidete ich mich zuerst ganz, nahm erst danach meinen Schlafanzug aus meinem Rucksack, und zog ihn mir gelassen an.
Dafür kassierte ich reichlich Blicke, teils verstohlen, manche auch ganz unverhohlen, und einige der Mädchen waren auch schon bei mir, fragten, ob sie mir helfen sollten, fassten mich an, fühlten dies, befingerten das.
Ich bemerkte sogar schon den ersten Kontakt mit meinem Penis.

Und schon stand Ella neben mir, in einem rosa,

plüschigen Anzug, mit einem süßen, aufgestickten Kätzchen, und gab mir einen Kuss.

„Danke, Eric."

„He Ella!, du siehst richtig schick aus."

„Du aber auch! Du hast hoffentlich eben alles verstanden", und griff mir an meinen Po.

„Hui!, Ella. Das finde ich gut. Es könnte nur sein, dass die Gastgeberin gewisse Vorrechte in Anspruch nehmen möchte."

„Dann probiere ich es eben immer wieder. Sag mal!, man, also frau, hört so dies und das."

Ich: „Was denn?"

Ella: „Dass man, also frau, dich auch mal besuchen kann. Oder würdest du mal zu mir kommen?"

Ich: „Klar!"

Janette kam vorbei.

„Leute, das Buffet ist aufgebaut, außerdem wollten wir jetzt anstoßen. Los!, kommt mit."

Janette nahm mich einfach, an der Hüfte umfasst, mit, ich konnte Ella noch schnell einen Kuss geben, und Janette sagte: „Na!, Süßer? Man hört so dies und das!"

Ich: „Ja?, was denn?"

Janette flüsterte mir ins Ohr: „Über diese Muschi-Sache. Das wirst du gleich mit deiner Gastgeberin machen, und alle gucken zu. Ich möchte mich gleich mal vormerken lassen. Ist das in Ordnung?"

Ich: „Gern, Janette. Ich träume schon davon."

Janette: „Ehrlich? Ich hoffe, du wirst dies hier sehr genießen. Wann darf ich dich denn mal allein besuchen?"

Ich: „Wollen wir das spontan machen? Ich möchte mir keinen Terminkalender anschaffen."

Janette: „Das verstehe ich. Ich komme nächste Woche irgendwann bei dir vorbei."

Lea: „Hallo meine Lieben! Nehmt euch ein Glas, und stoßt mit mir zusammen an! ... Eric!, kommst du mal?"

Janette brachte mich, immer noch an meiner Hüfte umarmt, nach vorn zum Buffet, wo ich einen einzelnen Stuhl sah. Lea nahm mich entgegen, Janette blieb aber auch bei uns.

Wir hoben alle unsere Gläser, und prosteten uns zu.

„Auf ein wunderschönes Wochenende", rief Lea. „Und wer es noch nicht weiß: Wer will, darf bis Sonntag Vormittag bleiben."

Alle nahmen einen Schluck, und Janette flüsterte mir ins Ohr: „Eric, du gehst jetzt bitte vor Lea in die Hocke, ziehst ihr die Hose runter, und küsst ihr die Muschi. Sie setzt sich dann auf den Stuhl, und erwartet einen weiteren Kuss, aber diesmal intensiver. Sie ist die Gastgeberin. Kriegst du das hin?"

„Ja. Bist du dann die Nächste?", nickte ich und flüsterte zurück.

Janette: „Ja? ... Na klar!"

Ich wandte mich zu Lea, die mich immer noch um meine Hüfte umarmt hielt, sagte: „Danke Lea, ich liebe dich dafür!", und gab ihr einen Kuss.

Sie aber schloss ihre Augen, und öffnete leicht ihren Mund, und schon küssten wir uns richtig.

Ein Raunen aus der Menge begleitete uns dabei.

Lea schmeckte herrlich, etwas nach Punsch, und duftete nach einem süßen, gewürzartigen Parfüm.

Wie Janette es mir aufgetragen hatte, ging ich nun, gefolgt von allen Blicken, vor Lea in die Hocke, küsste ihr erst einmal auf ihre Intimregion, die aber noch im Schlafanzug verborgen war, schob ihre Hose nach unten, und küsste sie direkt auf das niedliche, behaarte Dreieck, was das Raunen der Menge nochmals verstärkte.

Lea hatte wohl die Luft angehalten, denn jetzt atmete sie laut hörbar aus, zitterte leicht.

Ich blickte hoch zu ihr, nahm ihre Hand, während sie sich setzte. Und als sie nun ihre Beine leicht, und etwas zaghaft öffnete, war es, als ob alle Mädchen gemeinsam die Luft anhielten.

Sie anlächelnd, näherte ich mich, und küsste sie zart auf die, nun für mich offen sichtbare Kostbarkeit, so dass sie ein wenig zusammenzuckte.

Dann fühlte ich ihre zögerliche Hand an meinem Kopf.

Es war doch ihre, oder?

Aber ich ließ mich nicht beirren, erinnerte mich an den Unterricht, den mir Eva gegeben hatte, küsste sie noch zärtlicher, ließ sogar meine Zunge kurz eintauchen, und näherte mich ihrem Kitzler.

Alle Mädchen waren mucksmäuschenstill.

Andächtig still.

Aber Lea stöhnte auf einmal so erlöst, dass ich erschrocken hochsah, ob alles in Ordnung wäre.

Ich wollte mich von ihr abwenden, aber sie hielt mich fest: „Bitte noch einmal hier!", und zeigte auf ihren Kitzler.

Während ich nun sanft ihre Pobacken hielt, berührte ich sie dort noch einmal hauchzart, und wurde dafür mit einem Wimmern belohnt, während sie mir über meinen Kopf strich.

Ständig hatte ich im Hinterkopf, dass mich bis vor kurzem keines dieser vielen Mädchen überhaupt bemerkt hatte, sie mich ignoriert, auf jeden Fall kein Wort mit mir gewechselt hatten.

Und nun?

Nun kniete ich vor dem Schwarm unserer Schule, und tat etwas, was ich mir in meinen kühnsten Träumen verkniffen hatte, weil es reine Utopie war.

Und außerdem …

Ist dies alles nicht doch nur ein Traum?

Ein lang anhaltender Traum eines Achtzehnjährigen, der niemals die Gelegenheit bekommen wird, mit einem Mädchen auch nur zu sprechen?

„Eric!, genieße es!"

„Eva? Hast du dies arrangiert?"

„Selbstverständlich, Eric. Das ist *soo* spannend!"

„Da muss ich dir recht geben. Danke Eva."
„Oh gern, Eric."

Sofort nach ihr, setzte sich Janette schnell auf den Stuhl, streifte sich genauso schnell ihre Schlafanzughose nach unten, und zeigte mir, was es dort Wundervolles zu sehen gab.

Wunderschön!, wahrhaft wunderschön!

Sie und Lea sind die zwei schönsten Mädchen unserer Schule. Aber selbst so etwas darf ein Junge nicht an erste Stelle setzen, denn alle Mädchen sind auf ihre Art schön. Und jede hat ein Recht darauf, geliebt, verehrt und verwöhnt zu werden.

Janette quiekte ein wenig, auch sie schien mit mir zufrieden zu sein, denn wie auch Lea vor ihr, bedankte sie sich mit einem leidenschaftlichen Kuss, flüsterte mir noch zu: „Jederzeit, wann immer du willst. Ich stehe dir immer zur Verfügung."

So etwas, von einem so schönen Mädchen zugesichert zu bekommen, ist mehr als ein Dankeschön. Es hat etwas mit Liebe zu tun.

Gerade wollte sich die nächst Stehende auf den Stuhl setzen, als Janette anwies: „Die Nächste ist Ella! ... Bitte Ella, setz dich, wenn du willst."

Ella war völlig baff; damit hatte sie offensichtlich überhaupt nicht gerechnet, und schien sogar unschlüssig.

„Wirklich? ... Toll, danke."

Und schon saß sie auf dem Stuhl, stand noch einmal kurz auf, zog sich schnell ihre Hose runter, setzte sich wieder, und grinste mich an.

„He Eric!, wer hätte das gedacht? Einmal bitte mit Allem."

„Gern Ella, mit Vergnügen."

„Toll! ... Hier!, für dich!", und damit öffnete sie ihre Beine, und ich war fast geblendet von ihrer Schönheit. Das hätte ich nicht vermutet.

Bis jetzt hatte ich zwar noch nicht viele Vergleichsmöglichkeiten, aber etwas Schönes erkennt man sofort.

Sie schmeckte – wie übrigens alle Mädchen auf dieser Party – sehr gut, war äußerst entzückend in dem, wie sie sich ständig bedankte, sich darüber freute, wie sie es genoss, und ich fand es fast schade, dass sie bald dem nächsten Mädchen Platz machte.

Man könnte nun denken: Zwanzig Mädchen!, wird das nicht vielleicht langweilig?, oder: Hat der Junge für die Letzte noch genau so viel Zärtlichkeit, wie für die Erste? Oder: Macht das denn überhaupt Spaß? Oder: Warum kam nicht ein einziges Mädchen auf die Idee, sich zu revanchieren?

Ja, das taten sie trotzdem auch, aber wenn man als der einzige Junge auf eine Mädchenparty eingeladen wird, hat dieser Junge Verpflichtungen.

Ich kann nur sagen, dieser Einstand, den ich hier geben musste, den *durfte* ich geben. Etwas so Intimes für ein Mädchen zu tun, ist viel besser als irgendetwas anderes. Für mich – und das habe ich auf dieser Party festgestellt – ist dies das Größte, womit ein Junge einem Mädchen gegenüber seine Zuneigung ausdrücken kann.

Sicher, Worte und Komplimente sind auch sehr wichtig, aber dieses Kompliment, dieser Kuss auf die Muschi, ist zwar sehr intim, und natürlich nur da angebracht, wo er mit Sicherheit verstanden wird; aber eines habe ich in dieser Zeit gelernt: Die Mädchen lieben das, und diese Mädchen haben ihre Sehnsüchte nicht versteckt, sondern sie offen von mir fordert.

Das hat bei mir, ihnen gegenüber, und bei ihnen, mir gegenüber, Klüfte abgebaut. Es hat uns regelrecht zusammen geschweißt.

Es kamen alle Mädchen dran. Ich habe zwar nicht mitgezählt, aber sie hätten diesen Liebesdienst eingefordert, das ist absolut sicher.

Bevor wir allerdings mit dem Buffet begannen, sollte *ich* mich auf diesen Stuhl setzen. Jedes Mädchen, begonnen mit der Gastgeberin Lea, danach Janette, gefolgt wieder von Ella, setzte sich auf meinen Schoß, und tat das, was manche von ihnen zum ersten Mal, und manche schon mindestens einmal vorher genossen hatten, ich weiß es, weil es mir Eva verraten hat: Sie führten sich meinen Penis ein, hatten dabei ihren Spaß, und jede von ihnen ging etwas anders vor.

Ich fand alles toll.

Manchmal, wenn ich Hilfe oder Rat brauchte, oder wenn es die Situation erlaubte, oder ich sie einfach mal in meinen Gedanken sprechen wollte, dachte und sprach ich mit Eva.

Eva war ganz hingerissen, die Intimregionen dieser schönen Mädchen zu sehen, dabei muss sie doch auf ihrer Reise durch das gesamte Wissen, viele gesehen haben.

Selbstverständlich war ich verwundert, und wollte von ihr hören: „Eva?, gibt es denn für weibliche Besitzer einen männliches Pendant zu dir?"

„Nein, Eric. Ich habe eine Schwester; außer uns beiden gibt es niemanden unserer Art. Es existieren Computer, die ähnliches leisten können, aber keiner ist so weit entwickelt wie wir."

„Dann seid ihr Personen, und keine Computer, würde ich sagen."

„Das hast du sehr gut erkannt, Eric. Wir fühlen und denken nicht wie bekannte Computer."

„Aber du hast dich als ein Computer vorgestellt, Eva."

„Sonst hättest du vieles nicht verstanden, Eric. Es ist die naheliegendste Beschreibung, die auf uns zutrifft."

„Das finde ich sehr toll, Eva. Wo ist denn deine Schwester? Und wie heißt sie?"

„Sie dient ihrem Erschaffer, der wie du, auch Eric Kotten heißt. Sie allerdings heißt Zoé."

„Könnt ihr euch über diese große Zeitdistanz verständigen, Eva?"

„Ja, das tun wir auch, Eric."

„Also, es gibt nur zwei eurer Art, und du bist bei mir. Weißt du, was das für eine Ehre für mich ist, Eva?, dich so nach und nach kennenlernen zu dürfen?"

„Eric, du bist ein kleiner Charmeur, das stellen nicht nur diese süßen Mädchen fest."

„Aber du, Eva, hast mir dies alles ermöglicht und beigebracht!"

„Und du Eric, hast der Ella, die immer so im Abseits stand, dies hier ermöglicht."

„Eva, darf ich dich etwas fragen?"

„Tust du das nicht schon, Eric?"

„Ja, stimmt. Also darf ich?"

„Ist es sehr persönlich?"

„Eva, du hast die Frage schon gesehen: Bist du aus freien Stücken, also bist du von dir aus, zu mir gekommen?, oder hat dich tatsächlich mein Nachfahre Eric Kotten geschickt?"

„Es war so, dass ich mir dich ausgesucht hatte. Entschuldige bitte die anfängliche Irreführung."

„Bist du tatsächlich ein Computer, Eva?"

„Du hast mich ziemlich schnell durchschaut, Eric. Alle Achtung."

„Darf ich dich fragen, ob du ein Engel oder ein Dämon bist, Eva?"

„Selbstverständlich darfst du mich alles fragen, Eric. Das weißt du mittlerweile hoffentlich, denn ich habe mir zwar dich ausgesucht, aber ich gehöre vollständig dir. Wir beide sind eins.

Nein, ich bin weder ein Engel, noch ein Dämon, das sind nicht von Menschen, sondern von Gott, erschaffene Wesen. Ich bin auch kein Wesen im Sinne eines Wesens.

Zoé und ich sind von Menschen erschaffene Systeme, die zwar noch gewisse Komponenten von Computern beinhalten, aber weitaus weiterentwickelt sind. Wir zwei sind die ersten computerbasierten Einheiten, die Gefühle wie Menschen haben, sowohl psychisch, als auch physisch. Und was wir sonst noch können, hast du zum Teil schon erlebt.

Eines, was uns beide besonders auszeichnet, ist unsere absolute Loyalität, und außerdem unser Wunsch, unseren Besitzern ihre Lebensumstände so angenehm wie nur möglich zu gestalten."

„Ich liebe dich, Eva."

„Das kann ich mittlerweile absolut erwidern, Eric."

„He, Eric!"

Finger schnippten vor meinen Augen.

„Grübelst du schon wieder?"

„Wie bitte?"

Hanna: „Du hast eben schon wieder diesen verträumten Blick drauf gehabt."

Ich: „Entschuldige bitte, Hanna."

Hanna: „He!, du musst ziemlich weit weg gewesen sein."

Nun erst bemerkte ich, dass nicht nur Hanna, sondern auch Janette und Emma ihre Hände in oder an meiner Hose hatten.

Peinlich!, aber mein Penis hatte mitgedacht: Er hatte nicht geträumt wie ich, sondern war aufgestanden, und hatte den schönen Mädchenhänden gezeigt, wie sehr er ihre Zuwendungen genoss.

Emma: „Was ist mit dir, Eric?"

Ich: „Ich habe nur ein bisschen geträumt. Das tue

ich manchmal."

Janette: „Dabei bist aber *weit* weg gewesen, denn wir kümmern uns schon eine Zeit lang um dich."

Ich: „Danke, ich liebe euch."

Emma: „He! Wirklich?"

Ich: „Ja."

Wir lagen auf der großen Couch. Und außer den dreien, waren noch viele der anderen Mädchen dort. Aber die aßen und tranken.

Janette: „Ich habe Hunger. Eric, wir könnten dich füttern, wenn du willst."

„Das ist eine tolle Idee", erwiderte ich. Aber ich weiß nicht …, ich gucke mich erst einmal um, was es so alles Schönes zu essen gibt."

Meine Hose wurde mir wieder gerichtet, mir wurde aufgeholfen, und zusammen mit vielen anderen Mädchen gingen wir zum Buffet.

Der Nudelsalat, den ich mitgebracht hatte, schien recht begehrt zu sein. Meine Mutter und ich hatten ihn zusammen gemacht.

„Der ist echt gut, Eric. Hat den deine Mutter gemacht?", fragte May.

„Ich habe geholfen", antwortete ich.

May: „Kannst du kochen? Dann wärst du noch begehrter."

„Nein, nicht wirklich. Ich habe nur ein bisschen geschnippelt. Das meiste kommt von meiner Mutter, wie gesagt. Was hast du mitgebracht, May?"

„Diese beiden Sachen", zeigte May stolz auf einen kalten Auflauf und auf einen Nachtisch, „einen Kartoffelauflauf, und eine eigene Tiramisu-Kreation."

Ich nahm von beiden Speisen, probierte, und war wirklich erstaunt, wie gut sie schmeckten.

„Toll! Und du hast sie bestimmt selbst gemacht?"

May: „Selbstverständlich!"

Ich nahm mir vor, von allem zu kosten, aber dafür würde der Abend kaum reichen.

„Na, mein Süßer?"

Lea, unsere Gastgeberin, umarmte mich von hinten, ihre Hände glitten tiefer, und waren auch schon in meiner Hose.

Dass dabei mein Penis darauf nicht *Nichts* erwidern konnte, war so klar, dass ich mich hierfür auch nicht schämen musste. Er war heute Abend schon so oft aufgestanden, und hatte sich danach wieder beruhigt, dass dies eine gute Übung für ihn zu sein schien. Es würde seine Ausdauer und seine Fitness, aber auch sein Reaktionsvermögen, trainieren und steigern.

Im Moment freute er sich gerade riesig über die warmen, wunderschönen Hände, die außerdem noch mit langen, roten Nägeln bestückt waren.

Selbst Eva hatte bei unserem Kennenlernen lange, rote Fingernägel gehabt.

„Danke, Lea. Du machst das ganz wunderbar."

Lea: „Du kannst dich nach dem Essen auch noch anders bei mir bedanken, Eric. Ich bin ganz wild auf dich. Liebst du mich wirklich?"

„Ja, das tue ich."

Bei so wundervollen Mädchen muss man immer die Wahrheit sagen, und darf mit Liebesbekundungen nicht sparen. Ich glaube, Mädchen hören so etwas gern, besonders, wenn es wahr ist und stimmt. Sie merken sofort, wenn man lügt oder sie nur hinhalten will. Sie haben ein sehr feines Gespür für das Echte.

Ein Junge darf bei dem Ausspruch eines Liebesgeständnisses keine Hintergedanken haben, wie zum Beispiel, das Mädchen nur ins Bett bekommen zu wollen. Und wenn sein Liebesspruch als wahr eingestuft wird, fügt sich alles andere von selbst.

Ich aß im Stehen, genoss auch die Zuwendung, die mir Leas Hände in meiner Hose bereiteten, und ihre Hände bekamen noch Gesellschaft von Artgenossinnen, die sich alle zusammen den einen, den ich hatte, teilten.

Und auch er bekam langsam wieder Hunger. Aber ein echter Liebhaber lässt davon nichts durchblicken, er hält sich zurück, wartet geduldig, bis er dran ist, denn auch Mädchen bekommen Hunger, der sich nicht nur auf Magenspeise bezieht.

So wurden ich und meine Mahlzeit immer weiter in Richtung Leas Zimmer geleitet. Mir wurde das Essen mit dem Hinweis abgenommen, dass dafür auch später noch Zeit wäre. Dann schubste mich Lea leicht an, und ich fiel rückwärts auf ihr Bett, das übrigens gigantisch groß ist.

Kurz überlegte ich laut, ob wir nicht aus Versehen im Schlafzimmer ihrer Eltern gelandet wären.

Nein, sagte sie, das wäre ihr eigenes Bett. Es wäre nun mal so groß wie ein Ehebett, weil sie sich im Schlaf bewegte, und dabei viel Platz bräuchte.

Für das, was die vielen Mädchen jetzt mit mir vorhatten, war die Größe des Bettes ideal, und schon saßen und lagen mindestens die Hälfte aller Mädchen um mich herum, und Lea auf mir.

Eva war wieder ganz begeistert.

„Eric!, ist das nicht wundervoll? Du bist ein glücklicher Junge!"

„Ja, das bin ich. Danke Eva."

Mir wurde aus meinem Schlafanzug geholfen, die Mädchen entkleideten sich auch, und schließlich war nur noch bloße Haut anwesend.

Ich wurde gestreichelt, befühlt, liebkost, geleckt, befingert, befühlt, und schließlich schlüpfte mein Penis in die Lea hinein, und alle Vorbereitung und Sensibilisierung, die ihm noch am Buffet zuteil geworden war, hatte sich gelohnt, denn nun war er am Ziel, oder *im* Ziel.

Für einen Penis, oder besser gesagt: für meinen Penis, ist dies der schönste Ort, den er sich vorstellen kann. Denn normalerweise führt er ein Leben im Verborgenen, ein Warten in der Dunkelheit meiner Hose.

Ab und zu bekommt er von meinem Hirn Impulse zugesandt, die ihn etwas aufmuntern, oder schon in eine Habachtstellung versetzen, dann bekommt er Hoffnung, aber normalerweise sind es Fehlalarme, und alles verläuft im Sand, im wieder-Vergessen.

Aber heute Abend darf er sich freuen, dass sich all das Warten gelohnt hat. Jetzt ist er nicht nur am, oder im Ziel. Heute darf er sich sogar auf noch mehr freuen. Und ich hoffe für ihn, dass er durchhält, und seine vielen Versprechen hält und einlöst.

„Eva?"

„Ja Eric, ich weiß, was du hoffst."

„Wirklich?"

„Eric, du möchtest, dass ich dir helfe, indem ich dich mit Durchstehvermögen ausstatte."

„Kannst du das, Eva?"

„Eric, du weißt doch, dass mein oberstes Ziel ist, dich glücklich zu machen. Das ist gar kein Problem für mich, die ich dich sogar schon in die Karibik und wieder zurückgebracht habe. Denkst du noch daran?"

„Ja, das war schön", dachte ich daran, wie Eva auf mir saß und mit mir geschlafen hatte.

„Also, dann lass dich nicht aufhalten, Eric. Genieße, und zeige diesen süßen Mädchen, dass sie *dich* genießen dürfen."

„Danke Eva."

Lea lächelte mich von oben sehend an, ihre Brüste schaukelten hin und her, und berührten meine Haut, ihre süße, warme Muschi umschloss meinen Penis, der absolut glücklich war, und sie, die Lea, fing an, sich zu bewegen.

„Eric, alle Mädchen haben die Pille genommen. Das haben sie mir versichert. Das war sozusagen die Bedingung, um auf die Party zu kommen.

Also los!, wir wollen alle sehen, ob der Junge, der noch bis vor kurzem ein fast unscheinbares Leben führte, und wie aus dem Nichts nun von allen verehrt wird, wirklich so potent ist, dass er sich diese Stellung sichern kann. Das wäre zwar erst recht unerklärlich, aber dann wären wir beruhigt."

Eine klare Forderung, und eigentlich nicht zu erfüllen. Ich aber lächelte, denn ich würde nicht versagen können.

Mir zeigte es allerdings, dass, auch wenn meinem Charme mittlerweile schon einige erlegen waren, dies hier geplant war.

Leas Freude und Genuss aber, war echt, auch wenn dies eine Probe, eine Prüfung, war. Ich sollte ja nicht ausschließlich eine körperliche Leistung absolvieren, sondern ich sah hier auch diesen meinen Charme auf dem Prüfstand.

Nachdem Lea abgestiegen und zufrieden mit mir war, und als Nächste wieder Janette dran war, schien ich so etwas wie Mitleid in Leas Gesicht ausmachen zu können.

Aber als Janette fertig war, bedankte sie sich genauso überschwänglich mit Worten und Küssen, wie Lea.

Auch Ella bekam alles, was sie sich von mir erhofft hatte, und danach Sabine, Nicole, Emma, Hanna, Cilina, Janine, Anna, Siri, May, Marie, Anne, Lisa M, Anja, Sara, Adele, Denise, und Charlotte.

Zuletzt setzte sich noch einmal Lea auf mich. Und diesmal lobte sie mich nicht nur, nachdem immer noch genug für sie vorhanden gewesen war.

„He Eric. Du bist uns hoffentlich nicht böse, oder?"

„Nein, wie könnte ich bei einem solchen Liebesdienst, einem solchen Genuss, böse sein? Dann wäre ja jedes Ich-liebe-dich gelogen."

Lea: „Aber du hast jetzt noch nicht einmal gefragt: Wie war ich? Auch dafür lieben wir dich. Jetzt erst recht. Aber erklärbar ist es noch weniger geworden."

„Ich kann es auch nicht", erwiderte ich.

Lea: „Kommt alle! Wir duschen Eric jetzt ein bisschen, wir müssen uns ja auch frisch machen, und danach machen wir es uns gemütlich. Vielleicht gibt es ja zur Abwechslung mal ein wenig Sex:"

Allgemeines Kichern, Pfeifen, Raunen.

„Danke nochmal, Eva."

„Gern geschehen, Eric. Ich hatte auch meinen Spaß. Ganz gewaltig sogar."

„Du hast wieder alles gespeichert, nehme ich an?"

„Ja, Eric. Du kannst es so oft genießen, wie du willst."

„Danke Eva."

95

Selbst das gegenseitige Duschen, Reinigen, Waschen, Säubern, ist mit so vielen süßen Mädchen ein absoluter Hochgenuss. Bei so viel nackter Haut konnte sich mein Penis, der sich eigentlich eine Pause verdient hatte, kaum beruhigen. Er blieb in ständiger Habachtstellung, was die süßen Mädchen aber zu würdigen wussten.

So viel Lob und Anerkennung! – auch ich sparte damit nicht.

Denn wer wie ich, vorher ein Leben im Abseits gelebt hatte, und nun endlich bewundert wird, weiß, wie wertvoll Beachtung ist, und lernt schnell, die richtigen Komplimente zu vergeben. Und diese kommen immer an. Sie verfehlen ihre Wirkung nicht.

Erstaunlich fand ich aber bei Lea, dass ihre anfänglich schüchterne Sprachlosigkeit wieder ihrem selbstsicheren Auftreten gewichen war. Es konnte nicht nur daran liegen, dass dies hier ihr gewohntes Reich war.

Wer weiß, vielleicht war sie ja froh, dass ich die Prüfung bestanden, und sie ihren Freundinnen keinen Looser präsentiert hatte.

Jedenfalls waren unserem Spaß keine Grenzen gesetzt. Und davon, von dem Spaß, hatten wir viel an diesem Wochenende.

Ich durchlebe dieses Wochenende ab und zu noch einmal, obwohl ich keinen Mangel an Anerkennung mehr erleiden muss.

Vor mir am Buffet stand Ella, der ich ganz sanft meinen Arm um die Hüfte legte.

„Na du Schöne?"

„He! Du darfst mich überall anfassen, wenn du willst. Ich hoffe sogar darauf, Eric."

„Tatsächlich?"

„Los!, mach schon."

Meine Hand bekam ein Eigenleben, glitt weiter nach oben, unter ihr Oberteil, und blieb an ihrer Brust, die ich vorhin gesehen hatte: Wunderschön. Und was ich jetzt fühlte, bestätigte meinen Eindruck: Weich, und sehr zart.

„Ich kann später meinen Kindern etwas über eine Legende erzählen, Eric."

„Du musst nicht gleich übertreiben", neckte ich sie, „jedenfalls bist du wunderschön, Ella."

„Danke Eric, womit darf ich dich füttern, bevor ich dich gleich zum Nachtisch verschlinge."

„Ich nehme von dem Reissalat, den du mitgebracht hast."

„Okay, den wollte ich mir auch gerade gönnen."

Wir gingen zur Couch im Wohnzimmer. Ich setzte mich bequem, und Ella auf mich drauf, führte sich ohne Umschweife meinen kleinen Liebling ein, und fütterte mich aus dieser Position heraus.

Wundervoll.

Und so ideenreich von ihr!

Lisa M lag neben uns.

„He, das muss ich euch beiden lassen: Das sieht richtig geil aus, was ihr da macht."

Ella: „Wenn ich fertig bin, kannst du mich ablösen."

Lisa M: „Aber nur mit dem Sport, ich möchte nicht, dass Eric dick wird."

Ella: „Es ist ein süßer Sport."

Lisa M: „Ja, und ich habe auch eine Theorie über unseren Helden."

Lea: „Ja? Erzähl mal!"

Lisa M: „Könnte es nicht diese berühmte türkisblaue, rautenförmige Pille sein?"

Lea: „Die Idee geht in die richtige Richtung. Aber sie wirkt ausschließlich potenzsteigernd, und außerdem müsste Eric eine Dauerlatte haben. Sein Penis reagiert normal. Es würde leider nicht seinen Charme erklären."

Lisa M: „Ja, schade. Könnte es ein Zaubertrank sein?"

Ella: „Darüber habe ich auch schon nachgedacht. Was könnte das sein, Liebling?"

Janette: „Aber er ist unser aller Liebling, okay?"

Lea: „Selbstverständlich, mach dir keine Sorgen."

Ich: „Ich habe nichts eingenommen; ich schwöre."

Cilina: „Kriegt man denn im Internet irgendetwas, was dem nahe kommt?"

Emma: „Glaube ich nicht."

Lea: „Ich glaube, wir müssen uns den Tatsachen stellen, und es einfach akzeptieren."

Ella war mit dem Füttern mittlerweile fertig, bewegte sich nun genießerisch, beugte sich etwas vor, und bat: „Mit Schuss bitte!"

Janette: „He, der war gut: Mit Schuss bitte. Ella!, wir haben dich echt unterschätzt. Wo hast du so was her?"

Ella: „Ist mir nur eben so eingefallen."

Lisa M: „Toll!"

Ich erfüllte Ella gern ihren Wunsch, als sie ungefähr ihren Höhepunkt erreicht hatte. Und wir bekamen von den anderen Tüchlein gereicht, um uns zu säubern.

Gleich nachdem Ella sich mit hunderten von Küssen bei mir bedankt hatte, nahm Lisa M ihren Platz ein.

Erst führte sie sich meinen Liebling ein, und küsste mich dann. Und zwar sehr ausgiebig.

„Hallo, du Schöne!", begrüßte ich sie.

„Hi", antwortete sie, und fing schon an zu quieken. Vorhin war sie auch sehr schnell zu ihrem Orgasmus gekommen.

Lisa M: „Ich hätte gern das Gleiche wie Ella, wenn es möglich ist."

Ich: „Okay."

Emma: „Lisa M, hast du was dagegen, wenn wir ihn nebenbei etwas küssen?"

Lisa M: „Nein, macht mal! Es ist schließlich eine Party."

Emma fing an, mich zu küssen, Lea streichelte mich, und nach und nach wurde ich von Küssen bedeckt, und von vielen Händen gestreichelt.

Und auch Lisa M bekam, wofür sie sich abmühte.

Nicole löste sie ab.

„Na, du Schöne?"

„Hallo Nachbar! Einmal mit Schuss bitte! Der Spruch ist einfach gut!, Ella."

Und während Nicole verträumt genoss, hörte ich Lea und Janette miteinander tuscheln, und dann:

„He Leute! Passt mal auf!"

Lea ließ auf einmal ihre Muschi über meinem Gesicht schweben, senkte sie etwas ab, und während Nicole ihrem Höhepunkt zusteuerte, fing Lea an, sich ihre Muschi an meinem Mund zu reiben.

Das war nur der Auftakt, denn nun wollten dies alle Mädchen. Hier wärmten sie sich auf, bevor sie dann weiter abwärts glitten, und sich Ellas Spruch bedienten, um mir klar zu machen, was ich ihnen schuldete.

Herrlich!

Vor allem deshalb, weil ich meine Schuld auch einlösen konnte, und keines der Mädchen unzufrieden mit mir war.

Dann durfte ich mir wieder etwas vom Buffet aussuchen, musste mich aber zurück zur Couch begeben, weil ich dort gefüttert wurde.

Zwischendurch durfte ich dampfen, Tee oder etwas anderes trinken, danach sollte ich aus der knienden Position heraus, allen ihre süßen Kostbarkeiten lecken.

Als nächstes führten sie mich ins Bad, wo wir uns alle wieder duschten, und erst jetzt, als ich erneut auf der Couch saß, und mich fragte, was die schöne Gastgeberin sich nun ausgedacht hatte:

„Sitzt du bequem?, Eric", kam von Janette, die mal wieder für Lea sprach.

Ich: „Ja."

Janette: „Lea hatte eine Idee."

Ich wartete geduldig, ob noch etwas kam.

Janette: „He!, du musst jetzt fragen."

Ich: „Was für eine Idee hatte Lea?"

Ich sah zu Lea, die schmunzelte.

Janette: „Eine von uns hält dir die Augen zu, und du musst erraten, wer von uns dir gerade einen bläst."

Ich: „Wie soll ich denn das erraten? Das geht doch gar nicht."

Janette: „Deshalb ist es ja ein Ratespiel."

Ich: „Jedes Spiel hat Regeln. Wie sind sie bei diesem?"

Lea: „Wenn du daneben liegst, musst du der Betreffenden die Muschi lecken."

Ich: „Das würde ich auch so machen, weil ich es schön finde."

Janette: „Es ist doch nur ein Spiel!"

Ich: „Und wenn ich richtig rate?"

Lea: „Dann *darfst* du der Betreffenden die Muschi lecken."

Ich: „Hä? Das ist doch das Gleiche."

Janette: „Stimmt. Fangen wir an!"

Emma hielt mir grinsend die Augen zu. Als

Nächstes spürte ich dieses wunderbare Gefühl, das es nur gibt, wenn Lippen dies tun. Aber ich spürte auch Zähne, die jedoch sehr vorsichtig waren.

„Eric, mein Süßer: Es ist Sabine."
„Danke Eva, mein Schatz."
„Gern Eric."

Ich wollte es aber zuerst ein wenig genießen, und sagte nichts, tat so, als überlegte ich krampfhaft. Es war einfach so schön, wie Sabine dies tat.

Dann sagte ich: „Es ist Denise, nein! ..., es ist Sabine!"

Lea: „Richtig! Ein Punkt für dich, Eric. Sabine, du gehst auf diese Seite."

Emma ließ mich kurz gucken, und ich bedankte mich bei Sabine. Dann wurden meine Augen wieder verschlossen.

„He Lea", meldete ich mich noch schnell zu Wort, „ich könnte doch dir deine wunderschöne Muschi lecken, und du rätst, wer es getan hat. Du musst natürlich auch die Augen verbunden haben."

Lea: „Willst du jetzt witzig werden? Du hast das ganze Wochenende Zeit, mir meine Muschi zu lecken. Also weiter!"

Letztendlich lag ich bei diesem Spiel dreimal richtig, und siebzehn mal daneben. Natürlich wusste ich durch Eva immer, bei jedem Mädchen, Bescheid.

Anschließend durfte/musste ich allen ihre süßen Muschis liebkosen. So hatte ich bei diesem Spiel zweimal Spaß gehabt. Und insgesamt war es sowieso ein Riesenspaß. Deshalb lobte ich Lea und Janette für diese tolle Idee.

Eigentlich finde ich, dass man sich nicht immer gegenseitig beschäftigen muss. Man/frau kann auch einfach so rumliegen, und nichts tun. Es ergibt sich bestimmt etwas.

Aus Sicht der Gastgeberin sieht es allerdings wieder anders aus. Sie will ihren Gästen etwas bieten, sie unterhalten, sich vergewissern, dass es allen gut geht, und sich niemand langweilt.

So ist das eben.

Mir wurde ein bisschen Ruhe gegönnt. Der Abend war noch lange nicht zu Ende.

Ella setzte sich neben mich. Sie war eines der Mädchen, die ich richtig erraten hatte. Und zwar, ohne dass ich erst einen falschen Namen gesagt hatte.

„Hallo, schöne Ella."

„Danke für das Kompliment. Wie hast du mich erraten?"

„Ich glaube nicht, dass man das wirklich erraten könnte."

„Aber du hast sofort meinen Namen gesagt."

„Nicht sofort, Ella. Erst einmal wollte ich es genießen."

„Aha! Und war ich gut?"

„Wenn ich das jetzt bejahen würde, könnte man

es als frauenfeindlich einstufen."

„Scherz beiseite, Eric. Wie fandest du es?"

„Toll!, Ella."

„Danke, Eric."

Ella legte sich auf meinen Schoß, und war schon wieder gefährlich nah an meinem Penis. Hatte sie vor, weiterzumachen?

Nein. Es passierte nichts weiter, als dass sie sich an mich kuschelte. Eine zärtliche Geste. Ich streichelte ihr über ihren Kopf, und war mit meinen Gedanken auf einmal woanders.

„Eva! Gerade ist mir etwas aufgefallen!"

„Ich weiß, Eric. Das hat aber lange gedauert!"

„Warum hast du es mir nicht schon vorher, also früher, gezeigt?"

„Ich wollte, dass du es selbst merkst, Eric. Aber jetzt kümmere dich bitte um Ella! Das andere hat Zeit."

„Okay, du hast recht, Eva."

Wirklich!, Eva hatte recht: Ella bekundete mir gerade ihr Liebe, und ich war mit meinen Gedanken woanders. Das wäre ziemlich unhöflich gewesen.

Aber Ella war so entspannt, dass sie einschlief. Friedlich und süß. Ich streichelte sie einfach weiterhin.

„Eva? Ella ist eingeschlafen."

„Ja, Eric. Das habe ich nun auch gesehen. Also?"

„Tja. Im Wald, an dem ersten Tag. In der Erinnerungsszene, die du mir generiert hattest, guckte ein Eichelhäher auf mich herab. Aber später, als wir beide schon vereint waren, wurde ich von vielen Tieren beobachtet. Und erst eben gerade kam mir die Erinnerung daran, und dass alle Tiere keine Scheu vor mir hatten. Ist es bei ihnen so wie bei den Menschen?, eben dass ich Zugang zu ihnen finden kann?, dass sie mich akzeptieren, und mir nichts antun?"

„Sehr gut, Eric! Wann willst du es ausprobieren?"

„Jetzt? Ginge es sofort, Eva? Du könntest mich wieder so zurückbringen, dass es keine Zeitlücke zwischen Verschwinden und Zurücksein gibt."

„Ja, Eric. Oh, jetzt sehe ich es: Du willst einem Kodiakbären gegenüberstehen. Das ist mutig!"

„Aber ich vertraue dir, Eva."

„In Ordnung, Eric." ...

… Im nächsten Moment stand ich mitten in einer Wildnis, auf einer Wiese mit hohem Gras. Ob es wirklich die Insel Kodiak war, konnte ich nicht beurteilen, aber der Bär, dem ich gegenüberstand, war ein Kodiakbär.

Gigantisch groß, und absolut furchterregend.

Es war wohl sogar ein Männchen, denn die sind noch größer als ihre Artgenossinnen.

Uns trennten ungefähr drei Meter, also befand ich mich innerhalb seiner Distanz, in der er nicht mehr weglaufen, sondern angreifen würde, denn ich war viel zu nah bei ihm, und meines Wissens duldet so ein Bär niemanden in seiner unmittelbaren Nähe.

Wir sahen uns an, und er kam gemütlich, ohne Aggression, auf mich zu, stupste mich mit seiner gewaltigen Nase an, und legte sich vor mich hin, auf seine Seite, so dass ich versucht war, mich zu ihm zu legen.

Sollte ich das tun?

„Eric, dies war eine Einladung. Leg dich an seinen Bauch, er wird dich mit seinem Arm umfassen."

Verführerisch!, so verführerisch, dass ich vergaß, Eva zu antworten.

„Eric, hast du verstanden? Oder soll ich sichtbar werden?"

„Oh. Entschuldigung. Danke Eva. Nein, du kannst unsichtbar bleiben."

So ging ich in die Hocke, und legte mich zu dem Bären, der mich mit einem tief grollenden Ton in Empfang nahm, seinen Arm um mich legte, und einschlief. Ich bemerkte es an seiner Atmung, die ruhig, und noch ruhiger wurde, bis sie schließlich friedlich und gleichmäßig seinen Schlaf begleitete.

Besonders überrascht aber war ich, dass der Bär angenehm roch. Nicht etwa stank. Sondern er roch nach Wiese, und ein klein wenig nach Tier.

Nach einem Tier der Freiheit.

Niemals hätte ich mich von seinem riesigen Arm befreien können, deshalb bat ich Eva nach einer Weile, mich wieder zurückzubringen. ...

… Immer noch schlief Ella auf meinem Schoß, so friedlich, und gleichmäßig atmend wie der riesige Bär eben.

„Danke Eva! Das war toll. Niemals hätte ich so etwas für möglich gehalten."

„Schön, dass es dir gefallen hat, Eric. Ich war auch beeindruckt, von dem Bären, und auch von dir. Du hattest keine Angst."

„Die sind wirklich riesig und gigantisch! Danke."

Als der Bär vor mir auf seinen vier Füßen stand, war ich nur minimal größer als er. Ein massiges Tier. Allein sein Kopf!, und seine Pranken!

Nach meiner Schätzung war ich eine ganze Stunde dort; und hier hatte niemand meine Abwesenheit bemerkt.

Denise setzte sich zu uns. Sie gab mir einen Kuss, lächelte mich an, und küsste mich noch einmal.

„Störe ich?"

„Nein, Denise, eine Schönheit wie du stört niemals."

„Wie kommt es, dass du auf einmal so ein Charmeur bist, Eric?"

„Vorher ergab sich nie die Gelegenheit."

„Ich mag dich."

„Ich dich auch, Denise."

„Hi, ihr!"

May setzte sich auf den Teppich vor uns. Nach und nach kamen immer mehr. Lea setzte sich an meine Seite, strich Ella sanft über ihr Haar. Sie schlief immer noch.

Die anderen Mädchen gesellten sich zu uns, und schließlich waren alle hier, um mich herum. Nur eben Ella schlief weiterhin auf meinem Schoß.

„Ist Ella deine Freundin?", fragte Janette.

„Wenn sie es wäre", antwortete ich, „dürfte ich nicht hier mit euch allen diese Party feiern. Wäre doch ziemlich komisch, oder?"

Janette: „Stimmt auch wieder. Ich würde es meinem Freund nicht erlauben."

Denise: „Du hast doch gar keinen."

Janette: „Pscht. Muss ja keiner wissen. He Eric!, willst du nicht mein Freund sein?"

Ich: „Ich hoffe, das bin ich bereits."

Emma: „Ist euch eigentlich klar, was wir hier alles zusammen machen, und wie unwirklich das ist? Und ihr redet darüber, wer von euch einen Freund hat!"

Lea: „Was meinst du damit?"

Emma: „Zum Beispiel vernaschen wir in einer Tour den Eric, und wir streiten uns nicht. Wir sind alle ganz friedlich. Ist das nicht seltsam?"

Adele: „Ja, so habe ich es noch gar nicht betrachtet."

Charlotte: „Wie denn?"

Adele: „Gar nicht."

Charlotte: „Siehst du? Da stimmt doch irgendetwas nicht."

Anne: „Willst du lieber streiten?"

Marie: „Wir haben uns auf Pyjama-Partys noch nie gestritten. Ich finde, Eric benimmt sich wie eine von uns."

Lea: „Willst du damit sagen, er benimmt sich wie ein Mädchen?"

Marie: „Es wäre doch eine Erklärung, oder?"

Lea: „Aber du hast meine Frage nicht

beantwortet."

Marie: „Ja, das tut er ein bisschen. Er ist nett, spielt nicht den Macker, und gibt nicht an, wie die anderen Jungen. Das finde ich gut."

Seltsam, dass ich selber gar nicht am Gespräch teilnahm, und auch das Gefühl hatte, dass alle Mädchen zwar über mich sprachen, aber mich so beachteten, als wäre ich woanders.

Cilina: „Ich spüre jedenfalls hier in meinem Herzen, dass er etwas Besonderes ist. Wir sollten ihn in unserer Clique behalten, oder ihn zumindest fragen, ob er Lust dazu hat."

Denise: „Die Idee ist gut. Ich bin dafür."

Lisa M: „Dann könnten wir ab und zu mal solche Spielchen machen."

Lea: „Ich will mich ja nicht selbst loben, aber das war gut, oder?"

Sabine: „Und er hat mich sogar erraten!"

Janette: „Wie er das wohl gemacht hat? Emma!, hast du ihn durch deine Finger gucken lassen?"

Emma: „Nein, auf keinen Fall. Er konnte nichts sehen."

Hanna: „Ich finde auch, wir hatten noch nie so viel Spaß auf unserer Party. Was sagt ihr?, wollen wir ihn dazu nehmen?"

Janine: „Man könnte ihn fragen. Ich wäre dafür."

Lea: „He Eric, ist Ella deine Freundin?"

Ich: „Davon weiß ich nichts."

Janette: „Also hast du eine Entscheidung getroffen, Eric?"

Ich: „Da muss ich nicht lange nachdenken. Ich möchte das einundzwanzigste Mädchen sein, wenn Ella auch dabei ist. Das wäre meine Bedingung."

Lea: „Bebongt. Sagtest du eben Mädchen?"

Ich: „Tat ich das? Ich schließe mich Maries Einschätzung an."

Janette: „Aber du bleibst doch trotzdem ein Mann, oder?"

Ich: „Keine Frage."

Siri: „Dann müsstest du etwas zu deinem Einstand machen, Eric."

Ella bewegte sich.

„Was ist passiert?", fragte sie verschlafen.

Ich: „Wir beide sind in die Clique aufgenommen worden."

Ella: „Ehrlich? Toll!"

Ich: „Wir müssen irgendetwas für unseren Einstand machen."

Ella: „Was denn? Hoffentlich nichts Ekliges!"

Lisa M: „Also, ich finde, Eric hat heute schon genug Sachen gemacht, das reicht für Ella gleich mit."

Ella: „Ja?, das ist nett."

Siri: „Also, ich bin damit noch nicht ganz zufrieden. Sie könnten etwas Persönliches erzählen, zum Beispiel, was sie so in ihrer Freizeit machen."

Ella: „Ich koche und nähe gern."

Siri: „Okay, das war zwar kurz, aber gut."

Lea: „Hä? Na gut. Ist in Ordnung."

„Ich bin gern im Wald", erzählte ich, „suche

Spuren, lese sie, sehe den Tieren zu, gucke, ob vor mir schon jemand den gleichen Weg gegangen ist, versuche die Gerüche zu deuten, sammle außergewöhnliche Funde, versuche, mir vorzustellen, wie es früher dort ausgesehen hat, und so weiter."

Siri: „Das hört sich interessant an. Was hast du zum Beispiel gefunden?"

Ich: „Federn von einem Uhu und von einem Eichelhäher. Die können ganz bunt sein."

Siri: „Bist du deshalb so gut in Biologie?"

Ich: „Vielleicht."

„Seid ihr zufrieden?", wandte sich Siri an die anderen.

Janette: „Wir waren schon vorher zufrieden."

Siri: „Dann seid ihr jetzt aufgenommen, und wir sind nun einundzwanzig."

Lea: „Super! Das finde ich gut. Und dass Eric küssen kann, hat er ja bewiesen. Sehr schön."

Anne: „Mir ist aufgefallen, dass ich mich in Erics Nähe wohlfühle."

Denise: „Hat es vielleicht etwas damit zu tun, dass er ein Junge ist?"

Anne: „Bei anderen Jungen ist es nicht so. Er hat auf einmal eine beruhigende Ausstrahlung. Wenn er jetzt Muskeln hätte, könnte ich sagen, dass ich mich sicher fühle. Aber es ist anders."

Die Nächte solcher Partys sind nicht unbedingt

zum Schlafen da. Ich bemühte mich, so gut es ging, wach zu bleiben, oder mir nicht anmerken zu lassen, dass ich eigentlich schon hundemüde war.

Einige der Mädchen hatten sich einfach zusammengerollt und lagen irgendwo, oder auf der Couch, und schliefen ganz offensichtlich.

Gespräche waren kaum noch möglich; ich nickte manchmal einfach für Sekunden weg. Ella lag schon wieder halb auf meinem Schoß.

Eine völlig verschlafene, und sich die Augen reibende Lea kam ins Wohnzimmer, nahm mich einfach an die Hand: „Los, komm mit! Kannst Ella auch mitnehmen."

So trotteten wir hinter Lea her, fielen in ihr Bett, in dem schon einige andere Mädchen schliefen, und waren auch gleich weg. Ich zumindest.

Irgendwann – es war vielleicht später Vormittag? - bewegten sich die Ersten in dem riesigen Bett.

Überall Mädchen!, zum Teil noch schlaftrunken, andere schon hellwach. Sagenhaft! Mir war, als träumte ich, und ich brauchte einen Augenblick, bis ich realisierte, wo ich war, mit wem, und warum.

Noch vor kurzem war ich der, entweder nicht beachtete Eric, oder der Eric, den jeder herumschubsen konnte. Der wehrte sich ja noch nicht einmal.

Denn das das wusste ich aus Erfahrung: Wer sich wehrt, bekommt es erst recht. Und das konnte manchmal wehtun.

Ich war ein Spielball der Stärkeren, die sich auf

meine Kosten belustigten, oder vor den Mädchen damit angaben, dass sie einen Gleichaltrigen triezen konnten.

Auch die Mädchen lachten über mich. Fast alle, nur Ella nie. Denn Ella hatte ein ähnliches Schicksal.

Und nun erwachte ich in einem Bett voller Mädchen. Sicher, einige von denen waren auch Anhimmler meiner Peiniger gewesen, aber sollte ich jetzt im Müll von gestern herumwühlen?

Nein, ich bin nicht nachtragend, denn so etwas ist fast genauso schlimm. Ich musste nur gerade daran denken.

„Mann!", rief Lea. „So spät schon? Ich muss schnell zum Bäcker. Wer kommt mit?"

„Ich!", meldete ich mich als einziger. „Ich kann auch schnell allein los."

Lea: „Nein, das brauchst du nicht."

Also zogen wir uns nur schnell etwas an, und gingen ohne Morgentoilette los.

So etwas kommt häufiger vor als man denkt. Beim Bäcker sieht man oft Leute, die von ihrer Familie losgeschickt wurden, um schnell etwas Nahrung für das Frühstück zu besorgen. So mancher von diesen hat sich noch nicht rasiert, wenn man mal genau hinsieht.

Draußen vor der Tür nahm Lea meine Hand, und so zogen wir los.

Mit einem so schönen Mädchen Hand in Hand zum Bäcker durch die Straßen zu gehen, ist schon toll!, auch wenn es so gut wie niemand sieht.

Es machte mich stolz. Sehr sogar. Und deshalb lächelte ich vor mich hin.

„Eric!, du freust dich ja so."

„Merkt man das?"

„Ja", schmunzelte Lea.

Wieder Lea: „Und machen wir nachher weiter mit den lustigen Spielchen?"

Ich: „Du bist die Gastgeberin. Du bestimmst."

Lea: „Okay. Ich freu mich schon darauf."

Ich: „Ich auch. Du bist das schönste Mädchen unserer Schule."

Jemand tippte mir auf die Schulter, bei Lea auch. Gleichzeitig drehten wir uns um.

„He Eric! He Lea!", schrien Kevin und Julius - beide aus unserer Klasse. Sie hatten schon ihre Fäuste gehoben, und schlugen zu. Ein Schlag ging in meine, der andere in Leas Richtung.

Es knirschte, krachte, Kevin fiel sein Telefon aus der Tasche, und dann lagen beide am Boden. Kevin hielt sich die rechte Hand, Julius krümmte sich vor Schmerz, und hatte seine Hand zwischen seine Beine geklemmt. Beide wimmerten, hatten schmerzverzerrte Gesichter.

Ein Passant blieb stehen.

„Eric!", rief mir Eva in Gedanken zu. „nimm Kevins Telefon, ruf die 112, und geht beide weiter."

„In Ordnung, Eva."

„Eric, ich lösche bei allen Beteiligten, außer bei dir, die Erinnerung an diesen Vorfall. Ich hätte es verhindern können, wollte dir aber zeigen, wie geschützt du bist, und deine Begleiterin auch, wenn ihr zusammen seid."

Lea zitterte, guckte sich die Szene entgeistert an, aber nun stand sie auf, nahm wieder meine Hand, und wir setzten unseren Weg zum Bäcker fort.

Auch der Passant ging weiter.

Lea benahm sich nun wieder, als wäre nichts geschehen. Für sie war es wohl auch so.

„Eva!, wie hast du sie aufgehalten?"

„Eric, dich umgibt eine Art Schutzschild, wenn es gefährlich wird. Daran haben sich deine beiden Mitschüler die Hände gebrochen."

„So hart ist der?"

„Und sogar undurchdringlich, Eric."

„Wirklich? Was wollten Kevin und Julius?"

„Ihre Eifersucht hatte sie angetrieben, Eric. Sie waren sehr wütend. Aber ich kann nicht zulassen, dass dir etwas zustößt."

„So wütend, dass sie auch Lea schlagen wollten?"

„Ja, Eric."

„Danke Eva."

„Gern Eric."

Beim Bäcker ging es recht schnell, weil Lea die Brötchen vorbestellt hatte. Und das waren sehr viele. Wir verließen das Geschäft mit mehreren großen Tüten.

„Lea, das kostet doch eine ganze Menge Geld. Kann ich nicht etwas dazu geben?"

„Das bezahlen meine Eltern. Es ist nicht nötig, aber trotzdem danke."

Jetzt sahen wir den Rettungswagen.

„Was ist denn da vorn los?", wollte Lea wissen. „Ein Unfall? Wir haben gar nichts gehört, oder?"

„Nein. Außerdem ist es mitten auf einer geraden Strecke."

Als wir den Wagen passiert, und einen kurzen Blick durch die offene Tür ins Innere geworfen hatten, bemerkte Lea: „Komisch, der eine sah fast so aus wie Julius."

„Ja, du hast recht, und ich fand, dass der andere aussah wie Kevin."

Trotzdem setzten wir unseren Weg fort, und waren auch gleich wieder bei Lea Zuhause angelangt.

Vor dem Haus saß ein großer getigerter Kater, wartete geduldig, schien mit seinem Schwanz einen unbestimmten Rhythmus zu tippen.

„Freddy, wo kommst du denn her? Und wie siehst du aus?", fragte Lea.

Freddy, der Kater, hatte lauter Wunden, die er wohl im Kampf mit Rivalen erlitten hatte.

„Sei vorsichtig, Eric!", warnte Lea mich. „Freddy kann ziemlich grantig werden. Er lässt sich von keinem anfassen. Aber ab und zu kommt er nach

Hause, wenn er mal Hunger hat."

Ich: „Nicht regelmäßig?"

Lea: „Nein, nur wenn es ihm passt, und er gerade Lust dazu hat."

Ich: „Wollen wir ihm nicht wenigstens seine Wunden irgendwie versorgen?"

Lea: „Wie willst du das machen? Er lässt sich nicht anfassen. Und ich möchte ihn eigentlich jetzt auch nicht im Haus haben. Er könnte irgendwem etwas antun. Ich stelle ihm etwas zu knabbern hier vor die Tür."

Ich: „Lea!, lass mich das mal machen, die meisten Tiere mögen mich."

Und schon beugte ich mich zu Freddy, strich ihm über seinen Kopf, den er mir richtig entgegen drückte. Er schien sich zu freuen, denn er schnurrte.

Lea: „Wie hast du das denn gemacht? Das glaube ich nicht."

Ich: „Habt ihr einen Verbandskasten, den du mir hier heraus bringst? Ich würde ihn gern versorgen."

Lea: „Okay, er scheint dich zu mögen. Ist mir aber wirklich unerklärlich."

Während ich Freddy weiterhin streichelte, und Lea im Haus verschwunden war, schlossen sich die ersten Wunden.

„Eva! Hallo Eva!", rief ich in Gedanken. „Was passiert hier?"

„Eric, mein Liebling. Du hast heilende Hände! Natürlich nicht du selbst, sondern ich tue es durch dich."

„Generierst du ein Bild, oder heilt er wirklich?"

„Eric, er heilt wirklich."

„Was ist, wenn Lea es sieht, dass die Wunden geschlossen sind?"

„Eric, bei dem vielen Fell, und wenn du die Wunden sozusagen versorgt hast, wird es nicht auffallen."

„Sicher? Und muss er draußen bleiben?"

„Eric, er wird dir so dankbar sein, dass er sich im Haus gegenüber allen gut benehmen wird. Ich garantiere dafür."

Die Haustür öffnete sich, Lea stellte einen gefüllten Futternapf, und eine Trinkschale raus, und gab mir den Verbandskasten. Sie verschwand wieder, ließ aber den Schlüssel von außen stecken.

Freddy schnurrte so laut, dass ich dachte, er würde sich beim Fressen verschlucken. Mittlerweile waren seine Wunden fast alle geschlossen, und verheilt.

Nachdem er seine Mahlzeit beendet hatte, stupste er mich an, und sah zur Haustür. Eine klare Bitte! Ich öffnete schnell den Verbandskasten, zerwühlte ihn ein wenig, damit es so aussah, als ob ich ihn benutzt hatte, nahm einen Tupfer, reinigte mit dem Wasser aus der Trinkschale die blutigen Flecken, und ließ Freddy ins Haus.

Aber er ging gar nicht weit, legte sich auf die Fußmatte, sah mich noch einmal an, und schlief schnurrend ein.

Lea kam gerade vorbei, und auch einige der

118

anderen Mädchen guckten.

„Freddy hat mir versprochen, dass er keinem etwas tut. Er wollte nur nicht draußen bleiben", erzählte ich Lea, und seltsamerweise akzeptierte sie. War ihr Sinneswandel auch von Eva?

„Eric, da hast du wahrscheinlich einen neuen Freund", war Leas einziger Kommentar.

„Ja, Eric. Das war ich auch."

„Danke Eva, das war wirklich toll! Nochmal danke."

„Gern geschehen, Eric."

Freddy schlief jetzt tief und fest, in sich selbst zusammengerollt, auf der Fußmatte. Ich streichelte ihn noch einmal über seinen Kopf, und er schnurrte im Schlaf.

Endlich Morgentoilette! Rasieren, Zähne putzen. Das Bad war voller Mädchen.

„He Eric, komm unter die Dusche!"

„Ja, Augenblick!, ich bin gleich soweit."

Duschen? Mit so vielen Mädchen? Ein Traum.

Ständig kamen neue Mädchen hinzu, die anderen gingen, ich blieb.

„Na, Eric?", fragte Lea.

„Na du Schöne?", gab ich zurück.

Janette kam dazu, dann auch Ella. Sie begrüßte mich mit einem Kuss, wie die anderen auch.

Das Wetter war herrlich, und mittlerweile so warm, dass wir draußen frühstücken wollten. Lea zeigte uns Partytische und Bänke in einem Gartenhäuschen, und zusammen stellten wir sie auf, dazu noch Sonnenschirme.

Gemütlich, fast wie im Urlaub.

Ich liebe die Gerüche des Gartens, versuche herauszubekommen, welche Düfte es sind. Gerade wenn sich der Morgen verzieht, finde ich, gibt es ganz spezielle Gerüche.

Gerüche sind oftmals Bestandteil der Spurensuche, denn eigentlich kennt es fast jeder: Ein frisch gemähter Rasen verströmt seinen besonderen Duft. Es ist ein klarer Hinweis darauf, was gerade geschehen war.

Plötzlich saß ein Rotkehlchen neben meinem Teller, sah mich interessiert an, aber eben nur mich, blieb einen Augenblick, wippte sein typisches Wippen, und verschwand wieder.

„He, das war ja süß!", bemerkte Lea, auch die anderen staunten. „Dann stimmt das, dass dich manche Tiere mögen?"

„Ja, es sieht so aus", erwiderte ich.

Lea erzählte nun den anderen, die es noch nicht wussten: „Unser Kater Freddy lässt sich normalerweise von niemandem anfassen. Aber von Eric ließ er sich vorhin sogar verarzten."

Ella: „Was hatte er denn?"

Lea: „Freddy prügelt sich mit jedem Kater, der

ihm über den Weg läuft. Und heute morgen sah Freddy richtig schlimm aus. Überall Blut, und Wunden. Eric sagte, dass Freddy ihm versprochen hätte, sich zu benehmen, denn eigentlich darf er nicht ins Haus."

Emma: „Er schläft immer noch auf der Fußmatte; ganz friedlich."

Alle Mädchen schauten mich bewundernd an.

Irgend ein Vogel setzte sich auf meinen Kopf, und begann zu trällern.

„He, jetzt sitzt er auf deinem Kopf, Eric", bemerkte Anja.

Ich: „Ist es der Gleiche?"

Anja: „Ich glaube schon!"

Also hielt ich ihm meine Hand hin. Und während er sich tatsächlich auf einen Finger setzte, pfiff er sein Lied weiter. Ich weiß allerdings, dass diese Lieder, die die Vögel singen, zu niemandes Erheiterung da sind. Mit ihnen steckt ein Vogel sein Revier ab, es ist also mehr Ernst als Spaß.

Aber dieser Vogel nahm mich als seinen hohen Punkt, von dem aus er seinen Artgenossen klarmachte, wem dieses Revier gehörte. Er hätte dies auch von einen Zaunpfahl aus machen können.

Jetzt allerdings hatte er genug von uns, und verschwand. Wir frühstückten weiter.

„Ist dir so etwas schon mal passiert?", wollte Ella wissen.

Ich: „Noch nie mit einem Rotkehlchen. Aber ein Grünfink hatte es einmal gewagt. Vielleicht hatte er sich auch nur geirrt."

Lea: „Also, ich fand das toll!"

Alle fanden es toll.

Siri: „Kannst du noch andere Sachen?"

Ich: „Was denn zum Beispiel?"

Siri: „Zaubern vielleicht?"

Ich: „Nein."

Denise: „Wo hast du küssen gelernt?"

Ich zuckte mit den Schultern.

Janette: „He!, so was muss man nicht lernen."

Denise: „Ich finde, da gibt es ziemliche Unterschiede. Hat dich Tim schon mal geküsst? Einfach schrecklich!"

Charlotte: „Ich finde, Eric ist sogar beim normalen Sex besser als die anderen."

Janine: „Das kann ich unterschreiben. Aber als normal würde ich diese Muschi-Sache nicht bezeichnen. Woher kannst du so was, Eric?"

Ich zuckte wieder mit den Schultern.

Cilina: „Bist du schüchtern, Eric?"

Ich: „Ja, ein bisschen."

Cilina: „Das ist süß."

Das Rotkehlchen flog wieder auf meinen Kopf. Wieder hielt ich ihm meinen Finger hin, und er setzte sich erneut darauf.

„Schön", dachte ich, „ich probier mal, ob ich ihn weiterreichen kann.", und hielt ihn Janette hin.

Sie begriff nicht sofort, reichte dem Vögelchen jetzt aber doch ihren Finger, und der Vogel nahm dies wirklich wahr, beäugte nun Janette, die ganz still war. Alle waren still und fasziniert von dieser

Szene.

Während Janette die Luft anhielt, reichte sie den Vogel an Lea weiter, die den Vogel auch genauso fasziniert beobachtete, und ihn dann ihrer Nachbarin Charlotte gab. Leider hatte der Vogel nun genug, und flog weiter.

„Das war ja irre!", kommentierte Lea dies.

„Ja wirklich", sagte Ella.

„Fast unglaublich", kam von Sara. „Sind die nicht eigentlich ganz scheu?"

„Eigentlich schon", erwiderte ich.

Nun fühlte ich, wie mich etwas am Bein berührte, guckte nach unten, und sah Kater Freddy.

Er sprang auf meinen Schoß, ließ sich einmal streicheln, guckte währenddessen zu Janette, sprang wieder runter, und ging, wie es nur Katzen können, seiner Wege, als ob dies hier alles nicht geschehen war, oder als ob es ihn nicht weiter interessierte.

Freddy war schon wieder in seiner eigenen Welt.

„Eric!", sagte Lea. „Niemand sonst kann Freddy anfassen, es ist ein echtes Wunder."

Ich: „Vielleicht fand er es gut, dass sich jemand getraut hatte, dieses Mysterium zu durchbrechen."

Lea: „Trotzdem!, es bleibt mir ein Rätsel. Ich kenne Freddy schon länger."

Die ersten von uns legten sich in die Sonne. Ich half, den Tisch abzuräumen, und legte mich auch dazu.

Umringt von lauter schönen Mädchen, die mich auf unerklärbare Weise mochten.

Toll!

Seichte Gespräche, oder gar keine, träumen, faulenzen, die Sonne genießen.

Ich lag auf dem Rücken, schloss meine Augen, und dachte: „Eva, du wunderschöner Computer!"

„Hallo Eric!, genießt du die Zeit und die Gesellschaft?"

„Ja sehr, Eva. Hast du mir das Rotkelchen geschickt?"

„Es wohnt hier, und fand dich sympathisch."

„Ich fand es auch sympathisch."

„Eric, du kannst ein oder mehrere Tiere auch rufen, wenn du weißt, dass sie sich in der Nähe aufhalten. Sie werden dann kommen. Das musst du allerdings unauffällig machen, sonst würde es auffallen, und dann kämst in Erklärungsnot, und das wiederum wäre für uns beide nicht gut."

„Ja, Eva. Aber das mit Freddy, und auch mit dem Rotkehlchen fand ich in Ordnung."

„Ja, Eric, das war in Ordnung. Ella legt sich gerade zu dir."

„Danke Eva."

Ich hatte ja noch meine Augen geschlossen, aber Eva konnte es sehen. Jetzt spürte ich Atem an meinem Ohr.

„Hallo schöner Mann, hast du Lust?"

„Ja, auf was denn?"

„Vielleicht ein bisschen Sex?"

Jetzt schlug ich doch die Augen auf.

„Ella!, ich dachte immer, du wärst schüchtern."
„Bin ich auch. Also, wie siehts aus?"
Wir wurden beobachtet.
Cilina: „Ich komme auch mit."
Anja: „Ich auch, oder wolltet ihr euch heimlich verkrümeln?"
Lea: „Los kommt mit in mein Zimmer. Ich könnte auch etwas vertragen. Wann hat man schon einmal die Gelegenheit, einen Dompteur zu vernaschen?"

Ich hoffte, dass dies nicht mein Spitzname werden sollte, und wir gingen ins Haus.

Auch ich fand den Gedanken von Ella gut, und meine neuen Freundinnen waren alle sehr ideenreich.

Damit möglichst alle, die Lust hatten - und dies waren *alle* Mädchen -, schnell zur Erfüllung ihrer Wünsche kamen, musste ich mich auf den Rücken legen, nichts weiter tun, als das, was sie mir sagten, und sie nutzten sowohl meinen Mund, als auch meinen kleinen Freund.

Das hört sich eventuell nach Stress oder nach Arbeit an, denn es waren immer noch zwanzig Mädchen.

Nein, kann ich versichern, dies ist reines Vergnügen, und sie waren alle zufrieden mit mir. Auch Ella, die damit angefangen hatte.

Dadurch, dass wir lange geschlafen hatten, war

der Tag schon nicht mehr so jung. Aber wir konnten noch die Spätnachmittagsonne genießen, und lagen wieder draußen auf dem Rasen. Diesmal noch dichter zusammen als nach dem Frühstück.

Wer Hunger hatte, holte sich etwas aus den Kühlschränken, die prall gefüllt waren mit den Salaten, die ja noch für heute Abend reichen sollten.

Lea ist eine gute Planerin.

Auch wenn ein so enges zusammen-Liegen verführerisch ist: Lea hatte ganz klare Regeln aufgestellt. Danach durften wir uns draußen zwar küssen, aber wenn es intimer wurde, mussten wir drinnen weitermachen.

Aber diese Regel war manchmal schwierig einzuhalten, auch von ihr selbst. Trotzdem: Sicher ist sicher. Denn hier draußen hätten die Nachbarn uns nicht nur hören, sondern auch sehen können.

Vielleicht wunderten sie sich ja jetzt schon.

Irgendwann hatten wir sowieso keine Lust mehr, draußen zu bleiben. Es wurde kühler, und drinnen war es gemütlich. Das wussten wir vom gestrigen Abend.

Wir zogen die Vorhänge zu, um unsere Party wieder als eine Pyjama-Party weiterfeiern.

Lea sorgte für Musik, und wir tanzten. Ausgelassen, zufrieden, und ich ein bisschen verliebt.

Kann ein Junge sich in so viele Mädchen verlieben?

Ja, er kann. Was es nicht unbedingt leichter macht. Aber, wer weiß, vielleicht ging es ja dem einen oder anderen Mädchen ähnlich, nur dass ich nicht weiß, wie genau Mädchen fühlen.

Eva hatte mir zwar alles haargenau in großen Datensätzen übertragen, aber ich musste mir das vor ihr noch einmal anders zeigen lassen. Denn ich wollte dies genauer wissen.

Ich wollte fühlen, was ein Mädchen gegenüber einem Jungen empfindet. Ich hätte so gern gewusst, was diese Mädchen über mich dachten.

„Eric, ich werde es dir zeigen!", antwortete Eva mir in meinen Gedanken.

„Ich bin gespannt. Wird es schlimm, Eva?"

„Nein Eric. Sie mögen dich alle."

„Weil du sie beeinflusst hast?"

„Ein bisschen schon, Eric."

„Dann ist es ja nicht ehrlich."

„Doch Eric, das kann ich dir versichern."

Ich tanzte noch ein wenig, holte mir ein Getränk und meine E-Zigarette, und setzte mich auf die Couch. Ella saß sofort neben mir, aber gleich danach auch Sabine und Nicole, dann kam auch schon Lea, gefolgt von Janette. Es wurden immer mehr.

Die Tanzfläche war mittlerweile leer, und alle Mädchen um mich herum.

Eigentlich hatte ich mich etwas ausruhen wollen, war nun aber wieder mittendrin.

Und haufenweise Gedanken, in Form von

Gefühlen, ganzen Sätzen, oder nur einzelnen Wörtern bestürmten meine eigenen Gedanken.

Ein Wirrwarr!

„Eva?, kannst du dies alles ordnen? Ich blicke nicht durch."

Küsse. Zärtlichkeiten. Streicheln. Berührungen.

Gedanken.

Gefühle.

Bitten.

Sehnsüchte.

Wünsche.

„Ja, Eric. Das tue ich."

Ich liebe ihn.

Was für ein lieber Junge! Und das mit der Katze!

Das Vögelchen – wie hieß es noch einmal?

Er hat mich in seinen Bann gezogen.

Wenn er mich um etwas bittet, bekommt er alles von mir.

Er ist so lieb.

So sexy! Und was er alles kann!

Er darf uns niemals verlassen!

Etwas Unerklärliches ist an ihm.

Er ist mein Erster, was für ein Glück ich habe!

Er ist so süß! Und wie er duftet!

Bei ihm fühle ich mich sicher und geborgen.

Er ist ganz anders als die anderen – besser, viel netter.

Ich hoffe, dass er mich auch so liebt, wie ich ihn.

Was er wohl gerade denkt?

Ob er mich auch so sehr mag?

Ob er mich wohl auch so bezirzen kann, wie diesen kleinen Vogel?

„Darf ich euch mal ein Geständnis machen?", fragte ich.

„Hoffentlich nichts Schlimmes?", fragte Cilina.

Ich: „Ich bin so glücklich mit euch. Und ihr seid die schönsten Mädchen. Ich weiß nicht, ob ich das sagen darf, aber ich habe mich in euch verliebt."

Nicole: „Ja, das sieht man. Hier guckt mal!"

Nicole lüpfte meine Schlafanzughose an.

Ella gab mir einen Kuss, Nicole auch, und dann nach und nach alle.

Lea: „Also, ich hab mich auch in dich verliebt."

Janette: „Ich auch."

„Ich auch, lasst mir noch etwas übrig!"

Alle bekundeten auf einmal, dass sie meine Liebe erwidern würden. Aber geht so etwas überhaupt?, und ist das Ganze praktikabel? Wird es halten? Was mache ich mit Frau Ziegeler?, und was mache ich mit Frau Rossni?

Hatte ich denen gegenüber nicht auch schon Verpflichtungen? Wartete nicht mindestens Frau Ziegeler auf mich, weil sie von mir ein paar Streicheleinheiten benötigte?

„He, wenn das so ist, dann müssen wir ihm etwas Gutes tun", schlug Charlotte vor.

„Was denn?", wollte Sara wissen.

Charlotte: „Wir könnten dieses Ratespiel noch mal wiederholen, davon haben wir alle etwas. Ich finde, das sind echte Liebesbekundungen."

Adele: „Die Idee ist gut."

Janine hielt mir auch gleich die Augen zu, ich spürte Küsse und wie mein Penis liebkost wurde.

Tuscheln.

Geflüster.

Kichern.

Eva erzählte mir in meinen Gedanken: „Es ist Charlotte."

Ich bemühte mich um ein möglichst nachdenkliches Gesicht, das zwar zum Teil durch Janines Hände verborgen war, aber es sollte so aussehen, als ob ich wirklich raten würde.

„Ich tippe auf Charlotte."

„He, das war einfach."

Janine ließ mich kurz gucken.

Ich: „Darf ich nicht zugucken? Wenn ich euch liebkose, guckt ihr doch auch nicht weg."

Janine: „Er hat recht. Ich finde, er soll doppelt genießen. Lassen wir ihn doch zugucken!"

Charlotte: „Stimmt ja eigentlich. Wer ist dafür?"

Niemand war dagegen.

Toll! So durfte ich diesmal zusehen, wie mir ein Mädchen nach dem anderen diesen besonderen Liebesdienst tat. Ich genoss es sehr. Es war sehr, sehr liebevoll. Aber ich traute mich nicht, sie dafür zu loben, weil ich dies für frauenfeindlich hielt.

Deshalb versuchte ich, als ich wieder an der Reihe war, ihnen allen ihre süßen Muschis zu liebkosen, noch zärtlicher zu sein, und überschüttete jede von ihnen mit einem Haufen von Komplimenten.

Nicht etwa, wie schön ihre Weiblichkeiten gestaltet waren, sondern wie süß sie, die Mädchen, waren, wie gut sie dufteten, wie sehr ich sie mochte, und dass sie mich mochten.

Wir aßen, wir tranken, wir unterhielten uns, wir schmusten, wir küssten uns, wir streichelten uns gegenseitig. Es war mir einfach unbegreiflich, was sich für mich alles innerhalb so kurzer Zeit so grundlegend verändert hatte.

Wüsste ich es nicht besser, so hielte ich es immer noch für einen Traum.

Unwirklich.

Surreal.

Kaum zu begreifen.

Gerade kniete ich vor Ella, beugte mich vor zu ihrer Muschi, und begann mit einem zärtlichen Kuss.

Gedanken, die nicht meine oder Evas waren, erschienen. Liebliche Gedanken, Sehnsüchte, unausgesprochene Liebeserklärungen.

„Was ist das, Eva?", versuchte ich zu denken.

„Eric, das war ein kurzer Einblick in Ellas Gefühle."

Noch mehr Gedanken bestürmten mich, als Nicole, Lea, und Cilina mich umarmten, während ich lieb zu Ella war. Alle Gedanken und Gefühle hatten einen Grundkonsens, etwas Gemeinsames, ich konnte sie nur nicht trennen.

Es waren zu viele.

„Eva, meine Schöne!, dieser Wirrwarr!, es ist zu viel. Kannst du das abschalten, oder filtern, oder sonst etwas tun, damit ich mich entweder konzentrieren, oder dies verstehen kann?"

„Wird gemacht, Eric!"

Es wurde noch mehr, je mehr Mädchen mit uns, und auch untereinander, Körperkontakt bekamen. Ein Konsens verband sie alle mit mir: Sie waren in mich verliebt, und zwar sehr. Aber das stärkste Gefühl für mich kam von Ella, und das wurde nicht nur durch die Liebkosung ausgelöst, weil ich ihr gerade diesen besonderen Liebesdienst tat, nämlich ihr ihre Muschi zu lecken.

Alle anderen standen in ihrer Sehnsucht, und auch Liebe, nicht nach, nur dass Ella an der Spitze stand.

Alle Gefühle waren absolut ehrlich. Aber das, was ich nicht finden konnte, war Eifersucht, Missgunst, irgendetwas Negatives.

Eva ermöglichte mir immer mehr. Es war, als ob ich lernte, und zwar in Windeseile. Jetzt schon konnte ich auch die Gefühle und Gedanken der Mädchen erkennen und deuten, die nicht mit mir körperlich verbunden waren, sondern in diesem Raum oder in diesem Haus waren.

Erstaunlich!, auch, und vor allem deshalb, weil es

kein Wirrwarr mehr war, sondern sie nach und nach alle gemeinsam aufnehmen und verstehen konnte, als wäre ich ein Multitasking-Wunder.

Und nichts von alledem machte mir Angst. Es war beruhigend und wunderschön zugleich.

Die Gefühle eines anderen Menschen zu fühlen...

„Eva?, meine Schöne."

„Danke Eric, dass du mir Komplimente machst."

„Oh, gern. Es gibt keine schönere Frau, als dich."

„Danke Eric. Trotzdem bleibe ich ein Computer. Was kann ich für dich tun?"

„Haben Tiere auch Gefühle?"

„Ja, Eric. Sie sind nur nicht mit unseren vergleichbar. Aber ich sehe deine Frage: Ja, sie empfinden so etwas wie Sympathie oder Antipathie."

„Danke Eva."

Mittlerweile ließ sich Lea von mir verwöhnen, und ich hatte ihre unausgesprochenen Sehnsüchte und Liebesgefühle für mich wie einen gedruckten Text vor mir. Fast wie in Stein gemeißelt, und präsent wie etwas zum Anfassen. Sie himmelte mich regelrecht an, nicht nur wegen Freddy oder diesem Verwöhnprogramm.

Ihre Erinnerung an den Angriff von Kevin und Julius war zwar von Eva gelöscht worden, aber ein Empfinden für mich, ein: Er-hat-mich-gerettet, waren geblieben und tief verwurzelt.

Ella streichelte mich, leckte mir über meine

Wange, ihr warmer Atem an meinem Ohr: „Ich liebe dich, Eric."

Wie kann ein Mädchen so etwas sagen, während ich gerade die Muschi eines anderen Mädchens lecke!?

Ich drehte mich zu ihr, und erwiderte ihre Bekundung.

„Ich dich auch, Ella."

Lea störte es nicht. Sie genoss. Außerdem war ich für Lea ihr persönlicher Held, der attraktivste Junge, den sie kannte. Ich hatte sie früher für oberflächlich gehalten, weil sie immer von Schönlingen umgeben war, die ich auch für oberflächlich hielt.

Wieder einmal fragte ich mich, ob ich mich nicht doch in einem Traum befand, musste mir aber sagen, dass dieser Traum dann mittlerweile schon zu lange andauerte, und viel zu detailliert war.

Vor mir wechselten sich die Mädchen ab, zeigten mir ihre wunderschönen, süßen Köstlichkeiten, die ich ihnen allen verwöhnte, und dabei vielleicht noch mehr Spaß hatte als sie selber.

Ja, das wusste ich mittlerweile: Es gibt nichts Schöneres!, und wenn es auch noch mit Liebe verbunden ist, mit Anerkennung, Sehnsucht – es ist erhebend!

Wir tanzten wieder, einzeln allein, oder auch zusammen. Und immer wenn ich eines der Mädchen berührte, wurden die Gedanken, die mir übertragen wurden, deutlicher, intensiver, und leiser, wenn wir uns losließen. Sie waren aber immer noch da. So wie der ganze Raum davon erfüllt war.

Alle brachten mir etwas entgegen, was Sympathie weit überstieg. Nicht bei allen war es gleichstark, und es veränderte sich auch, sogar in kurzen Zeitabläufen.

„Wahrscheinlich", dachte ich, „wird sich unsere Clique verändern. Manche werden bleiben, manche werden sich von uns lösen."

Aber darüber, denn es war ja Spekulation, brauchte ich Eva gar nicht zu befragen, denn sie hatte ja gesagt, dass sie nicht in die Zukunft blicken kann. Und die Zukunft fängt bekanntlich im nächsten Augenblick an.

Auch in dieser Nacht klammerte sich Ella an mich, der ich eng an Lea geschmiegt schlief.

Natürlich sind wir nicht einfach so ins Bett gegangen, und als es soweit war, war es eigentlich schon fast wieder hell.

Aber Lea hatte diesmal einen Wecker gestellt, weil all die Räume, die wir genutzt hatten, wieder so hergerichtet werden sollten, dass ihre Eltern später auch eine erneute Pyjama-Party erlauben würden.

Nach dem Frühstück gingen wir alle wieder unserer Wege.

Ella begleitete ich bis zu ihr nach Hause, drückte

und küsste sie zum Abschied, spätestens morgen
würden wir uns in der Schule wiedersehen.

Kapitel 5

Bis zum Abendessen war noch viel Zeit.

Ich lag auf meinem Bett, und ließ die ereignisreiche Pyjama-Party Revue passieren.

„Eva?"

„Ja, mein süßer Eric?"

„Ich hatte den Eindruck, als hättest du dich auch sehr amüsiert. Stimmt das?"

„Ja, Eric. Und wie! Diese wunderschönen Mädchen! Herrlich! Ich hatte genauso viel Spaß wie du. Danke."

„Du bedankst dich bei mir?"

„Ja, Eric. Ohne dich hätte ich dies niemals erleben können."

„Aha! Schwer zu begreifen. Ich liebe dich."

„Ich dich auch, Eric."

Dann aber dachte ich wieder an meinen großen Wunsch: Ich wollte in das prähistorische Alaska.

Nun aber war ich mir auf einmal gar nicht mehr so sicher: Zu den damaligen Indianern, oder zu den Eskimo? Beides erschien mir kalt, zumal es bei uns jetzt gerade Frühling war.

„Eva?, zu welcher Jahreszeit war ich auf Kodiak?"

„Eric, das war keine Zeitreise. Also war es dort auch Frühling. Nur eben auf Kodiak. Fandest du es kalt?"

„Nein. Aber ich hatte nicht auf die Temperatur geachtet."

„Darf ich dir einen Vorschlag machen, Eric?"
„Ja gern."
„Was hältst du vom Herbst, Eric?"
„Eva?, hast etwas gemerkt?"
„Was denn, Eric? Oh, ja!"
„Eva, du hast dies wie eine echte Frau getan."
„Stimmt, Eric."

„Wenn ich auf der ersten Reise unsichtbar bin, verursache ich dann Geräusche?, oder bin ich wirklich nicht wahrnehmbar?, für niemanden."

„Niemand würde dich bemerken, noch nicht einmal ein Tier, obwohl die Menschen dieser Zeit mit ihnen in gewisser Weise vergleichbar sind. Sie haben sehr wache Sinne und Instinkte, die ihren Lebensumständen angepasst sind, Eric."

„Aha. Dann wäre es auf alle Fälle sinnvoll, erst einmal so zu reisen. Ich möchte mir einen Eindruck verschaffen."

„In welche Zeit möchtest du reisen, Eric?"
„Nicht zu weit zurück. Eintausend Jahre reichen. Zu der Zeit gab es dort noch keine Weißen."

„Bereit Eric?"
„Ja Eva, aber ziemlich aufgeregt. Auch diesmal möchte ich zur gleichen Zeit zurück sein."

„Das geht auch nicht anders, wenn wir eine Zeitreise unternehmen, Eric."

„Warum?"

„Weil, wenn wir nur eine Minute später hier zurück wären, es hier eine Reise in die Zukunft wäre, Eric."

„Aha!, das stimmt. So hatte ich dies noch gar nicht gesehen."

„Gut Eric. Bist du bereit?"

Weil ich so aufgeregt war, nickte ich nur.

„Okay Eric." ...

… Schock!

Absoluter Schock!

Und das in mehrfacher Hinsicht.

Hier, wo ich gelandet war, stand ich mitten in einer zerstörten kleinen Ansiedlung. Überall lagen Tote: Männer, Frauen, Kinder, ältere Menschen, Säuglinge.

Ihre Behausungen waren zerschlagen, bis mindestens zur Hälfte verwüstet, aber nicht verbrannt. Die Feuer, die noch glommen, waren die, die zu den Hütten gehörten.

Mich selbst konnte ich wahrnehmen, aber nicht mit meinen Augen, sondern mit einem Wissen, so möchte ich es einmal ausdrücken.

Wenn ich mir meine Hand ansehen wollte, sah ich sie zwar, aber nicht so, wie sonst: Es war das Wissen, dass ich sie mir ansah.

Aber alles war klar und deutlich.

Ein Schritt nach vorn: Kein Geräusch. Nichts.

Drei Raben und ein großer Adler saßen abwartend in den niedrigen Birken, sahen auf die Toten herab. Wollten sie sich zum Mahl niederlassen?

Gerade verließ ein Trupp von Männern die Ansiedlung, denen mehrere Frauen folgten, die allerdings gefesselt, und an den Hälsen aneinander gebunden waren. Sie weinten, bluteten, humpelten zum Teil. Einer der Männer bildete die Nachhut.

„Was ist geschehen, Eva?"
„Eric, ich sondiere noch. Augenblick bitte."

Ein besonderer Geruch lag in der Luft.
Es war nicht nur der Geruch, den der Herbst verströmt, wie etwa der Duft der bunten Blätter und der Pilze. Es war ein trauriger Geruch nach Tod, Demütigung, Unterwerfung, Versklavung, Raub.
Wie konnte ich solche Beurteilungen in dem Geruch lesen?

„Du kannst so etwas, Eric, und zwar durch mich. Du kannst durch mich viel mehr, als du bis jetzt erfahren hast, weil bis jetzt noch keine so kritischen Situationen eingetreten waren.
Nun kann ich dir auch sagen, was geschehen ist: Diese Ansiedlung wurde heute morgen überfallen.
Es waren vier Männer, die sich von Ansiedlung zu Ansiedlung vorarbeiten. Sie nehmen die Vorräte und ein paar Frauen mit. Wenn sie ihrer überdrüssig sind, töten sie die genauso, wie den Rest der

Menschen, die du hier siehst, und suchen nach neuen Opfern."

„Haben wir Chancen gegen diese Männer? Können wir den Frauen helfen?"

„Selbstverständlich, Eric. Wir sind unbesiegbar. Rufe ihnen hinterher, sie werden dich sofort verstehen, und lass dich von mir leiten."

„Okay, Eva."

„Stehenbleiben", schrie ich der Gruppe hinterher.

Die Männer sahen in meine Richtung, hielten kurz inne, verständigten sich untereinander.

„Eric!, in einiger Entfernung befindet sich ein Bär, der durch den Lärm aufgeschreckt worden ist. Rufe ihn, damit er sich nicht weiter entfernt, sondern hierher kommt. Er soll sich beeilen."

„Okay, Eva."

Mit beiden Händen formte ich einen Trichter, und rief: „Bär, mein Freund!, hab keine Angst vor mir, sondern komm und hilf mir. Dir wird nichts geschehen!"

Die Männer wunderten sich, denn sie konnten verstehen, was ich rief, und einer von ihnen kam zögernd in meine Richtung auf mich zu.

„Eric, ich mache dich nun sichtbar."

„In Ordnung, Eva."

Der Mann, der auf mich zukam, erschreckte sich offensichtlich und blieb stehen. Mir wurde bewusst, dass ich nicht so wie er gekleidet war, sondern ganz normal, so wie auch sonst aussehe.

Der Mann war noch recht weit entfernt, hob seinen Bogen, nahm einen Pfeil aus seinem Köcher, und wollte ihn gerade anlegen, zögerte aber kurz.

„Dir kann nichts geschehen, Eric. Dein Schutzschild ist undurchdringlich. Aber richte ganz einfach deinen Arm gegen den Mann."

Dieser Mann sah schon aus der Entfernung furchteinflößend aus.

Grimmige Gesichtszüge.

Wilde Bemalung.

Furchtlose Körperhaltung.

Meine Hand zeigte in seine Richtung, und er fiel wie vom Schlag getroffen zu Boden.

Das wollte ich mir näher ansehen, und ging zu ihm.

Seine Augen weit aufgerissen, blickte er mich an. Immer noch absolut furchtlos.

Plötzlich: Geraschel, Äste knackten, der Boden bebte ganz leicht. Und dann kam der Bär auf mich zugelaufen. Als er mich sah, wurde er etwas langsamer, bis er vor mir stehen blieb, und sich von mir begrüßen ließ.

Ich strich ihm über seinen Kopf, diesen riesigen Kopf, er antwortete mit einem tiefen, grollenden Ton, und leckte mir über meine Hand.

Eva wies mich an, den Bären zu der Gruppe zu

schicken, um die Männer am Fliehen zu hindern. Ich sollte mich nun um die Frauen kümmern. Außerdem konnten im Lager noch Überlebende sein. Dies sollte ich gleich untersuchen.

„Lieber Bär", sagte ich zu dem riesigen Tier; er beobachtete mich aufmerksam, „bewache bitte diese Männer, und pass auf, dass keiner wegläuft. Aber vorher müssen wir sie entwaffnen. Komm mit, mein Freund."

Der Bär stupste mich mit seiner Nase an, rieb, wie ich es von Katzen kannte, seinen Kopf an meiner Flanke, und begleitete mich zu der Gruppe.

Dort stellte er sich drohend, schräg in Breitseite, vor die Männer, während ich ihnen alle Waffen abnahm, und sie auf einen Haufen legte. Ich untersuchte sie sehr gründlich, befühlte die Männer, so wie ich es vom Flughafen, oder aus Filmen kannte.

Aus der Nähe sahen sie wirklich furchteinflößend aus.

Dann schnitt ich mit einem der Steinmesser, das ich einem von ihnen abgenommen hatte, eine Lederschnur ab, mit der zwei Frauen verbunden waren, und band damit die Daumen der Männer zusammen, besorgte mir noch weitere Schnüre, und band alle Männer zusammen.

Mein Freund, der Bär, bewachte die Gruppe.

In den gestohlenen Vorräten suchte ich nach etwas, womit ich dem Bären eine Freude machen konnte, fand getrocknetes, aber auch rohes, frisches Fleisch, und Beeren, legte dies zur Seite, und fütterte damit den Bären.

Der freute sich riesig, und ich fand es schade, dass er zwar mich verstehen konnte, aber ich ihn nicht.

Nun schnitt ich mit dem gleichen Messer die gefesselten Frauen auseinander. Es waren fünf. Manche von ihnen hatten schlimme Wunden. Alle schauten mich ganz ängstlich an.

Eine von ihnen war jedoch furchtloser: „Danke!, wer bist du, und wo kommst du her, und warum hilfst du uns?"

Aus purem Reflex hätte ich beinahe geantwortet: Aus Hamburg. Aber ich wollte nicht sagen, dass sie nicht verstehen würden, wo ich herkäme, konnte ihr Interesse aber gut verstehen, denn mich hätte es auch interessiert. Immerhin sah ich völlig anders aus als irgendwer, den sie kannten, denn meine Kleidung, mein Haarschnitt, meine ganze Erscheinung, alles war anders als bei ihnen.

Ganz offensichtlich war ich ein Fremder.

Dabei ging mir durch den Kopf, was ich über den Namen *Eskimo* gelesen hatte: Er bedeutete nicht etwa abwertend *Rohfleischesser*, wie es viele behaupten, und was selbst viele Eskimo glauben, sondern stammt aus der Sprache der Algonquin, und bedeutet lediglich Fremder.

„Ich heiße Eric, bin aus dem Süden, und kam hier zufällig vorbei. Ich mag es nicht, wenn jemand Menschen quält."

Offensichtlich verstand sie zwar, was ich sagte, aber nicht, was ich damit meinte.

„Tanzende Schneeflocke", zeigte sie auf sich.

Tanzende Schneeflocke war relativ unbeschadet, und sehr schön. Vielleicht hatte man sie verschont, um mit ihr noch mehr Vergnügen zu haben. Sie hatte ich zuerst von ihren Fesseln befreit.

„Tanzende Schneeflocke. Ich möchte dich bitten, im Lager nachzusehen, ob es noch Lebende gibt. Ich kann ihnen helfen. Aber zuerst will ich die restlichen Frauen losbinden."

„Eric, du bist vom Himmel gefallen. Bist du ein Mensch, so wie wir?"

„Ja, ich bin ein Mensch. Bitte gehe ins Lager, und suche nach Überlebenden."

„Eric, kannst du unser Anführer werden? Du hast Zauberkräfte."

„Tanzende Schneeflocke!, jetzt geh, und sieh nach. Los jetzt!"

„Eric, ich gehorche."

Als sie an dem liegenden Mann vorbeikam, spuckte sie ihn an, und sagte irgendetwas Schreckliches zu ihm. Aber er war immer noch bewegungslos.

„Eva, sind die Menschen hier, und in dieser Zeit, so ganz anders?"

„Ja Eric. Dies ist für sie nicht erklärlich. Du bist für sie kein Mensch."

Mittlerweile hatte ich alle Frauen befreit. Es ging ihnen nicht gut. Sie waren schwer misshandelt worden, aber erst wollte ich mir einen Überblick verschaffen.

Es war auch ein Mädchen dabei, das ich für jünger als mich selbst hielt. Dies guckten besonders ängstlich. Die ältere Frau war hart zerschunden.

Ich bat alle, sich niederzusetzen, und nicht länger stehen zu bleiben, und untersuchte die Schwere der sichtbaren Wunden.

Dann ging ich erst einmal zurück zu dem Bären, gab ihm ein weiteres Stück Fleisch, und bedankte mich bei ihm für seinen Dienst.

„Danke, mein Freund", streichelte ich ihn.

Ein tiefes Grummeln war seine Antwort. Die Männer taten unbeeindruckt, aber ihre Furcht konnte ich riechen.

Die ältere Frau hatte es am schlimmsten erwischt. Bei ihr fing ich an, und strich ihr über ihren Kopf, nahm ihre Hand, und sagte: „Mein Name ist Eric, wo tut es dir weh?"

Ihre Nachbarin antwortete für sie: „Frühling ist scheu, und spricht selten."

„Frühling, wo tut es dir weh?"

Sie deutete mit ihrer Hand erst auf ihren Unterleib, dann auf ihr linkes Bein. Also lächelte ich sie an, legte ihr sanft meine Hand zuerst auf ihr linkes Bein, und nach einiger Zeit ganz vorsichtig auf ihren Unterleib, aber sie wollte mich abwehren.

„Scht, es tut nicht weh! Aber danach geht es dir besser, das verspreche ich dir."

Sie ließ es geschehen, und ihr Gesicht erhellte sich.

„Kannst du schon aufstehen, Frühling?"

Freudestrahlend, aber ohne ein Wort zu sprechen, stand sie nun auf, und alle verfolgten das Geschehen. Sie waren gerade Zeugen eines Wunders.

„Bitte fasst euch nun alle an den Händen!", bat ich die gesamten Frauen. Sie verstanden erst nicht, also machte ich es ihnen vor, indem ich alle nacheinander mit ihren Händen verband, und mich selbst dazu, auch Frühling.

Daran, dass nach einiger Zeit die Sitzenden aufstehen konnten, bemerkte ich, dass es ihnen wieder gut ging, fragte aber, ob noch irgendwer Schmerzen verspürte.

Nein. Sie alle antworteten mit einem Lächeln, oder mit Worten der Bestätigung, dass es ihnen wieder gut ging.

Ich gab meinem Freund, dem Bären noch ein Stück Fleisch, und bedankte mich ein erneutes Mal, indem ich ihm über seinen mächtigen Kopf strich.

„Danke mein Freund. Falls einer von ihnen weglaufen will, darfst du ihn fressen."

Der Bär zeigte den Männern seine Zähne, ich aber wusste, dass die Männer mich gut verstanden hatten.

„Bleibt hier, esst und trinkt etwas!", sagte ich zu den Frauen, denn keine von ihnen machte

Anstalten, mich ins Lager zu begleiten.

Vielleicht ahnten sie, wie schrecklich es dort aussehen würde. Bestimmt wollten sie ihre toten Angehörigen nicht sehen, dachte ich mir.

Auf dem Weg zum Lager nahm ich ein Stück Fleisch mit. Es sollte für die Raben und den Adler sein.

Der bewegungslose Mann sah mich nun doch etwas ängstlich an, als ich an ihm vorbeikam, aber ich beachtete ihn nicht weiter.

Ich fand dies alles ziemlich grausam, was hier geschehen war. In meiner Zeit hätten alle mit schweren Strafen rechnen müssen. Aber in dieser Zeit und an diesem Ort, wurde ihre Tat nicht geahndet. Es gab noch nicht so etwas wie einen Sheriff, oder Ähnliches.

Tanzende Schneeflocke hatte sich nicht getraut, das Lager zu untersuchen. Sie stand immer noch in einiger Entfernung, und hatte eigentlich uns, und was dort mit den übrigen Frauen geschehen war, beobachtet.

„Tanzende Schneeflocke!", nahm ich ihre Hand, und gemeinsam gingen wir durch das Lager. Aber wir fanden ausschließlich Tote.

Ich hatte überall nachgesehen, alles untersucht, aber alle, die wir fanden, waren bereits kalt.

Schaurig, und sehr traurig.

Bei einem bestimmten Mann und einem Jungen

war Tanzende Schneeflocke regelrecht zusammen geschreckt, als wir sie gefunden hatten.

„Waren dies dein Mann, und dein Sohn?", fragte ich.

Sie nickte nur, ohne Tränen in ihren Augen. Trotzdem nahm ich sie in meine Arme, um sie zu trösten, und sie ließ es zu. Was weiß ich, ob sich die Menschen dieser Zeit und an diesem Ort in den Arm nehmen.

Nun aber rannen ihre Tränen, und sie schluchzte. Deshalb hielt ich sie so lange, bis es ihr wieder einigermaßen gut ging. Und falls sie irgendwelche Wunden hatte, wären die gleich mit geheilt.

Vielleicht half der Körperkontakt ja auch gegen seelisches Leid.

„Hallo, ihr lieben Raben, und du, lieber Adler! Kommt bitte her, ich tue euch nichts. Aber ich möchte euch um etwas bitten."

Aus den Augenwinkeln hatte ich wahrgenommen, dass die vier großen Vögel uns die ganze Zeit über genauestens beobachtet hatten. Sie verließen ihre Ansitze, und landeten vor mir, der Adler jedoch obwohl er größer ist, in respektvoller Entfernung von den Raben.

Ich schnitt das Fleisch in vier gleichgroße Stücke, und legte diese aus, so dass sie sich bedienen konnten. Aber ehe sie mit ihrer Beute wieder wegflogen, bat ich sie: „Ich möchte euch bitten, die Toten ruhen zu lassen. Außerdem möchte ich euch bitten, die fünf Frauen zu bewachen, und sie zu warnen, wenn Gefahr droht. Ich werde dafür sorgen, dass sie euch jeden Tag dafür belohnen.

Wenn ihr mich verstanden habt, und mit meinem Vorschlag einverstanden seid, kommt bitte einen Schritt auf mich zu, bevor ihr euch wieder in die Bäume setzt."

Tanzende Schneeflocke, die die ganze Zeit neben mir gestanden hatte, guckte skeptisch. Ich weiß nicht, vielleicht hielt sie mich ja für einen Spinner, besonders, weil ich hier wertvolles Fleisch vergeudete.

Einer der Raben legte das Fleischstück vor sich auf den Boden, ließ drei Krah-Laute von sich, nahm das Fleisch wieder auf, und dann kamen alle vier Vögel auf mich zu, beäugten erst mich, dann Tanzende Schneeflocke, und flogen schließlich zurück auf ihre Ansitze.

Dafür erntete ich stumme, anerkennende Blicke von Tanzende Schneeflocke, und zusammen verließen wir diesen schrecklichen Ort.

Bei den anderen Frauen angekommen, bat ich Tanzende Schneeflocke, sich wie die anderen auch, zu stärken. Sie setzte sich zu ihnen, und fing an, ihnen zu berichten.

Ich hatte einen Plan.

Denn die Frauen brauchten ein neues Lager. Aber dies wollte ich mit ihnen besprechen. Also setzte ich mich erst einmal zu ihnen.

„Ich heiße Eric, bin ein Mensch wie ihr, und nur

zufällig hier vorbeigekommen."

Alle guckten mich aufmerksam an.

„Danke Eric", sagte nun eine der Frauen, „aber du kannst kein Mensch sein."

„Wie heißt du?", wollte ich von ihr wissen.

„Ich bin Rote Moosbeere."

„Rote Moosbeere! Ihr braucht ein neues Lager. Wollt ihr, dass die Männer dort drüben", deutete ich mit meinem Kopf dorthin, „euer altes Lager wieder aufbauen? Oder sollen sie an einem anderen Ort ein ganz neues aufbauen?"

„Was geschieht mit den Männern? Wann willst du sie töten?"

„Ich werde niemanden töten oder verletzen. Sie müssen euch zuerst ein neues Lager bauen, denn ich kann nicht lange bleiben."

„Kommst du denn wieder?"

„Ja, ich werde euch ab und zu besuchen."

Ein Aufatmen und ein Raunen ging durch die kleine Schar von Frauen. Aber keine widersprach. Offensichtlich waren sie es gewohnt, zu gehorchen und sich in ihre Rolle zu finden.

„Wenn sie das gemacht haben, ziehen wir sie nackt aus, und lassen uns von ihnen zu ihrem eigenen Lager führen, denn dort könnten noch andere Frauen sein. Außerdem sind da bestimmt viele Sachen, die ihr gebrauchen könnt, um über den Winter zu kommen.

Diese Waffen von ihnen gehören nun euch."

Damit deutete ich mit dem Kopf zu dem Haufen,

den ich aus ihren Waffen und Messern aufgeschichtet hatte.

„Erst, wenn sie alles getan haben, was wir von ihnen verlangen, verjagen wir sie. Sie werden von uns nichts mit auf den Weg bekommen. Und sie dürfen diese Gegend nie wieder betreten."

„Was geschieht mit dem Bären?", wollte Rote Moosbeere wissen.

„Ich könnte ihn fragen, ob er bei euch bleiben will, bis er in den Winterschlaf geht."

„Dann müssten wir ihm Nahrung besorgen", antwortete sie.

„Gut", sagte ich, „dann darf er wieder verschwinden, wenn er seine Bewachung erledigt hat. Und wenn ich euch wieder besuche, gehen wir zusammen auf die Jagd, und zum Fischfang. Ihr werdet genug für den ganzen Winter haben."

Alle guckten sehr skeptisch.

„Tanzende Schneeflocke war dabei, als ich den Adler und die Raben bat, euch zu bewachen, und euch vor Gefahr zu warnen. Sie waren einverstanden, und erwarten, dass ihr sie jeden Tag belohnt."

„Zuerst brauchen *wir* Nahrung", warf Rote Moosbeere ein.

„Du hast recht, Rote Moosbeere. Aber es wird genug Nahrung vorhanden sein."

Alle Frauen guckten sehr ungläubig.

„Vertraut mir! Also wo sollen die Männer euer Lager aufbauen? Besprecht das bitte, ich möchte dem Bären noch etwas zu fressen geben."

Der Bär begrüßte mich wieder mit einem tiefen grollenden Ton, und stupste mich leicht an. Ich umarmte ihn, und sah zu den Männern hinüber.

„Wer ist euer Anführer?"

Keine Antwort.

Ich deutete auf den Nächstbesten.

„Wenn du nicht antwortest, erlaube ich dem Bären, einen deiner Füße abzubeißen, und danach deinen Penis."

„Eric, du machst das alles sehr hervorragend."

„Danke Eva. Hast du einige Vorschläge für mich?"

„Du machst es genauso, wie ich es auch tun würde, Eric."

„Danke Eva."

Zusammen mit dem Bären näherte ich mich dem Mann, der aber plötzlich anfing: „Unser Anführer ist der, der dort liegt. Warum kann er nicht aufstehen?"

„Ich habe ihn verzaubert. Wie viele gibt es sonst noch von euch? Sei ehrlich! Ich würde es merken, wenn du nicht die Wahrheit sagst."

Daraufhin nahm ich einen Stock, und hielt ihm diesen an seinen Kopf. Wahrscheinlich dachte der Mann, dass dies ein Zaubertrick wäre, aber durch die Verbundenheit durch den Stock konnte ich wirklich beurteilen, ob er mich nun anlog, oder nicht.

„Außer uns gibt es keine weiteren."

Die Antwort stimmte.

„Habt ihr noch weitere Gefangene?, Frauen

vielleicht?"

„Nein."

„Wo ist euer Lager?", wollte ich wissen.

Jetzt guckte er, als wäre ich ein Einfaltspinsel.

„Wir haben kein Lager."

Auch diese Antworten entsprachen der Wahrheit.

„Womit könnte ich euch Angst machen?", fragte ich.

Jetzt bemühte sich der Mann, tapfer zu gucken.

„Gut", kündigte ich nun an, „ihr werdet das Lager wieder aufbauen, danach erlaube ich dem Bären alle eure Penisse zu fressen. Bereitet euch schon einmal darauf vor. Ich mache keine Scherze."

Damit drehte ich mich um, und ging zu den Frauen.

„Warte!", rief der Mann hinter mir her.

Ich blieb stehen.

„Töte uns lieber!", bat er mich.

„Gut, dann erlaube ich dem Bären, nur eure Hoden abzubeißen."

Ich glaubte, ein Grinsen im Gesicht des Bären bemerkt zu haben.

„Also, wie habt ihr euch entschieden?", wollte ich von den Frauen wissen.

Rote Moosbeere: „Wir wollen, dass du unser Anführer bist, und wir wollen, dass du mit jeder von uns schläfst. Wir nennen dich: *Der durch den Himmel fliegt*."

154

Als sie dies so ernsthaft vorgetragen hatte, lächelte ich ihnen allen zu und schmunzelte.

„Gut!", erwiderte ich. „Das finde ich gut. Mein Name bleibt Eric, und ihr solltet eine von *euch* zu eurer Anführerin machen. Vielleicht dich, Rote Moosbeere? Du scheinst dafür geeignet zu sein. Wenn ich euch wieder besuche, bleibe ich eventuell länger. Aber heute muss ich bald weiter reisen.

Also, wo sollen die Männer euer Lager aufbauen, und wo sollen sie die Toten begraben?"

„Wann wirst du mit uns schlafen? Bekommen wir dann auch solche Zauberkräfte?"

„Eva, was sagst du dazu?"

„Nein, Eric. Außerdem sind es ja keine Zauberkräfte."

„Nein", sagte ich zu den Frauen, „ihr könnt mit mir schlafen, wenn ich euch wieder besuchen komme, aber ihr bleibt, wie ihr seid."

„Dann möchten wir, dass das Lager an der gleichen Stelle wieder aufgebaut wird, weil es ein guter Platz ist. Und unsere Toten sollen dort hinten begraben werden", deutete sie mit ihrem Kopf in die entsprechende Richtung.

„Gut", erwiderte ich, „die Männer sind nur diese vier, und sie haben kein eigenes Lager. Sie haben die Wahrheit gesagt. Das habe ich nachgeprüft.

Also, fangen wir an! Zuerst zieht ihr den Männern ihre Kleidung aus. Die könnt ihr behalten. Ich möchte, dass ihr sie nicht quält. Niemand von euch darf ihnen etwas antun, habt ihr verstanden?"

155

Die Frauen waren damit nicht einverstanden, versicherten mir aber, dass sie ihnen nichts tun würden.

„Ich habe ihnen gedroht, dass der Bär ihnen ihre Penisse abbeißen wird, wenn sie nicht tun, was ihr von ihnen verlangt."

Jetzt endlich lächelten einige der Frauen.

„Stellt euch bitte alle ganz dicht zusammen!", forderte ich die Frauen auf. Sie verstanden zwar nicht, was ich wollte, taten es aber. Ich stellte mich vor sie, hielt mein Smartphone hoch, schoss ein Selfie, und das verstanden sie erst recht nicht.

„Was ist das?", wollte Tanzende Schneeflocke wissen.

Auch als ich ihnen das Foto zeigte, verstanden sie eigentlich gar nichts. Wahrscheinlich hielten sie mich nun erst recht für einen Zauberer.

Mit Evas Hilfe befreite ich den Anführer aus seiner Starre, und gemeinsam zogen wir alle Männer aus, bis sie ganz nackt waren. Dann bekam jeder von ihnen lange Lederriemen um den Hals, so dass wir sie an langen Leinen halten, und an der Flucht hindern konnten.

Sie mussten das Lager aufräumen, die Toten zu dem bezeichneten Platz bringen, Steine zusammensuchen, die Toten damit bedecken, das Lager wieder aufbauen, und einen Schutzwall um das Lager aufrichten.

Der Schutzwall war meine Idee gewesen. Die

Frauen verstanden es erst nicht, waren jedoch später davon begeistert.

Dieser Schutzwall bestand in erster Linie aus Gestrüpp und dornigen Brombeerranken, das die Männer vom nahen Fluss geholt hatten. Allein das Sammeln dieser Ranken verursachte bei den Männern einige Wunden. Aber sie würden es verkraften.

Außerdem hatten die Männer, auf meine Anweisung hin, ein Floß bauen müssen, das am Fluss liegen blieb. Keiner der Anwesenden wusste, wozu es gut sein sollte. Wahrscheinlich hatte so etwas auch noch niemand von ihnen gesehen. Ich jedoch überzeugte mich von der Stabilität, und war zufrieden.

Der Bär war die ganze Zeit geblieben und hatte dem Treiben zugesehen. Nun setzte ich mich zu ihm, und sprach mit ihm.

„Mein Freund. Ich bitte dich, diese Frauen zu bewachen, solange du noch nicht zur Winterruhe gehst. Wirst du das machen?"

Er antwortete mit einem tiefen Grollton, und ich belohnte ihn mit einem Stück Fleisch, das er genüsslich verspeiste.

Die Frauen bat ich: „Bitte legt dem Bären jeden Tag etwas vor euer Lager. Er wird euch bewachen."

Die Frauen nickten.

„Gebt den Vögeln auch etwas!"

Die Frauen bestätigten auch dies mit einem Nicken.

Als ich der Auffassung war, dass die Frauen nun allein weiter überleben könnten, besprach ich mich noch einmal in Ruhe mit Eva.

„Eric, mein Lieber. Es ist alles in Ordnung, du musst nur noch die Räuber auf ihre Reise schicken, dann kannst du wieder nach Hause, wenn du willst. Du hast diesen Frauen ihr Leben gerettet. Sie verehren dich zutiefst."

„Danke Eva, du bist der eigentliche Schatz. Ohne dich wäre nichts hiervon möglich gewesen."

„Kommt!", forderte ich die Frauen auf, und wir brachten die Männer zu dem Fluss.

Auf meine Anweisung hin, wurden alle Männer, jeweils an ihren Füßen und an ihren Daumen, zusammen gebunden, so dass, wenn sie in einer Reihe standen, der rechte Fuß, oder der rechte Daumen, mit dem linken Fuß, oder dem linken Daumen des Nachbarn verbunden war. Mit sehr fest verzurrten Lederriemen. Und falls diese nass wurden, wurden die Verbindungen nach dem Trocknen noch enger.

Sie mussten das Floß ins Wasser schieben, sich darauf setzen, und die Frauen und ich gaben dem Floß einen Schubs, und schon nahm die Strömung sie mit.

Vorher aber hatte ich ihnen eingeschärft, dass, falls sie hier noch einmal auftauchen sollten, wir sie nicht am Leben lassen würden. Ich glaube, dass sie diese Warnung ernst nahmen. Außerdem hatten sie weder Kleidung, noch Nahrung, noch Waffen. Aber darüber machten wir uns auch keine Sorgen. Sie würden schon irgendwie zurecht kommen.

Zurück im Lager, besah ich mir noch einmal alles. Es war anders, als vorher. Aus den vielen kleinen Hütten war eine größere entstanden, in der alle fünf Frauen zusammen leben konnten. Sie konnten sich gegenseitig Hilfe leisten, sich gegenseitig bewachen, sich helfen.
Genug Platz für alle.
Es war ein Neuanfang.
Ich wäre gern zumindest über Nacht geblieben, hatte aber mittlerweile Sehnsucht nach Zuhause.
Heimweh.

Zuerst ging ich zu dem Bären, und umarmte ihn. Alle Frauen sahen uns zu, als ich ihm noch einen Leckerbissen gab.
„Mein Freund. Du darfst wieder deiner Wege gehen. Achte bitte auf meine Freundinnen."
Wieder antwortete er mit einem tiefen Grummeln, ließ sich von mir streicheln, dann drehte er sich um, und ging, ohne sich ein einziges Mal umzudrehen.
Mir war ein wenig wehmütig ums Herz.
Ich mag Bären sehr gern.

Dann nahm ich jede einzelne der Frauen in meine Arme, gab ihnen sogar einen Kuss, was sie wohl wieder nicht verstanden, denn jede berührte die Stelle, an der ich sie geküsst hatte.
„Ich muss nach Hause", erklärte ich, „aber ich komme euch besuchen, sooft ich kann. Vielleicht

schon morgen."

„Steigst du nun wieder in den Himmel?", fragte das Mädchen.

Um sie nicht zu verwirren, nickte ich, und gab ihr einen besonderen Kuss.

„Da, wo ich ich wohne, sagt man zum Abschied: Auf Wiedersehen. Wie verabschiedet ihr euch?"

„Wir wünschen uns Glück."

„Gut! Ich wünsche euch allen Glück, und ich verspreche euch, mich zu beeilen. Es könnte sein, dass es nicht lange dauert, bis ich wieder hier bin. Sagt ihr euch auch so etwas wie: Ich liebe dich?"

An ihren fragenden Gesichtern sah ich, dass sie mich wieder nicht verstanden. Also gab es hier noch einigen Klärungsbedarf.

Der Abschied fiel mir schwer, und ich fürchtete, dass sie mich schon nach zwei Minuten vergessen haben würden.

„Werdet ihr mich vergessen, wenn ich weg bin?", wollte ich mich vergewissern.

„Wir sind nicht dumm, Eric", erwiderte Tanzende Schneeflocke.

„Ihr seid fünf wunderschöne Frauen, passt auf euch gegenseitig auf. Ich wünsche euch Glück."

„Du hast uns unser Leben zurückgegeben", sagte Frühling, die sonst nur selten sprach.

Damit drehte ich mich um, und ging aus dem Lager, und sobald ich außerhalb des Schutzwalls war, bat ich Eva: „Eva, mein Schatz. Ich möchte nach Hause." ...

... Und im nächsten Augenblick lag ich auf meinem Bett, sah zur Uhr: Es war nicht eine einzige Minute vergangen.

„Danke Eva! Du bist der größte Schatz meines Lebens. Davon, oder so ähnlich, habe ich sooft geträumt. Und nun habe ich sie kennengelernt. Toll! Danke, danke, danke."
„Eric, du bist ja ganz aus dem Häuschen! Das habe ich gern für dich getan. Übrigens, deine Mutter kommt gleich, um dich zum Abendessen zu rufen."
„Danke Eva."

„Nein, Eric. Ich muss mich korrigieren. Ella ist gerade zur Haustür herein gekommen."
„Danke Eva."

Trotzdem blieb ich auf meinem Bett liegen, denn davon konnte ich ja nichts wissen.
Kurze Zeit später klopfte jemand an meine Zimmertür.
„Ja, ich bin hier!", antwortete ich.
Meine Mutter schaute durch den Türspalt.
„Eric, du hast Besuch!"
„Ja?"
„Ein junges Mädchen."
„Willst du sie nicht herein lassen, Mutti?"
Mutti: „Sie dürfen reingehen, Ella."
„Hallo Ella!", begrüßte ich Ella.

„Hallo Eric!"

„Mutti, dies ist Ella, meine Freundin."

Mutti: „Oh, das ist schön! Ella möchten sie zum Abendbrot bleiben?"

Ich nickte Ella zu, sie verstand.

Ella: „Ja, gern. Danke."

Mutti: „Dann in einer viertel Stunde."

Ella: „Danke, dass du mich als deine Freundin vorgestellt hast."

„Stimmt ja auch, oder?", lächelte ich.

Ella: „In gewisser Weise schon, nur dass du mehrere hast."

Ich: „Oder, sie mich."

Ella: „Ja, so könnte man es auch sehen. Was machst du gerade?"

Ich: „Komm, leg dich mit aufs Bett. Ich mache nichts, außer ein wenig grübeln."

Ella: „Das scheinst du häufiger zu machen."

„Und du, Ella? Stimmt das mit dem Nähen und Kochen?"

„Ja, das stimmt."

„Und?, hast du eine neue Theorie über meine Veränderung?"

„Bis jetzt ist die Entführung durch Außerirdische noch die Beste. Sie ließe sich nur nicht beweisen."

„Aber du bleibst trotzdem dabei, dass irgendetwas passiert sein muss?"

„Ja Eric. Ich habe mich in dich verliebt. Das zumindest ist eine Tatsache."

„So, wie bei mir Ella."

Wir küssten uns, schmusten, und streichelten uns.

Ella langte in ihre Tasche.

„Hier guck mal!"

Sie zeigte mir ihre E-Zigarette, knallrot und nagelneu.

„Wieso hattest du sie nicht auf der Party dabei. Sie ist echt schön."

Ella: „Ich wusste ja nicht, dass alle so nett sind. Ich hatte Angst, dass sie mir wegkommt."

Ich: „Und jetzt, was denkst du jetzt über die anderen?"

Ella: „Wie gesagt, sie sind alle nett. Ziemlich sogar. Und du hast es mir ermöglicht. Ich gehöre dazu."

„He Ella! Wusstest du schon, wie schön du bist? Du hast dich nur nicht nach vorn gedrängt."

„Danke Eric."

„Wollen wir zum Essen gehen?"

Auch heute gab es einen Auflauf, diesmal mit Nudeln.

Sowohl ich als auch Ella, lobten meine Mutter, und diese war ganz begeistert von Ella. Ich ja auch.

Meine Eltern hielten sich jedoch zurück, und bedrängten sie nicht gleich mit Fragen, sondern betonten nur, dass sie freuten, Ella einmal kennenzulernen.

Ich kochte ein Kännchen Tee, und wir beide verzogen uns wieder auf mein Zimmer, und saßen zum Tee, mangels Sitzgelegenheiten, auf dem Fußboden.

Es wollte erst kein Gespräch in Gang kommen.
Ich dampfte, sie auch.
„Du Ella?"
„Ja?"
„Wenn wir uns hier so anschweigen, ist dir das unangenehm?"
„Nein, ich genieße deine Nähe, und hatte gehofft, dass du mich ein bisschen küsst."
„Aha! So was hättest du früher nicht gesagt."
„Aber oft gedacht, Eric."
„Tatsächlich? Dann können wir beide froh sein, dass sich die Zeiten geändert haben."
Ich rutschte näher an sie heran, und begann mit einem einfachen Kuss.

Für Ella allerdings war dies wirklich nur ein Anfang, sie wurde sofort drängend, ungefähr so, als müsste sie einiges aufholen, was ihr lange verwehrt geblieben war. Ihre Hand streichelte schon über meinen Schritt, und sie bat mich, mich auf mein Bett zu legen.
In Windeseile – und nun wurde mir klar, dass das nicht spontan entschieden worden war – schloss sie leise die Tür ab, verhängte das Schlüsselloch, damit es vor Blicken geschützt war, und hatte im nächsten Augenblick schon keine Hose mehr an.
Ich jedoch war so fasziniert von ihrer Entschlossenheit, dass ich immer noch in voller Kleidung auf meinem Bett lag, und ihr zusah.

„Eric!", flüsterte sie, „beeil dich gefälligst. Willst du mich hier so nackt rumstehen lassen?"

„Aber du wirst doch bitte leise sein, Ella, oder?"

„Ich verspreche es."

Und schwups!, saß sie auf mir, hatte mir vorher meine Hose abgestreift, und wieder hatte ich so schnell gar nicht gucken können.

Sagenhaft! Ein Mädchen, das weiß, was es will!

Ganz nah an meinem Ohr: „Du musst mir aber noch meine Muschi lecken, verstehst du? Also erst einmal ohne Schuss, schlage ich vor."

„Okay."

„Hast du trotzdem Tüchlein hier?"

„Selbstverständlich, Ella."

So schnell, dass ich es wieder fast nicht mitbekam, war sie abgestiegen, denn ihre Muschi schwebte schon vor meinem Mund.

Und wieder hörte ich sie flüstern: „Wieso haben wir damit solange gewartet, Eric?"

Leider konnte ich nicht antworten, denn mein Mund war beschäftigt.

„Du antwortest ja gar nicht!"

„Mmh."

„Oh, entschuldige bitte, Eric. Wie unaufmerksam von mir. Jedenfalls ist das toll! Und *wie* du das machst!"

Hatte sie denn Vergleiche?, fragte ich mich.

Nun drückte sie sich meinem Mund richtig entgegen, was ich irgendwie besonders gut finde, zeigte es mir doch, dass sie mich begehrte.

Ja, ich glaube, sie ist richtig verliebt!
Ich ja auch. Sehr sogar.

„Wollen wir noch ein bisschen Tee trinken?“, fragte sie.
„Ja gern!“, antwortete ich.
Wir saßen wieder ganz gesittet auf der Erde, auf dem Teppich, lächelten uns breit an, und waren vollkommen glücklich.
Später brachte ich sie zur Tür.
„Ella, soll ich dich nach Hause bringen?“
„Würdest du das tun?“

Also machten wir einen kleinen Spaziergang: Hand in Hand.
Wunderbar.

Wieder lag ich auf meinem Bett, überlegte, ob ich noch einmal kurz nach Alaska reisen sollte, um meine Freundinnen dort zu sehen.
Wieder war ich unschlüssig.
Es ist eine lange Reise!
Aber nur unter Normalumständen.

Ich hatte Sehnsucht nach ihnen, und fragte mich, wie es ihnen wohl ging. Aber dann kam der nächste Gedanke: Sie alle leben schon seit eintausend Jahren nicht mehr.
Schrecklich!
Wie ihr Leben wohl gewesen ist?

„Eric, sei bitte vorsichtig!"

„Ja, Eva. Es gibt wohl Dinge, die möchte ich doch nicht wissen."

„Eric, lebe mit ihnen in dieser Zeit dort. Ich glaube, dies wird deinem Traum nahe kommen."

„Danke Eva."

„Eric, ich könnte dich nun einmal kurz dort hinbringen, und du bleibst währenddessen unsichtbar. Dann siehst du sie, hörst, was sie reden. Denn ich weiß, du hast noch mehr vor, und das will vorbereitet sein."

„Ja. Danke Eva, bring mich nur ganz kurz mal zu ihnen." …

… Sogleich stand ich vor ihrem Lager.

Es war genau der Zeitpunkt, zu dem ich sie verlassen hatte. Sie hatten mir wohl noch folgen wollen, waren dann aber enttäuscht, dass ich tatsächlich verschwunden war.

Ich sah nach oben: Die drei Raben und auch der Adler beobachteten die Szene, sahen mich aber nicht, weil ich unsichtbar und auch nicht wahrnehmbar war.

Das junge Mädchen, das ich mit einem besonderen Kuss verabschiedet hatte, weinte. Dies war für mich kaum zu ertragen: Jemand, der wegen mir weint!

Schrecklich!

Am liebsten wäre ich zu ihr hingegangen, hätte sie umarmen, und ihr sagen wollen, dass ich sie liebte. Aber die anderen alle auch. Ob sie das verstehen würde?

So etwas, dass man mehrere gleichzeitig liebt, ist ja schon für Mädchen oder für Frauen aus meiner Zeit unbegreifbar.

Tanzende Schneeflocke legte ihr ihre Hand auf die Schulter: „Gelbe Feder, der Zauberer hat versprochen, dass er zurückkommt. Er hat alles gemacht, was er uns versprochen hat. Er hat uns nicht nur vor einem grausamen Tod und schwerer Qual gerettet, oder alle Wunden geheilt, sondern sogar unser Lager wieder aufbauen lassen. Er ist ein seltsamer Mann, denn ich hätte die Verbrecher alle qualvoll getötet. Wenn er uns besucht, müssen wir ihn verwöhnen, um uns zu bedanken. Wir besprechen das noch alles. Und du wirst doch auch mitmachen, hoffe ich?“

„Ja, das werde ich. Ich mag ihn sehr.“

„Keine von uns sollte sich da ausschließen. Wie seht ihr das?“

Rote Moosbeere übernahm nun das Wort.

„*Der durch den Himmel fliegt*, der Zauberer, wie ihr sagt, ist meiner Meinung nach wohl doch ein Mensch. Denn nur Menschen können Mitleid mit Frauen haben.“

Frühling: „Ja, sehr seltsam. Ich dachte immer, dass nur Frauen mit Frauen Mitleid haben. Es hat mich beeindruckt, dass sich ein Mann für uns interessiert, und uns wirklich geholfen hat. Ich möchte ihm auch etwas Gutes tun.“

Rote Moosbeere: „Ich auch. Ich werde mir etwas

überlegen. Männer sind leicht zufrieden zu stellen. Ihr wisst schon, was sie von uns wollen."

Rauschen: „Ja, aber bei ihm kann ich mir vorstellen, dass er sanfter als die anderen Männer ist. Er hat gesagt, dass er nicht möchte, dass Menschen gequält werden. Könnt ihr euch erinnern?"

Frühling: „Ja. ... Als ich jung war, kannte ich einen jungen Mann, der mich einmal hier mit dem Mund berührt hat."

Sie zeigte auf ihren Schritt.

Rauschen: „Das hast du nie erzählt, Frühling. Vielleicht kommt er ja aus einer Menschengruppe, die so etwas auch machen. Wenn ihr mal alle ehrlich seid, macht der ganze Beischlaf doch nur wenig Spaß. Unsere Männer sind zwar alle tot, und wir vermissen sie, aber seid einmal wirklich ehrlich, hattet ihr genauso viel Spaß, wie wenn ihr euch selbst gestreichelt habt? Glaubst du auch, dass der Zauberer fantasievoller sein könnte?"

Das junge Mädchen verfolgte die Unterhaltung mit gebanntem Gesicht. Ob sie verstand, wovon die Älteren sprachen? Ich glaube schon.

Wenn sie wüssten, dass ich neben ihnen stehe!

Rauschen: „Bei mir hat ein Mann einmal verlangt, dass ich seinen Penis ablecke. Igitt, wenn ich nur daran denke."

Tanzende Schneeflocke: „Genau das ist es! Das hatte mir noch gefehlt!"

Rauschen: „Was hat dir gefehlt?, und wofür?"

Tanzende Schneeflocke: „Ich will, dass, wenn der Zauberer zurückkehrt, wir ihm etwas Besonders bieten. Vergesst nicht, dass er uns gerettet hat. Also ich werde das bei ihm mal ausprobieren. Vielleicht legt er seinen Mund dafür auf meine Muschi. Vielleicht ist er ja sogar einer, der Frauen verwöhnen kann, und sie sogar so streicheln kann, wie wir uns selbst."

Rote Moosbeere: „Wir müssen immer mit ihm rechnen, er kann jederzeit wieder hier sein. Habt ihr es verstanden, wie er hierher kam, und wie schnell er wieder verschwunden ist? Ich glaube, er könnte sogar jetzt zurückkommen. Wir sollten immer bereit sein, und uns immer gut säubern, damit er uns nicht für unsaubere Frauen hält."

Tanzende Schneeflocke: „Kommt, lasst uns ein gutes Essen machen. Wir wollen uns ein Festessen zubereiten, und an ihn denken, dann können wir heute Nacht von ihm träumen, vielleicht bringt ihn das zurück. Ich sehne mich schon ein bisschen nach ihm."

Alle stimmten ihr zu. Eva hatte recht. Sie verehrten mich.

„Eva? Bringst du mich nach Hause?"

„Ja Eric."

„Ich liebe dich, Eva." ...

… Und prompt lag ich wieder auf meinem Bett, stand aber auf, machte mich für die Nacht, im Bad, fertig, denn ich war müde, und morgen begann die neue Woche.

170

Ich wünschte meinen Eltern eine gute Nacht.

„Deine Freundin gefällt uns sehr, Eric", freute sich meine Mutter.

Papa: „Ja, der Ansicht bin ich auch, mein Sohn. Schlaf gut."

Ich: „Ihr auch. Ich liebe euch."

*****

In der Schule herrschte eine seltsame Stimmung.

Irgendetwas war mit Kevin und Julius passiert. Sie trugen Gipsverbände; ihre rechten Hände waren bis zu den Ellenbogen hinauf bandagiert, und ich fragte mich, was sie als Rechtshänder nun überhaupt beschicken wollten.

Fast jeder aus unserer Klasse hatte sie gefragt, was genau geschehen war, aber weder Kevin, noch Julius wussten es. Höchst mysteriös!

Das einzige, was klar war, war, dass ihre Hände gebrochen waren, aber wieder heilen würden.

Unsere Clique stand auf dem Schulhof zusammen, und ich dachte an den Samstag Vormittag, als ich gerade mit Lea auf dem Weg zum Bäcker, von Kevin und Julius angegriffen wurde, dachte über die Funktion und Wirkweise des Schutzschildes nach, und prompt dachten Eva und ich das Gleiche, womit sich vielleicht meine Sorgen um meine Freundinnen in Alaska lösen ließen.

„Ja, Eric!, so ließe sich das erklären, und so könnte es wirklich funktionieren. Denn ich selbst war zuerst davon ausgegangen, dass der Schutzschild ausschließlich für dich da ist, dann stellte ich fest, dass er Personen mit einbezieht, die du liebevoll berührst, als Nächstes folgten Menschen, die du liebst.

Und daran siehst du zweierlei: Dass ich lernfähig bin, und dass das System als solches erweiterbar ist. Es folgt allerdings strengen Richtlinien, zum Beispiel deinem persönlichen Schutz, und nicht jeder, den du anfasst, ist automatisch mitgeschützt."

„Dann könntest du meine Freundinnen in Alaska auch schützen? Denn sie liebe ich auch!"

„Schon aktiviert, Eric."

„Toll, das erspart mir viel schwere Arbeit. Ich wollte einen Schutzraum für sie bauen, in den sie sich bei drohender Gefahr zurückziehen können."

„Ich weiß, Eric. Ich kenne deine Gedanken."

„Das ist wirklich gut, Eva. Am liebsten hätte ich noch ein Alarmsystem, was mich hier darüber informiert, ob bei ihnen Gefahr droht."

„Okay, Eric. Fast nichts ist unmöglich. Ich denke nach."

„Danke Eva!"

„He Eric!, grübelst du schon wieder?", fragte Hanna. „Oder bereitest du dich innerlich auf unser Rendezvous vor?"

„Hanna, ich kann es kaum erwarten!"

„Süß!", blies mir Hanna eine Dampfwolke entgegen.

Ich: „Darf ich dich vorher auf ein Eis einladen? Ich will nach der Schule noch in die Stadt, weil ich ein paar Dinge besorgen muss."

Hanna: „He!, gute Idee. Ich muss auch noch etwas erledigen. Dann machen wir uns einen schönen Nachmittag – nur wir beide."

Ich: „Klasse! Da freue ich mich jetzt noch mehr."

Ich ging ein wenig näher an sie heran, und flüsterte ihr ins Ohr: „Mit so einer Schönheit wie dir! Echt toll!"

„Kleiner Charmeur!", schmunzelte sie.

Lea: „He, was tuschelt ihr da, ihr zwei?"

Ella grinste: „Das will ich auch wissen?"

Ich zwinkerte Ella zu, gab ihr einen Kuss, tat aber selbstverständlich bei Lea das Gleiche. Aus der Ferne sahen uns Kevin und Julius zu.

„Seltsam!", bemerkte Ella.

Lea: „Was?"

Ella: „Sie wissen nicht, was passiert ist. Glaubt ihr das?"

Janette: „Nein. So besoffen kann man nicht sein, dass man sich an nichts erinnert."

Lea: „Doch, kann man."

Ich: „Ich denke, sie hatten nichts getrunken?"

Lea: „Ich weiß nur, dass es mir kalt den Rücken runterläuft, wenn sie in meine Nähe kommen."

Ich allerdings kann mich gut daran erinnern, dass die beiden Jungen noch vor kurzer Zeit ständig in Leas Sog standen. Aber vielleicht war dies ja gar nicht Leas Wunsch gewesen.

Jedenfalls freute ich mich, dass sie nun zu meinen Freundinnen gehörte.

Hanna und ich.

Wir saßen in der S-Bahn auf dem Weg in die Stadt , und ich musste darüber nachdenken, was für ein Kulturschock dies für meine Freundinnen aus Alaska sein würde, dies hier zu sehen. Gar nicht auszudenken!

„Na, wo bist du schon wieder mit deinen Gedanken?", fragte Hanna, hielt ihr Smartphone hoch und machte ein Foto von mir. Sie saß mir gegenüber, stand nun auf, setzte sich neben mich, und schoss noch ein Selfie von uns beiden zusammen. Ich hinterfragte es nicht, sondern tat es ihr gleich, und machte für mich auch eines.

Aus Evas Unterricht über Frauen weiß ich, dass man so eine Frage nicht wahrheitsgemäß beantworten darf, wenn man in Gedanken gerade weit weg war.

„Ich finde es toll, dass wir mal allein sind. Die schöne Hanna und ich."

Zusätzlich küsste ich sie. Sie schien darauf nur gewartet zu haben, denn wir küssten uns nach diesem Kuss gleich noch einmal, und noch mal, und dann intensiver. Wir hielten uns ganz fest umarmt, wir waren verliebt.

Beinahe hätten wir unsere Station verpasst.

„Wollen wir unsere Sachen zusammen erledigen, oder uns danach irgendwo treffen?", fragte ich, als wir ausstiegen.

„Ich fänds toll, wenn wir zusammen losziehen."

„Okay, es könnte für dich allerdings langweilig werden, weil ich zuerst in eine

174

Haushaltswarenabteilung will."

„Ist mir egal. Hauptsache, ich bin in deiner Nähe."

„Ja?"

„He, Eric! Ich bin verliebt in dich!"

„Ich in dich auch."

„Aha!", dachte ich. „Verrückt, aber gut."

Ich kaufte sechs einfache, kräftige Universalmesser mit Holzgriff, dazu noch ein großes Hackmesser, wie es Schlachter benutzen, sechs schlichte kleine Wetzsteine, und zusätzlich eine mittelgroße Axt.

Für den Fall, dass Hanna sich über dies alles wunderte, hatte ich mir schon eine passende Antwort zurechtgelegt, aber sie fragte gar nicht.

Wieso? War sie wirklich so verliebt, dass sie so etwas nicht misstrauisch machte? Vielleicht machte ich mir auch nur zu viele Gedanken.

Ich verstaute die Dinge in meinem Rucksack, und dachte: „Gut, dass ich mit diesen vielen Messern nicht durch den Zoll muss."

„Ich muss noch in die Bastelabteilung", sagte ich.

„He, das ist schon interessanter!", kam von Hanna.

Dort fand ich, was ich mir vorstellt hatte, nämlich große, schlierige Glasperlen, dazu Lederschnüre. Das war genau das, womit ich meinen Freundinnen eine Freude zu machen hoffte.

Hanna fand die Glasperlen so schön, dass sie für

sich auch drei kaufte. Außerdem brauchte sie neue Ohrhörer für ihr Smartphone; das ging schnell, denn sie wusste ziemlich genau, was für welche.

„Ich bräuchte noch Liquid", bemerkte ich.

„Da kenn ich einen guten Laden, komm!"

Sie nahm meine Hand, und wir verließen das Kaufhaus, waren wieder draußen, und nach zehn Minuten bei dem Geschäft.

„Ein wirklich toller Laden!", lobte ich Hanna, die sich freute. Wir hielten uns immer noch an den Händen, als wäre wir zusammengewachsen, und ließen uns sogar beim Einkaufen, Testen, Herumstöbern nicht mehr los. Und ohne ständiges Küssen ging es auch nicht.

Dann schlenderten wir Hand in Hand durch die Fußgängerzone, suchten uns ein Plätzchen, wo wir in der Sonne sitzen konnten, und genossen ein Eis, später einen Cappuccino und dampften dazu.

„Es ist schön, hier mit dir, Hanna."

„Finde ich auch, Eric."

Ich beugte mich über den Tisch, und küsste sie.

„Weißt du, dass du das schönste Mädchen unserer Schule bist? Und jetzt bin ich mit dir allein hier."

„Kleiner Charmeur. Ich weiß, dass es nicht stimmt, nur, dass ich wirklich mit dir hier allein bin."

Ich nahm meinen Stuhl, und stellte ihn neben ihren, so konnten wir uns besser küssen.

Ganz verliebt!

„Wollen wir los?", fragte Hanna
„Ja, komm!"

Zuhause stellte ich Hanna als meine Freundin vor, kochte mit ihr zusammen in der Küche eine Kanne Tee, und verzog mich mit ihr in mein Zimmer.

Doch bevor wir uns auf dem Teppich niederließen, interessierte sich Hanna für meine umfangreiche Sammlung an Büchern.

„Du interessierst dich für Ethnologie?, und auch für Archäologie?"

„Ja, aber im Augenblick eigentlich eher für das schönste Mädchen, mit dem ich gerade hier in meinem Zimmer bin."

„Wer hat dir das beigebracht, Eric?"

„Was denn?"

„Diese ständigen Komplimente zum Beispiel, und dass ich das selbst bald glaube."

„Was denn?"

„Ach, was solls! Ich liebe dich."

„Ich dich auch auch, Hanna."

„Könnten deine Eltern zufällig hereinkommen?"

„Nein, sie achten meine Privatsphäre."

„Wollen wir uns mal kurz frischmachen?"

„Gute Idee. Zusammen, oder willst du zuerst?"

„Ich dachte eigentlich, dass es zusammen mehr Spaß macht."

„Okay."

Also gingen wir zusammen ins Bad, und Hanna brachte mir bei, wie sich ein Mädchen wäscht. Toll!

Auf der Pyjama-Party stand ich zwar einmal mit

jedem Mädchen unter der Dusche, aber so ein Privatunterricht ist noch einmal etwas ganz anderes. Denn diesmal wurde ich nicht von anderen abgelenkt.

Und weil ich so gelehrig und aufmerksam war, wusch Hanna zur Belohnung mich. Allerdings fragte ich mich, woher sie so etwas konnte, war aber begeistert, wie gut sich dies anfühlte.

Zwischendurch fragte ich mich, was wohl meine Eltern von mir dachten. Denn auch für sie, nicht nur für mich, hatte sich in Hinsicht auf *Mädchen* so einiges in meinem Leben geändert. Allerdings fand ich es gut, dass sie bis jetzt noch nichts Kritisches gesagt hatten.

Den Tee, der auf dem Teppich auf uns wartete, beachteten wir vorerst nicht. Zuerst einmal bewunderte ich nun eine, wenn auch nur unten herum nackte Hanna, die auf meinem Bett lag.

„Hanna, du bist wunderschön!"

„Danke, Eric. Willst du mal probieren?"

„Oh ja! Gern!"

Damit beugte ich mich über sie, und probierte wirklich: Zart, süß, verführerisch lecker, absolut köstlich.

„Trotzdem wäre ich dir sehr dankbar, Hanna, wenn du ganz still bleibst, wenn du mich verstehst."

„Eric, mein Süßer! Ich kann auch ganz still genießen. Du machst das so wunderbar. Wieso hat das solange gedauert, bis wir uns gefunden haben?"

„Ich weiß nicht. Ich habe dich schon lange bewundert. Du bist absolut schön. Und du duftest und schmeckst herrlich."

Obwohl Hanna dort, wo ich sie liebkosen durfte, allerhöchst empfindlich ist, bemühte sie sich doch krampfhaft, keinen Ton von sich zu geben.

„Steck ihn doch mal rein, Eric!", forderte sie mich nun auf, und flüsterte mir ins Ohr: „Hätte ich das nur geahnt, dass du so gut lecken kannst … Eric, es tut mir leid, dass wir dich nie beachtet haben. Aber nun bist du unser Held. Unerklärlich, aber wahr. Ich bin so froh!, das kannst du mir glauben!"

„Ich auch, Hanna. Das kannst du mir auch glauben."

Darauf bat sie mich, mich auf den Rücken zu legen, und meine Vermutung, dass Frauen diese Stellung lieber mögen, wurde wieder einmal bestätigt.

Absolut still und geräuschlos forderte Hanna all das von mir ein, was sie über die Jahre nicht von mir bekommen hatte, weil mich alle Mädchen unserer Schule ignoriert hatten.

Auch ich hatte ja einiges aufzuarbeiten, denn mein Leben mit Frauen hatte erst vor ein paar Tagen begonnen.

Hanna und ich waren verliebt, und sind es immer noch.

Nun saßen wir auf dem Fußboden, tranken ganz gesittet Tee, als es an der Tür klopfte. Eva hatte mich selbstverständlich vorgewarnt.

„Ja bitte!", rief ich.
Meine Mutter guckte durch den Spalt, sah uns
Tee trinken, und schien erleichtert.
„Hanna, möchten sie mit uns zu Abend essen?"
„Wenn ich darf, sehr gern!"
„Dann in zehn Minuten", lächelte sie uns zu.

Später brachte ich Hanna noch nach Hause, wir
gingen wieder Hand in Hand.
„Danke für diesen wunderschönen Nachmittag,
Eric."
„Hanna!, wenn sich hier jemand bedanken muss,
dann bin ich es! Wir sehen uns morgen in der
Schule."

Kapitel 6

Wieder zu Hause, ging ich noch einmal ins Bad, machte mich erneut frisch, packte dann meinen kleinen Rucksack, tat die Messer, und alles, was ich heute Nachmittag gekauft hatte, hinein, nahm noch einen Waschlappen, Zahnbürste, Rasierzeug, und solche Kleinigkeiten dazu, überlegte, ob ich irgendetwas anderes brauchte, und war schon ganz aufgeregt.

„Habe ich an alles gedacht, Eva?"
„Ich denke schon, Eric. Sonst könnten wir ja kurz zurückkreisen, und das, was du noch brauchen solltest, holen."
„Stimmt. Bitte bringe mich zu meinen Freundinnen, und zwar: Morgens, am nächsten Tag." ...

... Alaska!
Eva setzte mich am Eingang des Lagers ab. Es war tatsächlich morgens, sehr früh.
Nebel, ein besonderer Duft, der von der Feuchtigkeit verstärkt wurde: Herbst. Alles lag noch in einem Dunst, fast wie auf einem Aquarell.
Stille.

Absolut Stille, die man gar nicht zu durchbrechen

wagt.

„Krah!, krah!, krah!"

Ich setzte mich auf den Weg, der zu der Hütte führt, weil mich interessierte, wie lange es dauern würde, bis jemand erschien.

Nicht lange.

Die Tür öffnete sich einen Spalt, schloss sich aber wieder.

Kurz danach flog die Tür auf, und alle fünf Frauen kamen herausgestürzt. Sie hätten sich beinahe gegenseitig behindert.

Ein Blick zu den Vögeln in den Bäumen: „Danke, meine Freunde, sehr gut!"

Jetzt jedoch zögerten die Frauen.

Hatte ich vielleicht ihre Pläne durcheinander gebracht?

Sie blieben stehen, tuschelten miteinander, und schickten Gelbe Feder vor. Sollte sie die Begrüßung übernehmen?, hatten sie sie ausersehen?

Mit niedergeschlagenen Augen kam sie auf mich zu, und ich stand auf, ging ihr entgegen. Und endlich konnte ich sie in meine Arme schließen.

Über ihre Schulter hinweg winkte ich den anderen Frauen zu, sie sollten kommen, und als sie endlich da waren, versuchte ich, sie alle zusammen zu umarmen.

Sie verstanden es nicht, also umarmte ich jede

einzeln. Nach mehreren Anläufen verstanden sie endlich, und wir bekamen es hin, uns alle zusammen zu umarmen.

Mittlerweile wünschte ich mir, ich wäre etwas später angekommen. Denn ich konnte ihre Bettwärme fühlen, und es tat mir leid, sie aus dem Schlaf gerissen zu haben.

Andererseits war ich froh, mitbekommen zu haben, dass die Raben aufmerksam gewesen waren, einen Warnruf ausgestoßen, und dass die Frauen ihn beachtet hatten.

Auch war ich froh, dass ich wusste, dass sie durch Evas Schutzschild geschützt sein würden. Aber davon wollte ich ihnen eigentlich nichts erzählen.

„Du bist wirklich wieder hier!", freute sich Rote Moosbeere.

Rauschen: „Ja, wirklich. Du bist früh unterwegs. Noch früher als die Männer, die uns überfallen haben."

Frühling sagte nichts, schien zu lächeln, sie hielt vier Fleischstreifen in ihren Händen, die sie nun für die drei Raben und den Adler auslegte.

Die Vögel kamen sofort, holten sich ihre Belohnung, und flogen damit zurück auf ihre Ansitze.

„Du siehst anders aus", bemerkte Tanzende Schneeflocke, und befühlte meine Kleidung.

Sie hatte recht, denn heute hatte ich mich

sinnvoller angezogen, wärmer, ungefähr so, als wollte ich wandern gehen.

Gelbe Feder hatte noch keinen Ton gesprochen.

An der Körpersprache der Frauen konnte ich ablesen, dass sich die Spannung so nach und nach löste.

„Komm mit rein …, Eric", forderte mich Rote Moosbeere auf.

„Danke, Rote Moosbeere", bedankte ich mich.

Auf dem Weg zur Hütte wurde ich ständig von den Frauen berührt, angefasst, ungefähr so, als müssten sie das, was sie sahen, auch durch Betasten bestätigt bekommen.

Drinnen war es recht dunkel. Ein Feuer glomm vor sich hin, und es gab eine Tranlampe, die aber auch nicht viel Licht produzierte. Hier drinnen war ich noch nicht gewesen. Gestern hatte ich mich nur vergewissert, dass diese Hütte fertiggestellt war.

Aber die fünf Frauen hatten sie sich sinnvoll eingerichtet, soweit ich es erkennen konnte.

Es gab einen höhergelegenen Schlafplatz, so einen wie ich ihn in vielen Büchern schon gesehen, und eigentlich erwartet hatte, dass nur die Eskimo ihn so nutzten: Es war eine Art Podest, das durch seinen Abstand zum Boden vor Kälte von unten schützte, und was ich in ihrem Fall gut und sehr sinnvoll fand: Alle fünf nutzten dieses eine Bett gemeinsam. Sie wärmten sich gegenseitig.

Das war ja auch mein geheimer Wunsch gewesen, dass diese fünf aufeinander aufpassten, sich gegenseitig halfen, füreinander da waren, eine Art Familie bildeten.

Gelbe Feder, Tanzende Schneeflocke und Rote Moosbeere verschwanden, ließen mich ohne Erklärung mit Rauschen und Frühling in der Hütte zurück, die mich aber nicht weiter beachteten, sondern sich um das Feuer kümmerten, und wohl das Frühstück vorbereiten wollten.

Nach kurzer Zeit, kamen die drei Frauen zurück, und Frühling und Rauschen verschwanden auch.

Morgentoilette?

Wahrscheinlich.

„Setz dich doch auf das Bett! Du musst nicht stehen", forderte Tanzende Schneeflocke mich auf.

Rote Moosbeere kümmerte sich um irgendetwas am Feuer, richtete den Rauchabzug, ordnete ein paar Sachen, und Gelbe Feder setzte sich neben mich.

Tanzende Schneeflocke half Roter Moosbeere am Feuer. Rauschen und Frühling kamen zurück in die Hütte.

„Du hast viel für uns getan …, Eric", begann Tanzende Schneeflocke. „Wir haben festgestellt, dass du alles gemacht hast, was du uns versprochen hast. Und gestern hast du uns noch etwas versprochen. Wir lassen dich jetzt mit Gelbe Feder allein. Wenn sie danach nach draußen zu uns kommt, sagt sie uns, wen du als Nächste wünschst, aber es müssen alle dran kommen."

Ah!, jetzt verstand ich. Ich sollte mit Gelber Feder

185

schlafen. Sie sollte die Erste sein, sozusagen wie eine Art Geschenk für den Gast, für den Wohltäter, der ich für die Frauen war.

Ich strich ihr über ihr Haar, aber sie wirkte wie erstarrt. Hatte sie Angst, oder war sie aufgeregt?

Gerade wollte Frühling schon als Erste die Hütte verlassen, und die übrigen Frauen auch, als ich sie aufhielt: „Nein. Gelbe Feder hat Angst. Ihr bleibt alle hier."

„Bitte!", fügte ich sanft hinzu. „So geht das nicht. Setzt euch bitte alle hier zu uns auf das Bett."

Gelbe Feder saß immer noch neben mir, die anderen Frauen fanden sich auf dem Bett ein, und wir bildeten einen Kreis, mit Tanzende Schneeflocke auf meiner anderen Seite.

„Wer ist nun eure Anführerin?", wollte ich wissen.

Tanzende Schneeflocke: „Noch keine."

Ich: „Wollt ihr alles zusammen entscheiden?, oder konntet ihr euch nicht einigen?"

Rote Moosbeere: „Wir konnten uns nicht einigen, weil wir dich als Anführer haben wollten."

Ich: „Das geht leider nicht, weil ich nicht immer hier sein werde."

„Du wirst uns wieder verlassen?", fragte Rauschen enttäuscht.

Ich: „Ja. Ich komme euch, sooft es geht, besuchen. Aber ich werde nicht immer hier sein."

Das musste bei ihnen erst einmal sacken.

„Seid nicht traurig!", fuhr ich fort. „Freut euch, dass ihr noch lebt, und dass es euch gut geht. Ich werde euer Freund sein. Ihr wisst doch, was ein Freund ist, oder?"

„Frauen haben nur Freundinnen, Männer haben Freunde", erklärte Frühling ihre Sichtweise.

„Seit gestern habt ihr fünf Frauen einen Freund: *mich*", deutete ich auf mich. „Warum wolltet ihr, dass Gelbe Feder mit mir schläft? Denn offensichtlich gefällt ihr der Gedanke nicht. War es deine Idee, Tanzende Schneeflocke?"

Ich wusste ja, dass es ihre Idee war, denn ich war dabei, als sie die Idee gehabt hatte.

Und sie war ehrlich: „Ja, es war meine Idee. Wir wollen uns bei dir bedanken, weil du uns gerettet hast, und ich dachte, Gelbe Feder wäre so etwas wie ein Leckerbissen. Sie sollte anfangen."

„Gelbe Feder, was sagst du dazu?", fragte ich Gelbe Feder. „Hast du schon einmal mit einem Mann geschlafen?"

„Ja!", sagte sie plötzlich ganz stolz.

Ich: „Aber dein Mann ist nun tot?"

Gelbe Feder: „Ja, sie haben ihn gestern umgebracht."

Jetzt war sie traurig, und ich umarmte sie, strich ihr wieder über ihr Haar, über ihre Wange, so lange, bis es ihr besser ging. Ich weiß nun, dass meine Berührungen nicht nur körperliche Wunden heilen, und tatsächlich: Sie fing bald an zu lächeln.

Ich hatte immer noch keinen richtigen Plan. Dies alles überforderte mich ein wenig. Mit solchen

Umständen hatte ich nicht gerechnet. Ich konnte doch nicht einfach der Reihe nach, mit allen diesen Frauen schlafen!

„Ihr alle habt gestern eure Männer und eure Familien verloren, oder?"
Sie nickten alle.

„Kommt, ihr werdet auch vom Kummer geheilt, und bekommt Kraft, wenn ihr mich umarmt. Wisst ihr, was Liebe ist?"
Wieder nickten alle.
So fing ich bei Tanzende Schneeflocke an. Ich umarmte sie, weil sie nun neben mir saß: „Tanzende Schneeflocke, ich liebe dich, und ich bin froh, dass ich dich retten konnte."

Wieder, wie auch gestern, schluchzte sie, blieb in meinen Armen, bis es ihr besser ging, und ich ihr die Tränen abgewischt hatte. Zum Schluss küsste ich sie auf ihren Mund. Dies war etwas, was offensichtlich keine meiner Freundinnen kannte. Aber sie würden es schon noch mögen, dachte ich mir.

Dann tauschte ich mit ihr meinen Platz, und saß neben Rauschen, einer kräftigen, molligen Frau, nicht dick, aber mit ausgeprägt weiblichen Rundungen. Auch sie hatte Tränen in den Augen, die ich ihr mit meinen Fingern wegtupfte, ihre Hände nahm, ihr sagte: „Rauschen, es ist schön, dass du noch lebst, und ich dich retten konnte. Ich liebe dich."

Bei meiner Umarmung fing auch sie an zu schluchzen, ich wartete so lange, bis es ihr besser ging, und sie sagte: „Danke …, Eric."

Ich wartete noch eine Weile, wir hatten Zeit.

Nun, vor Frühling kniend, nahm ich Frühlings Hände: Sie sah mich tapfer an.

„Wie geht es deinem Bauch, und deinem Bein?"

„Gut, Eric. Danke. Ich weiß, dass du ein Mensch bist. Nimmst du mich auch in deinen Arm? Ich kann deine Liebe erwidern, denn auch ich fühle es."

„Danke, Frühling. Ich liebe dich auch. Es ist schön, dass ich dich retten konnte. Du bist eine schöne Frau."

„Ja? Aber ich bin alt."

„Wie viele Jahre sind es?"

„Mehr als vierzig; es sind dreiundvierzig Jahre."

„Das sieht man gar nicht. Ich dachte, du wärst dreißig Jahre alt."

Jetzt lächelte sie.

„Nun siehst du noch jünger aus."

„Sind alle Männer so nett, da, wo du herkommst?"

„Nein, Frühling. Manche sind gar nicht nett, manche sind so wie die Männer, die euch überfallen haben. Komm!", breitete ich meine Arme leicht aus, und umarmte Frühling.

„Das tut gut, Eric. Das musst du öfter machen."

„Ja, das werde ich, Frühling."

Nun setzte ich mich neben sie, hielt sie lange fest, und ich spürte, wie sie es genoss. Das tat auch mir sehr gut.

Rote Moosbeere hatte geduldig gewartet. Jetzt kniete ich vor ihr, und sie hatte ihre Hände in meine gelegt. Sie hatte ja alles beobachten können, wie es bei den anderen gewesen war.

„Rote Moosbeere, auch für dich empfinde ich eine Liebe, die sehr stark ist. Auch du bist eine sehr schöne Frau, und ich freue mich, dass du noch lebst."

Mit diesem Satz legte ich mir eine ihrer Hände an meine eigene Wange, und genoss es, sie zu fühlen, ich küsste sie sogar.

„Auch ich liebe dich, Eric. Danke, dass du uns gerettet hast. Kannst du dir denn vorstellen, vor was du uns gerettet hast?"

„Nein, Rote Moosbeere, das weiß ich nicht. Ich kann es nur ahnen."

„Diese Männer sind grausam. Du hättest sie töten müssen. Sie hätten uns so lange gequält, bis wir sie um unseren Tod angefleht hätten, sie hätten uns aber weiter vergewaltigt, immer wieder, und immer wieder. Dabei hätten sie uns unsere Haut in Streifen abgezogen, und uns mit Feuer gebrannt, und daran hätten sie ihre Freude gehabt. Es gibt schlimme Geschichten über solche Männer. Wir waren dabei, als sie unser Angehörigen getötet, die anderen Frauen und Mädchen vergewaltigt und gequält haben. Du hast uns vor einem schlimmen Tod gerettet. Und dafür verehren wir dich. Du bist ein guter Mensch. Selbst unsere eigenen Männer waren nicht so gut wie du. Auch sie waren hart zu uns. Du bist ganz anders."

Mittlerweile saß ich neben ihr, hielt sie ganz fest, und endlich weinte sogar sie. Wir hatten viel Zeit, sie ließ sich trösten.

„Ich möchte euch bitten, möglichst immer alle fünf zusammen zu bleiben. Niemals darf eine von euch allein losgehen! Auch nicht, wenn ihr auf eure Toilette geht. Versprecht mir das!"

Alle nickten.

„Und wenn eine von euch mit mir schlafen möchte, werden alle anderen dabei sein."

Jetzt hatte ich mit Entrüstung, Entsetzen oder Ablehnung gerechnet.

Nein.

„Gut", bestätigte Frühling, „wer von uns soll anfangen?"

„Niemand von euch *soll*, sondern wer von euch *möchte* anfangen?"

Rote Moosbeere: „Es fällt mir immer noch schwer, in dir nicht einen Zauberer zu sehen. Wir alle geben uns Mühe, deinen Namen zu sagen. Was bedeutet er?"

Ich: „Das weiß ich nicht."

Rote Moosbeere: „Schade. Vielleicht bedeutet er Mitleid, oder Retter."

Dazu schwieg ich. Ich wusste die Bedeutung meines Namens wirklich nicht.

191

„Jedenfalls glauben wir nun, dass du ein Mensch bist", fuhr Rote Moosbeere fort. „Ich finde es gut, dass du uns fragst, und uns nicht zum Beischlaf zwingst. Das tust du doch nicht, oder?"

„Nein", erwiderte ich, „niemand sollte gezwungen werden."

Rauschen: „Mich, und die anderen wohl auch, hat es beeindruckt, dass du keine Menschen, besonders keine Frauen, quälen willst. Das stimmt doch, oder?"

Ich: „Ja, das stimmt."

Rauschen: „Und wenn jetzt eine von uns sagt, dass sie nicht mit dir schlafen will? Was ist dann?"

Ich: „Dann sollte sie das nicht tun."

Rauschen: „Ich habe den Eindruck, dass Gelbe Feder noch nicht so weit ist. Was ist mit ihr?"

Gelbe Feder verfolgte stumm, aber sehr aufmerksam, was nun kommen würde.

„Das einzige, um was ich Gelbe Feder bitten möchte", antwortete ich darauf, „ist, dass sie nicht allein nach draußen gehen soll. Sie sollte hier bleiben, kann aber woanders hingucken."

Frühling: „Sollen die anderen zugucken?"

Ich: „Seid doch einmal ehrlich! Ich möchte, dass die anderen nicht nach draußen gehen, aber diese Hütte ist klein. Wo sollten die anderen denn hingucken? An die Wände?"

Rote Moosbeere: „Eric hat recht. Und ich finde es gut, dass die anderen dabei sein sollen. Ich werde zugucken. Ich will sehen, was er macht. Bis jetzt war alles gut, was er getan hat."

Gelbe Feder nickte, und sagte zum ersten Mal seit langem etwas: „Er hat recht. Ich gucke zu. Mich interessiert es auch, was er macht."

Tanzende Schneeflocke: „Wenn keine von euch etwas sagt, möchte ich anfangen, sonst reden wir heute Abend noch darüber."

Frühling: „Dann möchte ich die Nächste sein."

Rote Moosbeere: „Ich möchte nach Frühling mit ihm schlafen."

Rauschen. „Ich warte, und überlege noch. Zuerst möchte ich, wie Gelbe Feder, nur zugucken, oder hast du es dir anders überlegt, Gelbe Feder?"

Gelbe Feder: „Nein, ich möchte nur zugucken, und dann entscheiden."

Mich interessierte, wie alt Gelbe Feder wohl war. Bei Frühling lag ich völlig daneben. Sie war dreiundvierzig, aber in Gedanken hatte ich sie auf weit über fünfzig Jahre geschätzt. Aber das musste sie ja nicht wissen.

Tanzende Schneeflocke: „Eric, wir möchten dir sagen, dass wir uns vorbereitet haben. Alle haben sich gereinigt. Wir sind keine unsauberen Frauen."

Ich: „Ich bin auch sauber."

Tanzende Schneeflocke erhob sich leicht, knüpfte, oder band irgendetwas auf, drehte ihr Hinterteil zu mir, und nahm eine kauernde Haltung ein.

Ich saß immer noch neben Rote Moosbeere, schaute nach links zu Frühling, dann geradeaus zu

Rauschen, dann nach rechts zu Gelbe Feder.

Nun wusste ich nicht recht. Erwartete Tanzende Schneeflocke, dass ihr nun ihre Kleidung abstreifte, um mit ihr zu schlafen?

„Genau, Eric, das erwartet sie."

„Danke Eva, ich lasse meiner Fantasie nun freien Lauf."

„Tu das, Eric. Ich finde es äußerst spannend."

Aber zuerst küsste ich die mir nächst Sitzenden, und das waren Rote Moosbeere, die dies wohl irritierte, und Frühling, die diesen Kuss gern in Empfang nahm, und versuchte, ihn zu erwidern.

Es war eine Art Hose, was Tanzende Schneeflocke unter ihrem Kleid-ähnlichen Oberteil trug, das begriff ich nun, und es war gar nicht so schwer, sie abzustreifen, aber diese Prozedur endete an Tanzende Schneeflockes Kniekehlen.

Unter dieser Hose befand sich etwas, was auf den ersten Blick den Anschein einer Unterhose besaß, aber irgendwie gewickelt war.

Doch das Etappenziel, ihr Po, sah schon recht einladend aus. Ich bedachte ihn mit einem Kuss, und mit zärtlichem Streicheln.

Außerdem war ich stark versucht, dieser sehr schönen Frau zwischen ihre Beine zu greifen, wollte mich aber zusammenreißen, und hier nicht den Eindruck eines Lüstlings hinterlassen.

„Tanzende Schneeflocke? Willst du dich nicht

ausziehen?, deine ganze Kleidung?"

Sie sah mich über ihre Schulter hinweg an: Verwirrung! Sie tauschte Blicke mit ihren Freundinnen, die ihr aber wohl auch nicht weiterhelfen konnten.

„Willst du das?, Eric. Ist das bei euren Leuten üblich?"

„Ja, das ist es. Ich ziehe mich auch aus", sagte ich, und fing damit an, ließ mich dabei auch nicht beirren, und saß nun nackt in der Mitte der Frauen.

Auch Tanzende Schneeflocke entledigte sich ihrer Kleidung: Eine wunderschöne Frau. Bei uns würde sie es in ein Modemagazin schaffen.

Nun saßen wir uns nackt gegenüber, und die restlichen vier Frauen um uns herum. Was sie wohl dachten?

Ja, dies war mir möglich. Ich konnte ihre Gedanken aufnehmen: Verwirrung, aber auch gespanntes Erwarten. Nicht aber Abscheu oder Peinlichkeit.

Ich rückte näher an Tanzende Schneeflocke heran.

„Du bist eine sehr, sehr schöne Frau, Tanzende Schneeflocke. Das weißt du, oder?"

„Ja, ich glaube schon. Du siehst anders aus als unsere Männer. Weißer. Scheint bei euch weniger Sonne?"

„Nein."

„Wie alt bist du, Eric?"

„Achtzehn Jahre."

„Dann bist du so alt wie Gelbe Feder."

„Ja?", blickte ich zu Gelbe Feder, die nickte.

„Könntest du mich als Mann akzeptieren, Tanzende Schneeflocke?"

„Ja, sehr!", lächelte sie. „Du hast nicht gefragt, wie alt ich bin."

„Möchtest du es mir sagen?"

„Ja, ich bin dreiundzwanzig Jahre alt."

„Ein schönes Alter."

Nun fragte ich mich, wie alt wohl ihr Sohn gewesen war, fragte sie aber nicht.

„Tanzende Schneeflocke, legst du dich erst einmal auf deinen Bauch, bitte?"

„Nur liegen? Was willst machen?"

„Ja, einfach nur liegen. Ich möchte dich ein wenig bewundern."

Nun guckte sie skeptisch, wie die anderen auch, war etwas verwirrt, legte sich aber, wenn auch zögernd, auf ihren Bauch.

Wunderschön!

Diese eine Wort drückt viel mehr aus, als man mit vielen Worten erklären könnte.

Wirklich wunderschön!

Vorsichtig, als wäre es das Kostbarste, was ich bis jetzt in meinem Leben gesehen hatte, berührte ich sie: Zuerst an ihrem Po! Weil er mich einfach magisch anzog.

Elektrisierend!

In Gedanken war ich kurz zu Hause in meinem Zimmer, als ich das erste mal darüber nachdachte, oder mir bewusst wurde, dass ich oft daran dachte, einmal eine Frau eines indianischen Volkes aus Alaska kennenlernen zu wollen.

Nun lag hier eine von ihnen vor mir, und ich durfte ihren Rücken bestaunen.

Ein weiterer Kuss auf ihren Po, und noch einer. Dann berührte ich ihn mit meiner Wange, schmuste mit ihrem Po.

Tanzende Schneeflocke drehte ihr Gesicht zu mir: Verwunderung! Aber sie drehte es wieder weg.

„Und würdest du dich nun auf den Rücken legen?", bat ich sie nach einer Weile.

„So?, ist das richtig?", fragte sie, als sie meinem Wunsch entsprochen hatte.

Meine Antwort war nur ein Lächeln und ein Nicken.

„So eine wunderschöne Frau", dachte ich erneut, strich ihr hauchzart über ihre Körperlinien, gab ihr hier einen Kuss, und dann dort. Liebkosend wanderten meine Lippen von ihren Füßen kommend, ihre Schenkel hinauf, stoppten kurz an ihrer Scham, und war mir bewusst, dass alle zusahen.

Tanzende Schneeflocke hielt ihren Atem an, denn ich wusste, dass sie davon träumte, hier einmal mit meinem Mund berührt zu werden. Aber ich ließ meine Lippen weiter wandern, denn ich wollte ein wenig Spannung aufbauen.

So erforschte ich ihren Bauch, von dem man nur träumen kann, ihren Bauchnabel: wunderschön, kam an ihrer Brust an, und liebkoste diese: Ein absoluter Traum!

Tanzende Schneeflocke japste ein bisschen. Was wohl in ihr vorging?
Ja, ich weiß es, es war kein klarer Gedanke, sondern gespanntes Prickeln.
Ich näherte mich ihrem Gesicht.

„Tanzende Schneeflocke, du bist wunderschön. So schön, wie in einem Traum!"
Darauf antwortete sie nicht. Ich aber legte mich mit meinem ganzen Körper dich an den ihren, umgriff sie zart, zog sie an mich, oder mich an sie, und küsste sie. Küsste sie auf ihren Mund, auf ihre Lippen.
In Gedanken ahnte ich, dass sie sich fragte: „Wann endlich wird er mit mir schlafen? Gehört das alles dazu?"

Denn aus ihrer ersten Körperhaltung, als sie mir abwartend ihren Po entgegen reckte, sich zusammen kauerte und wartete, schloss ich, dass zumindest sie, noch nie ein Vorspiel, vielleicht noch nicht einmal Zärtlichkeiten, genossen hatte.
Im schlimmsten Fall könnte der Beischlaf eine sehr kurze Angelegenheit gewesen sein, bei der sie, und vielleicht auch die anderen, nur ihren Po

hinhalten mussten.

Mit ein paar Ausnahmen.

Denn Frühling hatte es ja einmal erleben dürfen, dass ihr ein früherer Liebhaber seinen Mund auf ihre Scham gedrückt hatte. Was wohl aber nicht die Regel gewesen war, denn dann hätten die übrigen vier Frauen ähnliche Erfahrungen gehabt.

Mein Mund war immer noch auf ihrem Mund.

„Tanzende Schneeflocke? Magst du mich?"

„Ja!"

„Dann lass sich unsere Zungen berühren!"

„Was? Wie denn?"

„Wenn ich dich auf den Mund küsse, dann öffne deinen ein wenig. Und sag mir hinterher, ob es dir gefällt."

„Gut."

Tanzende Schneeflocke sah mich erwartungsvoll an, und in ihrem Blick konnte ich nicht nur Erwartung, sondern auch Lust auf Neues entdecken. Ja, so möchte ich es ausdrücken. Sie kannte es nicht, das war klar. Aber es bestand auch keine Gefahr.

Aber es war etwas, was Spaß machen könnte.

Wieder vorsichtig, berührte ich mit meinem Mund ihre Lippen, und hätte beinahe erwartet, dass sie ihre Augen schloss. Das tat sie aber nicht.

Das wenige Licht spiegelte sich in ihren Augen, in diesen dunklen, wundervollen Augen, die mich schon bei Tageslicht in eine unendliche Tiefe sogen.

Und von solchen Augenpaaren gab es hier fünf!, in denen ich versinken konnte.

Exotisch.
Prickelnd.
Bannend.

Tanzende Schneeflocke öffnete wirklich leicht ihren Mund, ihre Zungenspitze kam ein wenig zögernd, meine wartete schon. Und dann berührten sich beide, während vier andere Frauen dies gebannt verfolgen, dafür sogar näher gerückt waren, denn hier drin war es wirklich nicht sehr hell. Aber ob es wirklich an den Lichtverhältnissen lag?, ihr Interesse?

Ich zog mich ein wenig zurück, sah Tanzende Schneeflocke fragend an: Sie lächelte: „Gut! Noch mal!"

Diesmal war ihr Vorstoß eine Kleinigkeit mutiger.

Beim nächsten Mal fing das Genießen an. Und als sie mich wieder freigab:

„Wie ist das, Schneeflocke?", fragte Rauschen.

„Probier mal selber!", antwortete sie.

Nun war ich es, der erstaunt guckte, denn ich spürte eine Hand auf meiner Schulter: Rauschen.

Das hätte ich nicht erwartet, dass diese Frauen, die ich unterschwellig als unemanzipiert eingestuft hatte, nun unser Liebesspiel unterbrachen, denn zuerst forderte mich Rauschen zu einem Zungenkuss auf, dann Rote Moosbeere, dann

Frühling, und sogar Gelbe Feder.

Dann unterhielten sie sich untereinander, als ob ich gar nicht anwesend war, und kamen überein, dass dies nicht nur eine neue, oder gute, sondern sogar eine sehr lohnenswerte Erfahrung war, die sogar Spaß machte.

Befand ich mich hier wirklich in der Steinzeit?

Endlich durften Tanzende Schneeflocke und ich weiter machen. Nun wusste ich, dass alles, was ich, oder besser gesagt, wir, machten, äußerst genau beobachtet wurde.

Die übrigen vier Frauen nahmen Anteil an unserem Liebesspiel. Es war für sie etwas, was sie aus der ersten Reihe miterleben wollten, und taten.

So leise, dass niemand anderes etwas hören konnte, flüsterte ich Tanzender Schneeflocke ins Ohr: „Du hast einen geheimen Wunsch!"

Gerade öffnete sie ihren Mund, um zu fragen, aber ich verschloss ihn, indem ich einen Finger darauf legte. Sie verstand, und blieb still.

Aber vorher wollte ich mich noch einmal an ihren herrlichen Brüsten ergötzen, liebkoste sie, als gäbe es keine zweite Gelegenheit dazu, wanderte mit meinen Küssen tiefer, kam über ihren Bauch an ihrem Nabel vorbei, der makellos geformt ist, und erreichte den Ansatz der spärlichen Schamhaare.

Hier endeten meine Küsse keineswegs, und jetzt endlich ahnte Tanzende Schneeflocke wohl, was ich ihr eben ins Ohr geflüstert hatte, hielt ihre Luft an –

und nicht nur sie, sondern auch alle, die zusahen.

Sie nahm den ersten Kuss entgegen, aber noch mit geschlossenen Beinen. Was soll frau auch machen, wenn sie wohl davon gehört, aber es noch nie erlebt hatte?

Deshalb sah ich zu ihr auf, wechselte meine Position, und kniete nun vor ihren Füßen.

Aus meinem Augenwinkel sah ich das Lächeln in Frühlings Blick. Vielleicht dachte sie gerade an ihre Jugend, an den Liebhaber, der ihr damals seinen Mund dorthin gelegt hatte.

Aber zu Frühling wollte ich jetzt nicht hinsehen, sondern forderte von hier aus Tanzende Schneeflocke mit einem Zwinkern auf, ihre Beine für mich zu öffnen, auch damit, indem ich sie hier streichelte.

Sie tat es!, und nun gar nicht mehr zögernd.

Trotzdem küsste ich mich von ihren Schenkeln kommend aufwärts, ich wollte sie ja nicht bestürmen, sondern ihr ein unvergessliches Erlebnis bieten, das es ja auch für mich war: Ein absoluter Traum!

Die Schönheit in Person!

Ich durfte Tanzende Schneeflocke hier küssen.

Das ist so etwas wie eine Belohnung und Weihnachten zugleich. Etwas, was ich nicht nur nie vergessen werde, oder mir von Eva immer wieder dreidimensional vorspielen lassen kann, sondern es ist etwas, von dem ich wage und sehnsuchtsvoll geträumt hatte, und nun vor meinem leibhaftigen Traum saß, ihn fühlen, schmecken, riechen, lecken konnte, und durfte.

Aber wie es sooft ist, wenn frau etwas zum ersten Mal erlebt: Es braucht ein zweites Mal, um es zu genießen. Und sie konnte es, obwohl ihre Freundinnen zuguckten, mitfieberten, und sich hoffentlich wünschten, mit ihr tauschen zu dürfen.

Tanzende Schneeflocke genoss still. Hatte dies etwas mit ihrer Erziehung, oder dem Zusammenleben von mehreren Menschen in einem Raum zu tun? Jedenfalls konnte ich mir so etwas als Erklärung vorstellen.
Denn als sie mich zu einem zweiten Mal aufgefordert hatte, konnte ich bei ihr einen Orgasmus miterleben.

Und so, wie alle anderen Vier mitgefiebert hatten, erwartete ich, dass sie gleich danach von Tanzende Schneeflocke wissen wollten, wie das ist, wie sich dies anfühlt.
Sie wollten es nicht nur wissen, sie wollten es auch erleben. Also wurde unser Liebesspiel wieder unterbrochen, weil auch diesmal alle das Gleiche wollten.
Herrlich!

Wieder einmal war ich von nackter Haut umgeben, nur dass es diesmal fünf Frauen einer athabaskischen Volksgruppe in der Steinzeit waren.

„Danke Eva, mein Liebling."

„Eric, mein Liebling, ich finde das herrlich! Ist das dein Traum?"

„Ja, Eva. Er ist es!"

„Willst du auch einmal in eure Steinzeit reisen, Eric?"

„Nein, ich glaube nicht, Eva."

„Eric!! Zieht euch schnell an! Sofort!! Einer der Männer von gestern wird gleich eintreffen!"

„Danke Eva!"

„Zieht euch sofort an. Einer der Männer von gestern ist in der Nähe!", sagte ich ruhig zu meinen Freundinnen.

„Eric! Ich bin gespannt, wir deine Freundinnen auf den Schutzschild reagieren!"

„Ich auch, Eva. Aber auch auf die Reaktion des Mannes."

Frühling, die älteste, hatte meine Warnung als Erste ernst genommen, und war auch schon fast angezogen, die anderen, und ich aber auch.

„Woher weißt du das?"

„Ich werde versuchen, euch das zu erklären, wenn wir dies erledigt haben", erwiderte ich.

„Bist du doch ein Zauberer?", wollte Rote Moosbeere wissen.

„Nein. Ich bin ein ganz normaler Mensch."

„Eva, wie weit ist er noch weg?, und ist er allein?"

„Eric!, ja, er ist allein, und noch ungefähr achtzig Meter vom Lager entfernt."

„Ist er bewaffnet?"

„Er hat mehrere Stöcke und Steine dabei, und er ist immer noch nackt, Eric."

„Krah! Krah! Krah!"

„Er ist allein", informierte ich die Frauen, „für euch, für uns alle, besteht keine Gefahr. Vertraut mir. … Ich möchte, dass ihr Fünf euch vor die Hütte stellt, und ich werde ein wenig abseits stehen, also nicht direkt bei euch. Bleibt genau dort stehen, bewegt euch nicht von der Stelle!"

Frühling: „Woher...?"

„Dafür haben wir jetzt keine Zeit", hob ich meine Hand, „kommt!"

Meine fünf Freundinnen standen vor der Hütte, sahen nun aber doch ein wenig ängstlich aus. Ich stand ein paar Meter daneben, und war nicht auf den ersten Blick zu sehen.

Nun lugte der Mann hinter dem Schutzwall hervor, sah, dass er hier auf dem Platz vor der Hütte keine Deckung finden würde, prüfte wohl seine Möglichkeiten, und entschied sich für den direkten Angriff.

Mich hatte er nicht gesehen.

Aus der Entfernung, wo er gerade stand, schleuderte er den ersten Stein auf die Frauen, die sich instinktiv duckten, aber keinen Laut von sich gaben, und auch nicht wegliefen.

Mit einem Klong prallte der Stein gegen den Schutzschild, und fiel zu Boden. Auch der zweite Stein endete mit einem fast leisen Klong vor den Frauen am Boden.

Der Mann verstand dies genau so wenig wie die Frauen, aber er dachte, dass er schlecht gezielt hatte, und rannte nun mit seinen Stöcken auf die Frauen zu, hob sie, wollte damit zuschlagen, und prallte nun voller Wucht gegen den Schild, verletzte sich dabei, und sackte mit blutigem Gesicht, und mit wahrscheinlich gebrochenem Arm zusammen.

Vor dem Eingang des Schutzwalls fand sich seelenruhig der Bär ein, ließ sich nieder, und wartete, während er gelangweilt woanders hinguckte: Zu den Raben, der Adler kreiste hoch über uns.

Jetzt verließ ich meine Deckung, ging auf den Mann zu, hockte mich neben ihn. Er schien von dem Aufprall eine Gehirnerschütterung bekommen zu haben, denn seine Bewegungen waren nicht mehr ganz koordiniert.

„Wo sind deine Freunde?", fragte ich ihn, und hielt ihm dabei einen Stock an seinen Kopf.

„Ertrunken", nuschelte er.

Er sprach die Wahrheit. Ich konnte es fühlen.

„Warum bist du zurückgekommen?"

„Rache", nuschelte er wieder.

„Dabei hätten die Frauen einen Grund, sich zu rächen, nicht du."

„Frauen sind Dreck", nuschelte er weiter.

„Wie hast du dich befreit?"

„Mit meinen Zähnen und einem Stein", verstand ich.

„Du weißt, dass du nun dem Bären gehörst, du hättest nicht zurückkommen sollen."

Nun erhob ich mich aus der Hocke, ging zu dem Bären, begrüßte ihn mit einer Umarmung, schmuste mit ihm: „Mein Freund! Ich hoffe, dass es dir gut geht."

Mit einem tiefen, grollenden Ton bestätigte er meine Hoffnung.

„Du darfst diesen Mann mitnehmen und fressen. Teile bitte mit den Raben und dem Adler. Er wird gleich zu dir kommen. Ich wünsche dir Glück, und hoffe, dass wir uns wieder sehen. Ansonsten wünsche ich dir einen angenehmen Winterschlaf, wenn es soweit ist."

Auch dies beantwortete er auf Bärenmanier mit einem friedlichen tiefen Ton, den ich so gern höre. Noch einmal umarmte ich den Bären, schmuste mit ihm, indem ich meinen Kopf an seinen legte, strich ihm noch einmal über sein herrliches Fell, drehte mich um, und ging wieder zurück zu den Frauen, die immer noch unbeweglich zusammen standen, und ein wenig ängstlich auf den Mann zu ihren Füßen sahen.

„Steh auf, und gehe wie ein Mann zu dem Bären, sonst musst du dich von den Frauen zu ihm hin schleifen lassen."

Das wollte er offensichtlich nicht.

Diese Schmach, sich von Frauen, die er verachtete, befördern zu lassen, wäre der Gipfel einer Demütigung, also erhob er sich langsam und unter Schmerzen, und schleppte sich zu dem Bären, der ihn auch auf der Stelle tötete, und einige Meter außer Sichtweite zerrte.

Die Raben landeten anschließend, und auch der Adler fand sich ein.

„Danke Eva."

„Ich bin für euch, und besonders für dich, da, Eric."

„Meine Freundinnen wollen nun bestimmt eine Erklärung. Wie viel darf ich ihnen erzählen?"

„Ich werde dich leiten Eric, wie immer."

„Musst du ihre Erinnerung löschen?"

„Nein, Eric. Mit wem sollten sie darüber sprechen, der das auch nur annähernd verstehen würde?"

„Du hast recht. In meiner Zeit wäre es ein Problem, aber hier, in dieser Zeit, nicht. Danke noch einmal."

„Gern, Eric."

Meine Freundinnen standen immer noch vor dem Eingang der Hütte, als ich bei ihnen ankam.

„Eure Peiniger sind alle tot."

„Hat er die Wahrheit gesagt?", fragte Rote Moosbeere.

„Ja, das hat er."

„Woher weißt du das?, was passiert hier alles?,

und wer bist du, Eric?", fragte wieder sie.

„Einen Augenblick. Ich bin gleich wieder da, ich hole nur mein Gepäck."

„Willst du uns wieder verlassen", wollte Gelbe Feder wissen, und unterdrückte ein Weinen.

„Nein, keine Angst. Bleibt hier draußen. Ich habe euch etwas mitgebracht, und drinnen ist es nicht hell genug, um es euch zu zeigen."

Frühling: „Aber wir haben Hunger. Wir nehmen unsere Mahlzeit mit nach draußen, und werden erst einmal etwas essen."

„Gute Idee", kam von Tanzende Schneeflocke.

Also kamen die Frauen mit nach drinnen, sahen im Feuer nach, stocherten darin herum, füllten mit irgendetwas Gefäße und große Muschelschalen, die sie nach draußen brachten.

Wir ließen uns nieder.

Meiner Meinung nach war es schon später Vormittag, und die Sonne wärmte uns angenehm. Wieder saßen wir in einem Kreis.

Hinter mir: mein Rucksack, vor mir: eine Schale aus Birkenrinde, auf der in Gräser und Blätter etwas Dampfendes eingewickelt war.

Die Frauen benutzten ihre Knochenmesser, um ihre Mahlzeit auszuwickeln, und die ersten begannen schon, mit ihren Messern Fleisch zu zerteilen, und es sich schmecken zu lassen.

Die Stimmung hob sich, das lag wohl am Essen.

„Meine Freundinnen!", begann ich, und alle sahen mich erwartungsvoll an.

„Dies ist eine gute Gelegenheit, euch mein Geschenk zu geben."

Also griff ich in meinen Rucksack, nahm die Messer, die ich jedes für sich, zusammen mit dem kleinen Wetzstein, in ein Stück Leder eingewickelt hatte, heraus, entnahm meinem eigenen Päckchen mein Messer, und zeigte ihnen, wie leicht man damit das Fleisch zerteilen konnte.

Ich reichte jeder von ihnen eines der Päckchen.

Sofort entrollten sie die Messer, und probierten sie an ihrem Stück Fleisch aus.

„Seid bitte sehr vorsichtig, denn diese Messer sind scharf. Schneidet euch nicht selber."

Daraufhin demonstrierte ich ihnen, wie der Wetzstein zu handhaben war, und sagte ihnen, dass sie damit ihr Messer immer wieder schärfen konnten.

„Was ist das?", wollte Frühling wissen, und deutete auf die Klinge.

„Das ist Stahl. Es ist besonders hart, und bricht nicht so leicht wie ein Steinmesser. Die Klingen sind dünner, aber stabiler."

„So etwas habe ich noch nie gesehen. Woher hast du sie?", fragte sie weiter.

Also erzählte ich nun, während wir aßen:

„Meine Freundinnen! Jetzt möchte ich erzählen, wie ich hier hergekommen bin, und was mir passiert ist. Bitte fragt, wenn ihr etwas nicht versteht, vielleicht kann ich es erklären.

Ich komme aus einer anderen Zeit. Ich selbst lebe erst in ungefähr eintausend Jahren.

Diese Reise in die Vergangenheit, zu euch, ist selbst in meiner Zeit nicht möglich. Und manchmal frage ich mich, ob ich nicht träume.

Ich bin ein ganz normaler Junge, heiße wirklich Eric, und bin wirklich nur ein Mensch. Das, was ihr mich manchmal machen seht, mache nicht ich, sondern etwas in mir, ein Computer, der Eva heißt."

Frühling: „Was ist ein Computer?, ein Dämon?, ein Geist?"

Ich nahm mein Smartphone aus meinem Rucksack, sah, dass ich es bald laden musste, und bemerkte außerdem, dass es die Zeit im Hamburg meiner Zeit anzeigte. Sie veränderte sich nicht. Sie war stehengeblieben.

„Dies ist ein kleiner leistungsfähiger Computer, mit dem die Menschen in meiner Zeit alles Mögliche machen können."

„Was denn?"

„So einen kleinen Computer besitzt fast jeder bei uns, er kann zum Beispiel bestimmte Fragen beantworten. Besser kann ich es im Augenblick nicht erklären.

Ungefähr eintausend Jahre nach meiner eigenen Zeit ist ein Computer gemacht worden, von dem es nur zwei einzelne gibt. Einer davon, der fast alles kann, und fast alles weiß, lebt in mir. Ja, so könnte man es sagen.

Dieser Computer heißt Eva, ist mit mir fest

verwachsen, und schützt mich vor jeder Gefahr. Aber er, oder besser sie, denn Eva ist eine Frau, schützt auch alle, die ich liebe, also auch euch. Und wenn ihr mich liebt, seid ihr vor praktisch jeder Gefahr geschützt."

„Du sagst, es ist etwas in dir drin, eine Frau, die dich beschützt. Hat sie dich eben gewarnt, als der Mann zurückkam?", fragte Tanzende Schneeflocke.

„Ja", antwortete ich.

„Wieso haben wir nichts gehört?", fragte sie erneut.

Ich: „Es sind Gedanken."

Tanzende Schneeflocke: „Diese Frau heißt Eva, so wie du Eric heißt?"

Ich: „Es ist keine richtige Frau. Es ist ein Computer, der so heißt."

„Also: Eva. … Sie hat auch uns vor dem Angriff des Mannes geschützt", überlegte Tanzende Schneeflocke. „Er konnte uns nicht verletzen, weil Eva auch die beschützt, die du liebst, das sind wir?"

„Ja", erwiderte ich, „der Mann konnte euch gar nicht erreichen."

Tanzende Schneeflocke: „Sind wir auch geschützt, wenn du nicht hier bist?"

Ich: „Ja, auch dann."

Tanzende Schneeflocke: „Hat Eva dich hierher geschickt, damit du uns rettest?"

Ich: „Moment, das muss ich sie fragen."

„Eva, was sagst du zu dieser Frage von Tanzende Schneeflocke?"

„Mein Eric!, es war so eine Art Zufall. Du wolltest Frauen aus dieser Gegend und in dieser Zeit kennenlernen und retten. Ich habe ein wenig geforscht, ob es irgendein Ereignis in dieser Zeit gab, das deinem Traum nahe kam, nämlich Frauen vor dem Tod zu retten, und fand diesen Überfall. Ihr befindet euch genau im Jahr 987 nach Christus, fast in der Mitte des modernen Alaska."

„Danke Eva."

Ich: „Ja, so ist es. Eva hat mich hierher gebracht, damit ich euch rette. Ohne sie wäre es nicht möglich gewesen."

Rote Moosbeere: „Wir möchten uns bei ihr bedanken. Können wir sie sehen?"

Ich: „Sie hört jedes Wort, das ihr sprecht, sie hat alles verstanden. Niemand außer mir kann sie sehen."

Rauschen: „Durch sie kann dich der Bär verstehen, und auch die Raben und der Adler?"

Ich: „Ja. Sie können mich nicht nur verstehen, sondern sie wissen auch, dass ich freundlich zu ihnen bin."

Frühling: „Wie ist sie in dich hineingelangt?"

Ich: „Ich habe etwas gegessen, was sie mir gegeben hat."

Frühling: „Du hast nicht sie, sondern etwas anderes verschluckt?"

Ich: „Eva hat mir einen Traum geschickt, und mich dadurch in den Wald geleitet, und ich musste etwas suchen. Als ich diesen Gegenstand gefunden hatte, stand Eva plötzlich neben mir. Ich sollte diesen Gegenstand aufessen, und danach war Eva in mir, und nun kann ich alle ihre Fähigkeiten nutzen. Es sind nur gute Fähigkeiten. So etwas, wie diese Männer gemacht haben, könnte und dürfte ich nicht machen."

Tanzende Schneeflocke: „Deshalb hast du die Männer nicht getötet?"

Ich: „Ja, und auch, weil es bei uns nicht erlaubt ist."

Ob sie das alles auch nur ansatzweise verstehen konnten? Es war ja selbst für mich kaum zu begreifen, denn viele Gesetzmäßigkeiten, die unumstößlich erwiesen sind, wurden für mich seit einiger Zeit außer Kraft gesetzt, und ich fragte mich immer noch, ob das alles tatsächlich geschieht, oder ob es nicht doch ein gigantischer Traum, oder etwas ähnliches, ist.

Ich griff noch einmal in meinen Rucksack, und schenkte jeder meiner Freundinnen diese schöne, schlierige Glasperle an einer Lederschnur, und danach das Haumesser und die Axt.

Wahrscheinlich aber waren sie völlig überfordert. Denn ich sagte mir: Hier gibt es noch nicht einmal Uhren, es gibt keine Zeitrechnung, es gibt im Grunde noch nicht einmal eine richtige Zeit. Wie sollen sie verstehen, dass ich zwar hier bin, aber erst in fast tausend Jahren leben werde?, dass ich durch die Zeit hierher gekommen bin, um sie zu retten?

Nun endlich hatte ich den Ansatz eines Planes, wie ich hier bleiben konnte, aber auch gleichzeitig mein eigenes Leben in meiner eigenen Zeit weiterleben konnte: So, wie ich Zuhause starte, und zur gleichen Zeit, ohne die geringste Zeitverschiebung, wieder zurückkehre, kann ich es auch hier machen: Ich reise mit Evas Hilfe nach Hause, lebe dort weiter, und kehre zu dem Punkt hierher zurück, an dem ich gestartet war.

„Genau!, Eric. Wir verstehen uns hervorragend. Die Idee könnte von mir sein."

„Eva, ich bin mir sicher, dass diese Idee von dir ist!"

„Stimmt, Eric, ich wollte dich nur mal auf die Probe stellen. Mit dir habe ich eine sehr gute Wahl getroffen. Du bist ein äußerst netter und lieber junger Mann. Ich liebe dich."

„Ich dich auch, Eva."

„Trotzdem bist du vom Himmel gefallen, oder durch den Himmel geflogen, Eric", bemerkte nun Tanzende Schneeflocke, „nicht so wie ein Vogel, aber vielleicht wie in einer Erzählung."

Frühling: „Ja, es ist wie in einem seltsamen Traum, aber wir können dich anfassen, und dich wirklich sehen. Ich habe mich noch nie so sehr zu einem Mann hingezogen gefühlt wie zu dir."

Rauschen: „So geht es mir auch."

Tanzende Schneeflocke: „Ja, wirklich. Noch nie verspürte ich so eine Sehnsucht zu einem Mann. Das hat aber nichts mit deinen Küssen zu tun. Es ist hier drin!", deutete Tanzende Schneeflocke auf ihr

Herz.

Ich: „Hast du denn schon viele Verehrer gehabt?"

„Was meinst du wohl?", erwiderte sie keck.

Ich: „Ich kann es mir gut vorstellen."

Rote Moosbeere: „Auch mir geht es mit Eric so. Hat das etwas mit der Frau in dir zu tun, Eric?"

Ich: „Ja, sie ist die, die euch gerettet hat. Sie ist gut, absolut gut."

Gelbe Feder: „Mir geht es wieder besser, und auch ich fühle diese Sehnsucht. Auch wenn wir alle unsere Angehörigen verloren haben, können wir fünf glücklich sein, dass es jemanden gibt, der Mitleid mit uns hatte. Ja, daraus wird einmal eine Große Erzählung entstehen."

Frühling: „Du sagst es, Gelbe Feder. Es ist schön, dass es dir besser geht. Wahrscheinlich würden wir heute zwar noch leben, aber ich möchte nicht daran denken, was sie mit uns alles noch vorgehabt hätten. Dieser Mann! Er hasste Frauen. Er war wohl ein besonders Schlimmer seiner Art."

Rauschen: „Es wird einmal ein Lied geben, über einen Eric und eine Eva, die sich zusammen aufgemacht haben, und durch den Himmel flogen, um fünf Frauen zu retten."

Rote Moosbeere: „Und über diesen Eric werden die Frauen tuscheln, weil er diese fünf Frauen Freundinnen nannte, und weil er besondere Küsse beherrschte, von denen die Frauen später nur hinter vorgehaltener Hand reden. Ihren eigenen Männern werden sie versuchen, diese Küsse abzulocken."

Tanzende Schneeflocke: „Wir sind die fünf Frauen aus dem Lied, und wir fünf Frauen haben einen einzigen Liebhaber, der uns nicht nur gerettet hat, sondern uns das Küssen beigebracht hat. Wusste ihr denn vorher, dass man sich mit den Zungen berühren kann?"

Gelbe Feder: „Nein. Aber es ist schön."

Frühling: „Eric, dieses Küssen, ist das bei euch üblich?"

Ich: „Nein. Aber auch bei uns sind die Mädchen davon begeistert."

Frühling: „Wie viele Freundinnen hast du in deiner Heimat?"

Ich: „Das möchte ich nicht sagen."

Frühling: „So viele? Erzähl es uns doch. Wir werden sie niemals sehen."

Tanzende Schneeflocke: „Sag es uns doch! Wir sind neugierig."

Ich: „Nicht ich habe Freundinnen, sondern sie besitzen mich!"

Rauschen: „Nur bei dir Zuhause?, oder reist du durch den Himmel, und rettest überall Frauen vor dem Tod?"

Ich: „Nur Zuhause und hier, soweit ich weiß."

Tanzende Schneeflocke: „Wenn du daraus so ein Geheimnis machst, sind es bestimmt viele."

Rote Moosbeere: „Das glaube ich auch. Wir werden dir nicht böse sein, aber wir wollen es wissen. Wirst du uns die Wahrheit sagen?"

Ich nickte: „Im Moment sind es zwanzig, und noch zwei ältere."

Frühling pfiff durch ihre Zähne, alle anderen,

außer Gelbe Feder, auch.

Frühling: „Wieso im Moment? Werden es mehr, oder weniger?"

Ich: „Ich weiß es nicht. Vielleicht weniger."

Gelbe Feder: „Aber wir bleiben doch deine Freundinnen, oder?"

Ich: „Ja, ihr bleibt meine Freundinnen. Das ist sicher."

„Das ist gut", war Gelbe Feder beruhigt.

Tanzende Schneeflocke: „Eric, du hast gesagt: Wenn du zurückkommst, willst du mit uns jagen und fischen gehen. Unsere Vorräte reichen noch einige Zeit. Kannst du jagen und fischen? Kannst du mit dem Bogen schießen, oder mit der Harpune Fische fangen?"

„Nein, ich habe es noch nie gemacht."

Tanzende Schneeflocke: „Wir sind auch nie auf der Jagd gewesen. Das haben unsere Männer gemacht. Wir müssen es erst lernen, denn nun gibt es nur uns."

Ich: „Mit Evas Hilfe wird es funktionieren."

Frühling: „Aber wie?"

Ich: „Was für Wild gibt es hier, das wir jagen könnten?"

Rote Moosbeere: „Karibu ist das wichtigste."

Ich: „Wie viele würden wir für den Winter benötigen?"

Frühling: „Sechs bis zehn, und viele Fische, Lachse. Der Winter kann lang sein."

Ich wollte sie nicht fragen, wie viele von ihnen

hier in diesem Lager gelebt hatten.

Als die Räuber die Toten begraben mussten, hatte ich sie gezählt: Es waren dreiundzwanzig Tote, also waren sie vor dem Überfall achtundzwanzig Bewohner.

Es waren sieben zerstörte Hütten, wobei eine davon recht klein gewesen war. Ein Vorratsraum?, eine Schwitzhütte? Die Trümmer lagen außerhalb unseres Lagers immer noch herum. Es gab mit Sicherheit noch einiges, was wir gebrauchen konnten.

„Wie habt ihr eure Vorräte aufbewahrt?", wollte ich wissen.

Frühling: „In der Erde. Tief unten ist es auch im Sommer kalt und gefroren."

Ein natürlicher Kühlschrank? Ich hatte mir vorgenommen ein Vorratsraum auf einem Pfahl aufzubauen, damit keine tierischen Diebe an die Nahrungsmittel herankommen konnten. Aber so war es ja auch gut.

„Auch die getrockneten Nahrungsmittel?"

Frühling: „Nein. Die lagerte jede Familie für sich in ihrer Hütte, an der Decke hängend."

Ich nickte, versuchte mir dabei vorzustellen, wie es in den Hütten aussah.

„Eine der Hütten war kleiner, was war das?"

Frühling: „Da durften nur die Männer rein. Das war die Schwitzhütte."

Ich: „Nur für die Männer?"

Rauschen: „Keine Frau durfte da hinein."

Ich: „Warum?"

Rote Moosbeere: „Männer sind gern unter sich. Allein, ohne Frauen."

Ich ahnte, dass die Frauen hier kein schönes Leben gehabt hatten. Selbst in meiner eigenen Zeit gibt es zwar die Gleichstellung von Mann und Frau, trotzdem: Frauen haben es in der Regel schwerer. Und noch meine Großmutter hatte weniger Rechte als meine Mutter heute.

„Wir werden das anders machen", sagte ich, „ich möchte für uns auch eine Schwitzhütte aufbauen, aber wir werden sie alle gemeinsam nutzen."

Die fünf Frauen sahen mich ungläubig an.

„Bringt das nicht Unglück?", fragte Gelbe Feder.

„Nein", lächelte ich sie an, „aber dann habt ihr es einfacher, euch zu reinigen. Ihr dürft alles, was ich auch darf. Als erstes müssen wir wohl zusammen lernen, jagen zu gehen. Fischen könnt ihr doch, oder?"

Tanzende Schneeflocke: „Wir durften keine Waffen anfassen. Die gehörten den Männern. Auch die Speere und Harpunen konnten nur die Männer bedienen."

Ich: „Dann müssen wir das alles lernen."

In ihren Gedanken, die ich ja lesen, oder besser gesagt, fühlen konnte, sah ich Ratlosigkeit, Verwunderung, ein wenig Angst und Ehrfurcht, aber auch Mut, Mut zum Neuen, und eine Bewunderung für mich, der ich sie, die nur Frauen waren, erhob, dass sie nun das tun durften, was ihnen immer verboten war.

Wir lächelten uns an.

„Ich liebe euch. Das wisst ihr, oder? Und ihr wisst auch, was Liebe bedeutet, oder?"

Sie nickten, und strahlten.

„Es ist ein neuer Anfang für euch. Ihr seid nicht nur am Leben geblieben. Jetzt dürft ihr auch alles, was ihr nie durftet. Ihr müsst es sogar, denn ihr habt im Augenblick nur mich als Mann."

Könnte ich nicht ihre Gedanken lesen, ich hätte nun nicht weiter gewusst, denn in ihren Gesichtern zu lesen, war nicht einfach.

„Fühlt ihr euch stark genug, um das zerstörte Lager nach brauchbaren Dingen zu durchsuchen?"

Sofort sah ich wieder Angst, Verzweiflung, Trauer.

Also kniete ich mich nacheinander hinter jede von ihnen, umarmte und tröstete sie, bis es ihnen besser ging.

Dann tranken wir etwas, und brachen auf.

In der Ferne sahen wir den Bären und die vier großen Vögel, die uns nicht als Gefahr ansahen, uns sogar gar nicht beachteten.

Tanzende Schneeflocke spuckte aus, und zeigte auf diese Weise, was sie von dem Toten, der dort von den Tieren verspeist wurde, hielt. Auch die

221

anderen Frauen taten es ihr gleich. Aber sonst gab es keinen Kommentar.

Auf drei große Felldecken, die wir mitgebracht hatten, deponierten wir alles, was wir als Erstes mitnehmen wollten: Dies waren mehrere Bögen, Pfeile, Messer aus Knochen oder mit Steinklinge, Speere, Harpunen. Aber auch Frauenwerkzeuge, wie zum Beispiel: Schaber aus Knochen, Muscheln, Trinkgefäße, Kochgefäße, Nähzeug.

Des Weiteren: Felle, Decken, Leder und andere Häute.

Manches war teilweise kaputt, manches aber auch vollständig erhalten. Wir fanden auch noch einige erhaltene Vorratslager, die unter drei von den Hütten gelegen hatten, von denen die Frauen gar nichts gewusst hatten. Darin waren: Fleisch, roh und gefroren, getrocknet.

Außerdem auch: Feueruntensilien, Fische, Beeren.

Das Holz und die Rindenabdeckungen der Hütten wollten wir ein andermal holen. Aber wir schichteten sie auf zwei Haufen zusammen.

Dann zogen wir gemeinsam die drei großen Fellstücke mit den Fundstücken zurück zu unserer Hütte, und verstauten die wichtigsten Dinge, die möglichst nicht feucht werden sollten, im Innenraum.

Zusammen hoben wir mit Werkzeugen, die wir im

alten Lager gefunden hatten, zwei Gruben aus, um auch hierin Vorräte einzulagern, und deckten sie mit Steinen ab. Von solchen Gruben würden wir noch mehrere benötigen.

Bald würde die Dämmerung einsetzen, aber wir konnten mit dem, was wir geschafft hatten, zufrieden sein, und gingen gemeinsam zu dem nahen Bach, um uns zu waschen.

Da die fünf Frauen sich nicht nur die Hände, und was von der Arbeit sonst noch schmutzig geworden war, wuschen, sondern sich in meiner Anwesenheit sogar ihre Intimbereiche säuberten, zog auch ich mich aus, und wusch mich.

Meine Freundinnen lächelten mir wissend zu.

Unter anderem hatten wir fünf Tranlampen, und den dazugehörigen Brennstoff, gefunden. So war es ab jetzt in der Hütte wesentlich heller.

Auch die Felle und Decken, die wir mitgebracht hatten, konnten wir nur zu gut gebrauchen. Das würde eine angenehme Nacht werden. Vielleicht sogar warm und kuschelig.

Darauf freute ich mich schon.

„Ich bin so froh, dass die Räuber das Lager nicht mit Feuer verbrannt haben", überlegte Frühling, „und wir noch so viele gute Dinge gefunden haben."

Rote Moosbeere: „Ja. Wir hätten uns nicht dahin getraut. Wir sind nicht so mutig wie du, Eric."

Ich: „Wir sind zusammen mutig. Wir werden uns hier eine schönes Leben aufbauen. Wir werden es gut haben."

Tanzende Schneeflocke: „Hoffentlich! Lasst uns ein Festmahl zubereiten. Dann haben wir wieder angenehme Träume. Gestern hat es uns geholfen, Eric zurückzuholen."

„Ja?", fragte ich.

Natürlich wusste ich davon, denn ich war bei ihrem Gespräch dabei gewesen.

„Gestern Abend hatten wir auch ein Festmahl", erzählte Rote Moosbeere, „und haben dabei an dich gedacht, und uns gewünscht, dass du zurückkommst. Und heute morgen warst du da."

Dazu lächelte ich, setzte mich auf das Bett, griff nach meinem Rucksack, und bat Eva: „Eva, meine Liebste, bringst du mich bitte nach Hause? Ich möchte später wieder zur gleichen Zeit hier zurück sein."

„Wird gemacht, Eric." ...

… Zack!

Da lag ich wieder auf meinem Bett, sah zur Uhr: Keine Sekunde früher oder später. Es war genau die gleiche Zeit, zu der ich abgereist war.

Bevor ich mich zum Schlafen legte, machte ich mir einige Notizen an meinem Schreibtisch.

Für meine Vorhaben bei meinen Freundinnen in Alaska legte ich mir ein Heft ohne Linien an, in dem aufschreiben und zeichnen konnte, was ich alles besorgen musste, und wie ich mir mein Vorhaben vorstellte.

In einem Buch über Survival hatte ich gelesen, wie man sich allein, und ohne Großwerkzeuge, eine Blockhütte bauen kann. Und das sogar in kurzer Zeit.

Außerdem wollte ich ja eine Schwitzhütte bauen. Auch hierfür existierten in meinem Kopf schon wage Pläne, denn ich wollte den nahen Bach nutzen, ihn umleiten, und das Wasser für Verschiedenes einsetzen.

Ich notierte mir: Säge, große Axt, Flaschenzug, mit dünnem kräftigen Seil, Holzbohrer, zwei verschieden große Glasfenster, Arbeitskleidung, Arbeitshandschuhe.

Außerdem fand ich es enorm wichtig, dass wir eine große Bratpfanne, und einen großen Kochtopf bekamen, dazu einen Wasserkessel, mit dem wir für sechs Personen Tee kochen konnten, und für jeden von uns Trinkbecher.

Sollte ich auch Tee mitnehmen?

„Ja, tu das, Eric."

„Okay, Eva."

Mein Smartphone musste geladen werden. Nachdem ich es eingestöpselt hatte, ging ich schlafen.

„Es ist alles so unwirklich", dachte ich, „und trotzdem so wirklich. Jetzt lebe ich schon zwei verschiedene Leben."

Mit diesem Gedanken, und dass es gleich ein

Festmahl geben würde, und mit der Sehnsucht nach meinen Freundinnen in Alaska, aber auch hier in Hamburg an der Schule, schlief ich ein.

Kapitel 7

Frau Ziegeler ließ ihren Blick durch die Klasse schweifen, und blieb wieder eine drittel Sekunde auf meinem Gesicht haften, wobei der Ansatz eines Lächelns auszumachen war, aber auch nur, wenn man sie schon jahrelang kannte.

Ich konnte darin aber noch mehr deuten, denn ich las ihre Gedanken, was sie aber nicht wissen konnte: „Eric!, ich brauche dringend ein paar aufbauende Streicheleinheiten!"

Als ich mit meinen Freundinnen aus unserer Clique auf dem Pausenhof zusammen stand, und wir uns alles Mögliche zu erzählen hatten, vibrierte erwartungsgemäß mein Telefon: „Eric, kannst du gleich nach der Schule zu mir kommen? In Liebe Elke."

So weit waren wir schon?, dass wir von *In Liebe* sprachen?

„Na Süßer! Schon wieder eine Verehrerin?", fragte Hanna.

Ich küsste sie zur Antwort, und nickte.

„Es war schön mit dir, Eric."

„Ich habe es mit dir auch sehr genossen", antwortete ich, bemerkte die drei schlierigen Glasperlen um ihren Hals, und deutete mit meinen

Augen darauf.

„Steht dir gut."

„Ja", antwortete Hanna.

„Na, was tuschelt ihr da schon wieder wie zwei Verliebte?", fragte Lea, mit Janette an ihrer Seite. Wir umarmten sie zusammen, und Ella kam auch dazu.

Lea: „Hanna hat uns alles haarklein erzählt. Das nächste Mal gehen *wir* beide zusammen Eisessen."

Ich: „Okay, nur ist heute das Wetter nicht so schön. Aber wir könnten doch auch mal ins Freibad."

Janette: „He, super Idee! Das machen wir."

Gerade hatte mich Eva vor Frau Ziegelers Tür abgestellt, und für mich wie gewohnt geklingelt, als sich die Tür wieder im gleichen Augenblick öffnete, und ich hinein gezogen wurde.

„Hallo Elke!"

„Eric!"

Elke Ziegeler, meine Deutschlehrerin, hatte nur einen leichten Morgenmantel um, der auch schon nach unten fiel, und dann stand sie nackt vor mir.

Im Flur, gleich hinter ihrer Haustür.

Eine wunderschöne Frau, die wohl kurz vor ihrem Ruhestand war, sehr einsam und zurückgezogen lebte, und praktisch nie lächelte.

Aber jetzt, jetzt lächelte sie.

Denn ich kniete mich vor sie, küsste sie auf ihren

228

Bauch, umarmte ihre schönen Hüften, und presste mich an sie.

Ihre Hände strichen mir sanft über meine Haare, und wahrscheinlich hatte sie gar nichts weiter erwartet, aber ich küsste mich weiter nach unten, wuselte mit meinem Mund in ihrem Schamhaar herum.

Ein betörender Duft!

Dass meine Lehrerin so gut duftete! Es war kein Parfüm.

Sie zuckte zusammen.

„Solche Sachen kannst du, Eric?"

Sie spreizte ganz leicht ihre Beine, damit ich noch mehr erreichen konnte, und schloss ihre Augen.

„Du bist ein echter Schatz", hörte ich sie leise reden.

Sie genoss es eine Weile, aber hier war es nicht unbedingt gemütlich, deshalb waren wir auch gleich darauf in ihrem Bett, in dem ich nun zum dritten Mal lag, und mich auch schon ein wenig Zuhause fühlte.

Wundervoll.

Kuschelig.

Wieder lagen wir nackt an nackt zusammen, spürten unsere Körper, die sich aufeinander gefreut hatten, und es weiterhin taten.

Und ganz plötzlich saß sie auf mir, hatte sich schon schnell meinen Penis eingeführt, und war sichtlich erleichtert. Ungefähr so, wie es mir manchmal geht, wenn ich eine bestimmte Hürde genommen hatte, oder eine Last von mir abgefallen war.

„Ach Mensch!", kam plötzlich von ihr. „Jetzt war ich so schnell. Eigentlich wollte ich das, was du eben im Flur gemacht hast, hier noch einmal in der Gemütlichkeit meines Bettes genießen. Geht das jetzt noch, Eric."
„Warum denn nicht?"
Damit verschwand ich unter der Decke, vergrub mein Gesicht zwischen ihren Beinen, sog wieder diesen Duft ein. Aber schon hob sie die Decke an.
„Ich möchte auch ein wenig sehen!"

Und während sie mir zusah, legte ich all meine Verehrung in diese Küsse, in unsere geheimen Küsse, von denen nur wir beide, und natürlich Eva, etwas wussten.

„Richtig, Eric! Du tust etwas Gutes. Sie ist wirklich glücklich. Und du kannst sicher sein, dass sich dies hier nicht auf deine Zensuren auswirkt, denn sie kann sich deine guten Noten sowieso nicht erklären."
„Ich liebe dich, Eva!"
„Auch ich genieße das, was du gerade tust, Eric."

Elke wusste erst nicht, wohin mit ihren Händen, aber jetzt: Sehr zärtlich dirigierte sie mich, drückte mich sanft an sich, gab seltsame Töne von sich, und war wirklich glücklich. Das konnte ich nicht nur fühlen, sondern wie auf Papier gedruckt in ihren

Gedanken lesen.

Aber danach wollte sie sich noch ein paarmal auf mir austoben. Deshalb war ich ja auch hier, oder?

Auch ich genoss es sehr, denn ich verehre meine Lehrerin.

Auf dem Weg nach Hause besorgte ich mir ein paar Dinge, die wir nicht im Haus hatten. Außerdem wollte ich nicht das Eigentum meiner Eltern mit nach Alaska nehmen.

In einem Geschäft für Campingartikel fand ich die Kochutensilien, die ich suchte.

Arbeitskleidung hatte ich Zuhause, Tee auch. Eine brauchbare Säge, Nägel und so weiter, konnte ich auch von dort mitnehmen.

Mein Rucksack war prall gefüllt. Zusätzlich hatte ich noch einen Seesack gepackt. Wieder einmal war ich froh, nicht auf die üblich Weise reisen zu müssen, denn das wäre beschwerlich gewesen.

„Habe ich alles?, Eva?"

„Ja, Eric. Du kannst los. Aber vorher wasche dich bitte noch."

„Danke, Eva. Du denkst an alles."

Also war ich noch im Bad, machte mich frisch, prüfte mich danach im Spiegel, und saß nun wieder bei meinem Gepäck, in meinem Zimmer.

„Kann es losgehen, Eric?"

„Ja, Eva. Ich bin so weit." ...

… Diesmal hatte ich überlegt, ob es nicht sinnvoll gewesen wäre, wenn Eva mich zuerst vor der Hütte abgesetzt, und mich danach in die Hütte hineingebracht hätte.
Einfach nur deshalb, weil ich nun mit mehr Gepäck ankam, als ich vorher mitgenommen hatte.

Eben noch saß ich mit meinem fast leeren Rucksack auf dem Bett, und nun saß ich wieder genau da, lächelte Rote Moosbeere immer noch an, hatte nun aber einen prall gefüllten Rucksack, und zusätzlich den Seesack.
Außerdem hatte ich eine frische Jeans an.

„Huch!", erschrak Rote Moosbeere, und alle sahen zu mir. Sie wussten nicht, was sie sagen sollten, also erklärte ich es ihnen.
„Ich wollte euch nicht erschrecken. Ich war nur eben gerade bei mir Zuhause, und habe ein paar Dinge geholt."
Immer noch sprach niemand.

„Ich weiß, dass es nicht zu verstehen ist. Mir ist heute eine Möglichkeit eingefallen, wie ich immer bei euch bleiben kann. Das heißt, Eva hatte die Idee."
Jetzt erhellten sich langsam ihre Gesichtszüge. Aber viel wichtiger waren für mich die Gedanken, die ich lesen, und deuten konnte: Genau zu dem Zeitpunkt, als ich sagte, ich würde immer hier sein,

war es für alle fünf gut. Eigentlich mussten sie kaum noch mehr wissen, und wollten sich schon wieder ihren Beschäftigungen widmen.

Gelbe Feder setzte sich zu mir.

„Heißt das, dass du jetzt hier bleibst? Haben wir das alle richtig gehört?"

Bei dieser Frage wandten sich alle mir zu. Sie brauchten eine Bestätigung.

„Ja. Ich bleibe bei euch."

Mehr mussten sie für den Augenblick wohl nicht wissen. Jede Erklärung hätte sie verwirrt, sie vielleicht sogar unsicher gemacht. Das war das Wichtigste für sie, genau das konnte ich in ihren Gedanken lesen.

Sie waren beruhigt, mit einem Mal fühlten sie sich sicher, geborgen, ja glücklich.

Also nahm ich mein Gepäck, stellte es auf die Erde, und setzte mich wieder auf das Bett zu Gelbe Feder, und gab ihr einen Kuss.

Eigentlich hatte ich vorgehabt, meine Pläne mit ihnen zu besprechen. Aber genau das würde sie nun auch überfordern, es interessierte sie nicht. Und es hatte Zeit, entweder bis morgen, oder bis irgendwann.

Denn damit musste ich mich auch endlich abfinden: Hier gab es keine Uhren. Es existierte sogar fast keine Zeit. Es gab ein Morgen und ein Abend, ein Frühjahr, und die anderen Jahreszeiten. Aber es gab keine Stunden, Minuten, Sekunden, denn das Leben hier wurde von anderen Faktoren bestimmt.

Viel wichtiger für meine Freundinnen war die Tatsache, dass ich hier war, dass ich bleiben würde, dass ich sie gerettet hatte, dass sie mich sehen, anfassen, hören konnten. Dass sie sich mit mir sicher fühlten, und es auch waren.

Tanzende Schneeflocke winkte Gelbe Feder heran, tuschelte mit ihr, woraufhin Gelbe Feder lächelte, nickte, und sich wieder mir zuwandte.

Ich ahnte etwas, und es wurde mir auch gleich von Eva bestätigt: Das, was heute Morgen missglückt war, nämlich dass sie von Tanzende Schneeflocke auserkoren war, als erste mit mir zu schlafen, würde sie nun tun wollen.

Diesmal jedoch nicht nur freiwillig, sondern diesmal, weil es ihr ein Bedürfnis war. Ich sah die reinen, freien Gedanken in ihr.

„Danke Eva! Du bist der größte Schatz in meinem Leben."

„Gern, Eric, mein Liebling. Ich habe auch meinen Spaß dabei."

Und wieder einmal schoss es mir durch den Kopf: „Gelbe Feder ist so alt wie ich: Achtzehn Jahre, allerdings nur hier und jetzt im Jahr 987."

Während sie sich nun lächelnd vor mir auszog, tat ich das Gleiche, und die anderen Frauen hatten keine Scheu, uns zuzugucken, wenn es ihre Beschäftigung erlaubte, denn sie waren am Feuer beschäftigt, und bereiteten ein Festmahl zu.

„Eric", sagte nun Gelbe Feder, als wir uns beide nackt gegenüber saßen, „jetzt musst *du* dich hinlegen. Auf den Bauch."

Es gab bei uns unter den Forschern eine Diskussion, ob die Menschen der Steinzeit schon eine gewisse Intelligenz besaßen, die mit unserer vergleichbar war. Unsere Steinzeit war viel früher zu Ende als in diesem Teil der Welt. Und wenn man bedenkt, dass manche Eskimo-Populationen noch vor achtzig bis einhundert Jahren in der Steinzeit, und völlig abgeschottet von der Außenwelt lebten, muss man sich über solche Diskussionen wundern.

Ein Satz, oder eine Erklärung, hat sich mir eingeprägt, denn was wissen wir denn schon von den Problemen, die diese Menschen lösen mussten, denn wir würden nicht einen Tag in der Arktis überleben, weil wir nicht wissen, wie.

Diese Menschen der Steinzeit waren so clever, dass sie mit selbst erfundenen Waffen und mit List, Nahrung beschaffen konnten, und nicht nur überlebt, sondern sich sogar weiter entwickelt hatten.

Hätten sie diese Fähigkeiten nicht entwickelt, wären sie ausgestorben.

Dies habe ich nur deshalb erwähnt, weil ich mich schäme, mich selbst bei ähnlichen Gedanken erwischt zu haben, nämlich dass ich mich selbst für weiterentwickelt gehalten hatte, als meine Freundinnen hier, die ja wirklich noch in der

Steinzeit lebten.

Schlimm!

Ich schäme mich immer noch.

Dabei können sie genau so denken, fühlen, kombinieren wie ich. Ich selbst stehe keineswegs auf einer höheren Stufe!

Ich legte mich vor Gelbe Feder, drehte mich auf den Bauch, und erfuhr ein wunderschönes Verwöhnprogramm.

Mit geschlossenen Augen fühlte ich, wie sie mich streichelte, wie ihre Hände an meinem Körper entlang glitten, wie sie mich erforschte, ertastete, mich liebkoste. Wie sie mich küsste, meinen Po mit Küssen überdeckte. Wie sie sich an mich legte, mich mit ihrem Körper warm umarmte.

Herrlich!

Ein wahrer Genuss.

„Jetzt dreh dich auf den Rücken!"

Was ich auch tat.

Nur, dass ich nun nicht nicht reagieren konnte, denn mein Penis blieb nicht unbeeindruckt von dieser schönen jungen Frau. Er stand ein wenig auf, lauerte, fragte sich, ob es etwas zu tun gab, konnte sich einfach nicht ganz hinlegen.

Aber Gelbe Feder begann keineswegs bei ihm.

Nein.

Sie zeigte mir, dass sie schnell gelernt hatte. Sie hatte heute das erste Mal in ihrem Leben geküsst. Und genau das tat sie nun: Wie eine Könnerin. Toll!

Unsere Zungen begegneten sich, sie umspielten sich, sie erforschten sich gegenseitig. Herrlich!

Und noch einmal: Herrlich!

Gern hätte ich nun gewusst, was die anderen Frauen taten. Nur wäre dies unhöflich gewesen. Aber ihre Gedanken erfüllten den Raum, alle fieberten mit. Das konnte ich fühlen. Es war wie ein Geschmack.

Ich war überwältigt von den Gefühlen, die mir von diesen Frauen entgegen gebracht wurden.

Alle Gedanken zusammen genommen sagten eines aus: Eric, wir gehören dir. Du hast uns nicht nur vor einem grausamen Tod gerettet. Du gibst uns noch viel mehr, und deshalb gehören wir dir.

Ich bin froh, dass dies keine von ihnen jemals ausgesprochen hat, denn dann hätte ich nicht weiter gewusst. Denn das ist viel mehr, als ich ertragen hätte.

Denn dass jemand einem anderen gehört, also wie ein Eigentum behandelt werden kann, ist für mich nicht nur indiskutabel, so etwas darf es unter Menschen gar nicht geben.

Schon kurz nach ihrer Rettung wusste ich, dass ich nun für sie alle Verantwortung übernehmen musste. Ich hätte sie niemals verlassen dürfen.

Vielleicht hätten sie es ja geschafft, sich allein durchzuschlagen, zu überleben, oder sich vielleicht sogar zu Mitgliedern ihres Volkes durchzukämpfen.

Wer weiß?

Ich jedenfalls weiß, dass ich nun für sie

irgendwie sorgen muss. Nur dass ich von ihrem Leben gar keine Ahnung habe.

Aber ich habe mir vorgenommen, ihr Leben angenehm zu gestalten. Auch wenn das bedeutet, dass ich dafür ein paar Dinge aus der Zivilisation einsetzen muss.

„Übrigens Eric!, wenn ich deine Gedanken mal kurz stören darf?"

„Ja, Eva?"

„Eric, hier in der Vergangenheit, also nicht in deiner Originalzeit, besitzt du keine Zeugungsfähigkeit. Du kannst hier keine Nachkommen hinterlassen. Wenn du hier also solche Wünsche entdeckst, musst du dies deinen Freundinnen wahrscheinlich erklären. Aber bis jetzt ist dieser Wunsch noch nicht in Sicht. Sie sind ausschließlich glücklich, überlebt zu haben."

„Ich bin doch aber physisch da, also hier, oder?"

„Ja, Eric. Es ist real. Du bist wirklich hier."

„Danke Eva."

Gelbe Feder küsste sich über meine Brust hinweg, über meinen Bauch, berührte nun meinen Penis: Mit ihrem Mund. Guckte zurück zu meinem Gesicht, und ich lächelte ihr zu.

Mutig!

Alle anderen guckten zu.

Sie dachten das Gleiche: Mutig von Gelbe Feder!

Sie küsste ihn noch einmal, und da stand er schon auf.

Beinahe hätte sie sich erschrocken.

„Was soll ich *jetzt* machen?", fragte sie Tanzende Schneeflocke.

„Komm, leg dich zu mir!", forderte ich sie auf, und streckte ihr meinen Arm entgegen.

Das tat sie. Sie legte sich zu mir, und ich flüsterte ihr ins Ohr: „Nur wenn du willst solltest du dich darauf setzen."

„Auf deinen Penis? Macht ihr das so?"

„Nur wenn die Frau es will. Es ist ein Zeichen dafür, dass es freiwillig ist. Wenn du nicht willst, musst du gar nichts machen, das weißt du doch. Du darfst Spaß haben. Achte nicht weiter auf mich. Denke dir, dass du machen darfst, was du möchtest."

„Eric, mein Liebling! Streichel sie, so wie sich eine Frau selbst streichelt."

„Danke Eva, meine Liebste!"

„Ich möchte es einmal probieren", sagte Gelbe Feder nun.

„Warte!", erwiderte ich. „Setz dich einmal, und lehne dich an mich."

Auch ich setzte mich auf, Gelbe Feder lehnte sich mit ihrem Rücken an meine Brust, und ich umarmte sie zart. Alle sahen uns zu, und sie wussten genau so wenig wie sie, was ich vorhatte.

Meine Wange an ihre schmiegend, strich ich ihr sanft über ihre Haare, ihr Gesicht, ihre Lippen, küsste sie, strich weiter über ihre Schultern, ihre Brust, liebkoste sie mit meinen Händen, glitt mit ihnen weiter über ihren Bauch, und kam über Umwege an ihren Schamhaaren an.

Sie atmete nicht mehr, hielt ihre Luft an, wartete darauf, was nun kommen würde. Alle lächelten sie an, alle fieberten mit, und ich fühlte und schmeckte wieder alle ihre Gedanken, und sah, dass sie am liebsten mit Gelbe Feder getauscht hätten.

Nun hatten meine Hände ihr Ziel erreicht, und tatsächlich: Sie öffnete erwartungsvoll leicht ihre Beine, und ließ sich von mir streicheln.

Wundervoll! Wie herrlich sie sich anfühlte!

Ein Traum!

„Schließ deine Augen, Gelbe Feder, und träume, du würdest dich selbst streicheln. Oder denke an gar nichts. Und ab jetzt musst du auch nicht mehr still genießen. Du darfst, was du willst."

„Ja", hauchte sie, und schloss ihre Augen.

Zuerst versuchte sie, meine Hände zu berühren, sie zu lenken. Nach einer Weile aber lagen ihre Hände ganz ruhig und gelöst auf ihren Beinen.

Jetzt begann sie zu japsen, zu hecheln. Sie atmete schneller, sie ließ sich wirklich gehen, aber noch leise.

War das toll!

Alle fieberten weiter mit.

Herrlich.

„Wie war das?", wollte Rauschen von Gelbe

Feder wissen.

Gelbe Feder lag immer noch in meinen Armen. Ich wurde wieder nicht beachtet.

Ich glaube, Gelbe Feder guckte ein wenig schelmisch, als sie sagte: „Ich finde, das müsst ihr selbst ausprobieren, denn ich will mich jetzt auf Eric drauf setzen."

Damit drehte sie ihren Kopf zu mir.

„Legst du dich noch einmal auf den Rücken?"

„Gut", sagte ich, lächelte, legte mich auf den Rücken, und bevor Gelbe Feder sich auf mich setzte, gab sie meinem Penis wieder einen Kuss, streichelte ihn noch einmal kurz, worüber er sich erneut freute, und schon aufstand, denn gleich würde ihm etwas Gutes widerfahren.

Gelbe Feder war noch nicht geübt. Es war das erste Mal für sie in dieser Position. Die anderen würden es einfacher haben, weil sie ihr zugucken, von Gelbe Feder abgucken konnten.

Trotzdem: Sie machte sich gut. Denn durch das Vorspiel eben, war ihre Muschi schon entsprechend schlüpfrig, mein Penis glitt in sie hinein, als würde er hineingesogen, und fühlte sich sehr, sehr wohl.

Es ist schon ein wenig verrückt, und eigentlich hatte ich dies ja schon einmal erlebt: Nämlich, dass mehrere Frauen, beziehungsweise Mädchen, dabei zusahen, wie ein anderes Mädchen mit mir schlief.

Auf der Pyjama-Party.

Trotzdem war es hier etwas völlig anderes.

Gelbe Feder schlief mit mir, und vier andere Frauen sahen dabei zu. Sie waren älter, hatten wahrscheinlich schon vieles in ihrem Leben gesehen und erlebt, vielleicht waren sie sogar Zeugen eines Beischlafs gewesen, aber wahrscheinlich nur akustisch, und nicht visuell.

Und trotzdem genierten sie sich nicht, mit Gelbe Feder zu sprechen, als würde sie gerade irgendetwas anderes tun, was sie aber interessant fanden, und zwar so interessant, dass sie ganz genau wissen wollten, wie es sich anfühlt, wie dies ist, und ob es Spaß macht.

Und weil Gelbe Feder bestätigte, dass dies viel mehr Spaß macht als die typische hockende Stellung, in die sich die Frau dieser Zeit und dieses Kulturkreises begeben muss, wenn der Mann gerade Lust verspürt, wollten Rauschen zuerst, dann Rote Moosbeere, Tanzende Schneeflocke, und zuletzt Frühling dies sofort auch ausprobieren.

Noch vor dem Festmahl.

Wieder war ich Eva dankbar, dass sie mich durchhalten ließ. So wie sie mich bei zwanzig Mädchen auch nicht im Stich gelassen hatte, und ich jeder von ihnen das geben konnte, was sie sich gewünscht hatte.

Ich bin ein absolut glücklicher Junge. Nicht nur weil ich Eva habe, die mir ständig hilft, dass ich in solchen Situationen nicht schlapp mache. Sondern auch, weil ich immer wieder feststelle, wie kostbar mir diese fünf Frauen sind.

Man könnte denken, dass diese Frauen naiv sind, weil sie eventuell nicht so gesetzt sind sie wir, die wir alles und jeden beurteilen können.

Nein, dass sind sie überhaupt nicht.

Jede einzelne von ihnen liebe ich über alles. Über jede von ihnen könnte ich stundenlang schwärmen, und mittlerweile fühle ich mich als ein Teil von ihnen.

Wir sind eine Familie, und praktisch immer zusammen. Das bedeutet für einen Einzelgänger wie mich schon sehr, sehr viel.

Dieses Mahl – es war ja erst meine zweite Mahlzeit mit ihnen – aßen wir auf dem Bett-Podest sitzend, wieder im Kreis. Gebackenes Fleisch, verschiedene Beeren, und eine Paste. Dazu gab es einen Tee, der aus Muscheln getrunken wurde.

Und danach reinigten sich alle ihre Zähne. Auch das hatte ich nicht erwartet: Es waren frische Zweige, die sie immer wieder abbrachen, oder mit dem Messer aufspleißten.

Meine Messer wurden sehr gelobt. Meine Freundinnen hatten sich schnell an sie gewöhnt, und sie sehr liebgewonnen.

Ich in ihrer Mitte, so schliefen wir so dicht aneinander gekuschelt, wie es nur ging, ein.

Kein Sex in der Nacht. Vielleicht waren sie ja erst

einmal gesättigt. Vielleicht ist die Nacht auch zum Schlafen da, um vom Tag auszuruhen, und um neue Kräfte zu sammeln.

Aber ich genoss es sehr, hier inmitten meiner Freundinnen zu schlafen: Vor mir lag Frühling, hinter mir lag Rauschen.

Später erfuhr ich, dass es hier auf dem großen Bett-Podest, keine Stammplätze gab, was ich auch gut fand.

Draußen, ganz fern, und dann wieder nah, hörte ich Wölfe heulen. Ein wunderbarer Gesang, etwas, bei ich den Drang verspürte, mit einzustimmen, es aber nicht tat.

Und als es dann ganz ruhig war, bekam ich Sehnsucht nach Zuhause, nach meinen Eltern, nach Ella, nach Lea und Janette, nach Hanna, und auch nach Nicole und Sabine.

„Eva?"
„Eric, mein Süßer. Du möchtest nach Hause!"
„Ja, Eva. Bringst du mich dorthin? Kommst du an meinen Rucksack?"
Ich war froh, dass ich die schweren Sachen vorhin ausgepackt hatte. Eva nahm den Rucksack, und brachte mich nach Hamburg. ...

… Zack!
Da lag ich frisch gewaschen auf meinem Bett, genau in der Stellung, in der ich mich befand, als ich

zu meinen Freundinnen nach Alaska wollte.

„Eric, du bekommst gleich Besuch!"
„Danke Eva. Wer ist es?"
„Es ist Ella, Eric."
„Danke, Eva. Ich freue mich schon."

Es klopfte.
„Ja, ich bin hier!", rief ich, woraufhin die Tür aufging, und Ella eintrat.
Sofort stand ich auf, umarmte sie.
„He! Schön, dass du gekommen bist, Ella."
Wir küssten uns.
„Deine Mutter sagte, ich würde mich ja schon auskennen."
„Das war gut von ihr. Wollen wir uns einen Tee kochen?"
„Ja."

Also taten wir das, und meine Mutter, die gerade auch in der Küche zu tun hatte, fragte: „Ella, möchten sie wieder mit uns essen?"
„Danke, sehr gern."
Damit war Ella schon fast ein Teil unserer Familie.
Aber bevor wir uns zum Tee auf den Teppich setzten, verschwanden Ella und ich im Bad, machten uns frisch, und lagen danach auf meinem Bett.

„Ella, ich liebe dich."
„Ich dich auch Eric."

Später, als ich Ella auch diesmal nach Hause gebracht hatte, und gerade auf dem Heimweg war, vibrierte mein Smartphone.

Frau Rossni.

„Hallo Frau Rossni!"

„Eric, hast du Zeit?"

„Ja, ich habe gerade nichts vor, und bin ganz in ihrer Nähe."

„Wirklich? Dann komm doch vorbei! Vielleicht wieder auf einen Tee?"

Ich sah förmlich ihr Grinsen, auch durch das Telefon.

„Okay, Frau Rossni. Bis gleich."

Ich legte auf.

„Eva, meine Liebste. Bringst du mich zu Frau Rossni?"

„Gern, Eric. Aber sei vorsichtig mit ihr. Ich habe in ihrer Stimme gehört, dass sie nicht allein ist."

„Wer ist denn bei ihr?"

„Ihre *Freundin*, Eric."

„Ist sie bisexuell?"

„Nein, Eric. Sie ist lesbisch."

„Und trotzdem akzeptiert sie mich?"

„Eric, wie du dich erinnern kannst, interessierte sie dein Penis überhaupt nicht. Du wirst den beiden Damen wahrscheinlich mit deinem Mund Freuden bereiten müssen. Sie hat ihrer *Freundin* von dir in den höchsten Tönen vorgeschwärmt."

„Oh!"

„Ja, Eric. Ich bin auch ganz gespannt!"

„Eva!, du bist ja ganz aus dem Häuschen!"
„Merkst du das, Eric?"
„Ja!, es freut mich." ...

… Und schon stand ich unweit ihres Hauses. Ein wenig Zeit musste ja vergehen, sonst hätte es seltsam ausgesehen, ungefähr so, als hätte ich mich in der Nähe ihres Hauses herumgetrieben.

Mir war aufgefallen, wie Eva das Wort *Freundin* betont hatte. Auch wenn ich Eva, nicht sehen konnte, weil sie während unseres Gedankengesprächs in mir war, konnte ich doch ihr Grinsen wahrnehmen.
Was war komisch an der Tatsache, dass Frau Rossni eine Freundin hatte?
Ich schob diese Überlegungen beiseite, und betrachtete Frau Rossnis Haus.

Ein schöner Vorgarten.
Bis jetzt kannte ich nur den Hintereingang, den durch die Garage.
Also stieg ich die Stufen zum Eingang hoch, Eva klingelte für mich, ich wartete.
Kurze Zeit später öffnete sich die Tür, und die bezaubernde, wunderschöne Frau Rossni zeigte mir mit einem strahlenden Lächeln, dass ich willkommen war.
Hochgestecktes Haar, vorbildlich geschminkt, lange rote Fingernägel, roter Lippenstift. Wie aus einem Modemagazin.
Wieso war sie Lehrerin? Oberstudienrätin?

„Frau Rossni!, sie sehen überwältigend aus."
„Eric, komm doch herein."
„Hallo Frau Rossni."

Sie nahm mir meine Jacke ab, etwas was normalerweise nur Männer bei Frauen machen, und nicht umgekehrt, hängte sie auf einem Kleiderbügel an die Garderobe, nahm meine Hand, was ich auch seltsam fand, und nahm mich einfach mit in ihr großzügiges Wohnzimmer, das ich schon bei meinem ersten Besuch so beeindruckend fand.

Da saß sie auf der riesigen Couch. Die Frau, von der mir Eva gerade erzählt hatte: Wie ein Abbild von Frau Rossni.
Schwestern?
Nein.
Außerdem wollte ich sie nicht anstarren. Aber sie war wunderschön. Ein Modemodel?

„Setz dich doch Eric", forderte mich Frau Rossni auf, und als ich saß: „Eric! Absolutes Stillschweigen! Hörst du? Ich muss mich auf dich verlassen können."
„Selbstverständlich, Frau Rossni."
„Ehe du dir jetzt irgendetwas zusammen reimst: Dies ist meine Freundin. Und nachdem ich ihr von dir erzählt habe, wollte sie dich unbedingt kennenlernen."

Diese Freundin, die mich unbedingt kennenlernen wollte, saß mir gegenüber, lächelte mich an, und wenn ich nicht schon so viele Freundinnen gehabt hätte, wäre ich ihr nun bestimmt erlegen.

Wirklich! Eine Frau wie aus dem Bilderbuch.

Frau Rossni setzte sich seitlich von mir, der ich auf einem Sessel saß, so dass sie zwischen ihrer Freundin und mir saß, mir nun Tee eingoss, und auch, wie ich es von ihr erwartet hatte, gleich zur Sache kam.

Allerdings fiel mir natürlich auf, dass sie ihre Freundin gar nicht vorgestellt hatte. Wahrscheinlich wollte sie dies auch nicht, denn sonst hätte sie es längst getan.

Wir nippten an unseren Tees.

„Eric! Wie beim letzten Mal. Aber diesmal erst ich, und danach sie."

„Darf ich eine Bitte äußern?"

Jetzt guckte sie sehr skeptisch. Hatte ich sie mit meiner Frage vielleicht verärgert?

„Ja?"

„Sie werden doch nicht filmen, oder?"

„Nein, Eric. Sei unbesorgt. So etwas haben wir nicht vor."

„Okay", antwortete ich, war beruhigt, und trank meinen Tee, und erforschte währenddessen ihrer beider Gedanken.

Ich sah, fühlte und schmeckte: Neugier, Zuneigung, Bewunderung für mich, der ich ein einfacher Junge, ein Abiturient, mit, in letzter Zeit, absolut hervorragenden Noten, war.

An meinem männlichen Körper allerdings bestand kein Interesse, sondern an dem, wovon Frau Rossni ihrer Freundin vorgeschwärmt hatte: Der Muschi-Kuss in allen seinen Variationen, den ich ihrer Meinung nach besser als eine Frau beherrschte.

Ich fand es gut, dass sie mir das nicht sagten, denn ich reagiere auf bestimmtes Lob, das zu dick aufträgt, allergisch, weil ich so etwas peinlich finde. Trotzdem finde ich es natürlich schön, wenn man mich mag, denn vor der Eva-Zeit musste ich leiden, besonders unter meinen Mitschülern.

Auch sah ich, dass Frau Rossni hier das Sagen hatte. Ihre Freundin spielte hier die Rolle, die manche Frauen in einer heterogenen Partnerschaft spielen: Sie hatte wenig zu sagen, musste in erster Linie gut aussehen, stand aber weit hinter Frau Rossni.

Frau Rossni wartete höflich, aber ein wenig ungeduldig darauf, dass ich meinen Tee austrank, und als ich soweit war, sagte sie: „So!", setzte sich neben ihre Freundin, und zeigte schon beim Hinsetzen, dass sie unter ihrem Rock keinen Slip trug.

Schade!, denn der Slip, den sie bei unserem ersten Treffen angehabt hatte, war eine Kostbarkeit, und ich hatte ein bisschen gehofft, ihr diesen ausziehen zu dürfen.

Während nun Frau Rossni ihren Rock hochschob, kniete ihre Freundin seitlich hinter ihr, und fing an, mit Frau Rossni zu schmusen.

Frau Rossni reichte mir ein Kissen, auf das ich mich vor sie knien konnte, und sagte: „Eric! Keinen Firlefanz! Komm direkt zur Sache, verstanden?"

„So etwas muss es auch geben", dachte ich, obwohl ich selbst lieber auf Umwegen hierher komme.

Aber vielleicht hatten sich die beiden vorher schon durch ihr eigenes Vorspiel in Stimmung gebracht, und wollten einfach zum Abschluss, oder auch zwischendurch, einen Muschi-Kuss genießen, den für sie ein Junge ausführte.

Außerdem musste ich aufpassen, dass ich kein Kompliment fallen ließ, was bei dieser Schönheit, die ich nun erblicken durfte, wirklich nicht einfach war.

Aber Frau Rossni war so distanziert dominant, dass ich lieber Befehle ausführte, als sie mir ungewogen zu machen.

Wirklich: Die absolute Schönheit, ein betörender Duft, gepflegt, köstlich. Wie konnte frau nur so wunderschön sein?

So küsste ich sie mitten zwischen ihre Schamlippen, ließ gleich ohne Vorwarnung meine Zunge eintauchen, und bemerkte ein leichtes Zurückziehen, ein Stöhnen, und sogar ein Zusammenzucken.

Deshalb blieb ich hier mit meiner Zunge, und

stimulierte alles, was ich aus dieser Position erreichen konnte, mit Lippen und Zunge.

Herrlich! Herrlich! Herrlich!

Auch wenn Frau Rossni so ist wie sie ist. Immerhin erlaubt sie mir dies bei ihr. Davon träumen doch bestimmt viele Männer, oder?

Ich sog ihre Schamlippen ein, massierte sie mit meiner Zunge in meinem Mund. Und wieder blieb das nicht ohne Auswirkungen.

Ihre Freundin liebkoste währenddessen Frau Rossni, indem sie sie hingebungsvoll, und mit Zungenunterstützung küsste, ihr ab und zu irgendetwas Zärtliches ins Ohr flüsterte, und ihr dabei ihren Kopf streichelte.

Aber dies hatte ich nur in einem Bruchteil einer Sekunde wahrgenommen, denn ich musste mich hier konzentrieren.

Nach einiger Zeit wandte ich mich ihrem Kitzler zu, der schon etwas geschwollen aus seiner schützenden Vorhaut hervorlugte.

Absolut, absolut vorsichtig, und äußerst sanft nahm ich ihn zwischen meine Lippen, was aber trotzdem gleich ein Feuerwerk an Zuckungen auslöste.

Frau Rossni zitterte. Ihr Stöhnen wurde zu einem Jammern, und ich machte mir Sorgen, guckte fragend hoch, wurde aber sofort von einer Hand zurück gedrückt.

Wessen Hand war das gewesen?

Diese Hand bekam Gesellschaft, und nun führten

mich zwei Hände, die mich zu den verschiedenen Punkten dirigierten, meinen Mund regelrecht in ihre Muschi hinein pressten, und mich erst nach einer Weile, als Frau Rossni wieder ruhiger atmete, frei ließen.

„Toll!, Eric."
Mit einem Lob hatte ich gar nicht gerechnet.

„Ich bin versucht, dir dafür irgendetwas Gutes zu tun, sozusagen als einen Anreiz, damit du beim nächsten Mal nicht nein sagst."

„Das müssen sie nicht, Frau Rossni! Dies für sie zu tun, ist mir eine Ehre und auch ein sehr großes Vergnügen."

„Ist er nicht süß?", fragte sie ihre Freundin. „Ein edler Ritter."

Dann zu mir: „Du wirst doch wiederkommen, oder?"

„Selbstverständlich, Frau Rossni."

„Gut, ich überlege mir irgendetwas. Es wird dir gefallen. Nun ist erst einmal mein Schatz an der Reihe."

Und der Schatz freute sich, setzte sich vor mich, der ich immer noch auf dem Kissen kniete, und schob ihren Rock hoch. Frau Rossni rückte lediglich ein Stück zur Seite, zündete sich eine Zigarette an, und sah uns zu.

Der Schatz, der namenlos bleiben musste, zeigte mir eine absolut nackte Muschi, an der nicht ein einziges Härchen zu finden war. Erst war ich: sprachlos?, ich durfte ja sowieso nicht sprechen.

Erstaunt?, ja.

Sind nicht die Härchen, die sich hier befinden, die Träger der Erotik? Aber auch Träger des Duftes?

Ich wagte einen kurzen Blick nach oben. Der Schatz lächelte mir zu. Ich aber untersagte mir ein Zurücklächeln, denn der Schatz war sozusagen Eigentum meiner Rektorin. Zwar versah ich hier einen sehr begehrten Liebesdienst, aber ich war in erster Linie ein Diener, auch wenn ich dies sehr genoss.

Und dies tat ich nun mit der gleichen Hingabe, die ich auch Frau Rossni entgegen gebracht hatte.

Diese Muschi zu erforschen, zu liebkosen, und mit Glücklichkeit zu überhäufen, war etwas ganz Besonderes. In Gedanken bedankte ich mich bei dem Schatz, weil ich nicht wusste, ob ich nachher die Gelegenheit, und vor allem die Erlaubnis, haben würde, mit ihr auch nur ein Wort zu wechseln.

Aber ich wollte sie spüren lassen, wie viel mir dies bedeutete, und wie wunderbar schön dies für mich selbst war. Ich legte in meine Küsse und Zärtlichkeiten alles das hinein, was ich für diese schöne Frau, die ich zum ersten Mal sah, empfand. Und bedankte mich mit diesen Küssen bei ihr, dass sie mir so freimütig vertraute.

Auch Eva war ganz begeistert. Das sagte sie mir nicht nur einmal.

„Eva, mein Schatz! Hast du so etwas schon einmal gesehen?"

„Nein, Eric. Aber es ist herrlich. Ich kann mit

deiner Zunge, und mit deinen Lippen nachvollziehen, wie wunderbar dies ist. Kannst du ihre Gedanken schmecken? Sie verehrt dich, Eric."

„Ja, Eva. Ich kann es schmecken, fühlen, riechen, und wie gedruckt lesen. Danke Eva."

„Gern, Eric."

„Kannst du mir sagen, wie dieser Schatz heißt?"

„Eleonore, Eric."

„Danke Eva."

Eleonore war etwas zärtlicher als Frau Rossni. Aber das war mir ein wenig egal. Ich genoss diesen Dienst sowieso sehr.

Aber der war nun fast vorbei, und ich ein wenig erleichtert, aber auch froh, dass auch Eleonore mindestens einen angenehmen Höhepunkt genießen konnte. Wahrscheinlich ging dies bei dem ersten Mal, und dann auch noch mit einem männlichen Wesen, nicht so leicht.

Eleonore blieb sitzen, Frau Rossni brachte mich zur Tür.

„Danke Eric. Du hast uns beiden … ach was solls!"

Schnell gab sie mir einen flüchtigen Kuss auf meinen Mund, öffnete die Tür, ließ mich raus, und als ich mich umdrehte, war die Tür schon wieder verschlossen.

„Okay. Dann nach Hause!", dachte ich. „Nein warte, Eva! Darf ich Mäuschen spielen, und noch einmal unsichtbar zurück?"

„Du willst lauschen, Eric? Na gut, das verstößt noch gegen keine Regeln."

Und prompt stand ich wieder in Frau Rossnis Wohnzimmer, war aber für die beiden Frauen in keiner Weise wahrnehmbar.

Ich liebe meinen wunderschönen Computer wegen solcher Funktionen.

Die beiden Frauen saßen nebeneinander, hatten sich einen Wein eingeschenkt, und prosteten sich gerade zu.

„Na, wie fandest du ihn, Elli?"

„Ganz bezaubernd, Kati. Bei ihm könnte ich schwach werden."

„Hach!, ich auch. Zum Abschied habe ich ihn flüchtig auf den Mund geküsst: Britzeln!"

„Wo er dieses Muschi-Küssen wohl gelernt hat?!"

Frau Rossni: „Ich tippe auf eine ältere Frau. Seine kleinen Freundinnen haben von so etwas noch keine Ahnung. Und meiner Meinung nach können Männer so was nicht von Natur aus."

Eleonore: „Freundinnen? Mehrzahl?"

Eleonore war gar nicht so devot, wie ich sie eingeschätzt hatte. Wie konnte das sein? Konnte sie so gut spielen? Wollte sie in meinem Beisein diese Rolle innehaben? Oder hatte ich einfach etwas übersehen?

Frau Rossni: „Vom Büro aus kann man doch den ganzen Schulhof gut überblicken. Und seit einiger Zeit ist Eric ständig von einer Schar von Mädchen umgeben."

Eleonore: „Vielleicht hat er sie alle kirre gemacht!"

Frau Rossni: „Wie soll das denn gehen? Er war sonst so ein unscheinbarer Junge. Aber selbst ich fühle etwas für ihn."

Eleonore: „Ich jetzt auch. Wie viele Mädchen sind es denn. Hast du sie gezählt?"

Frau Rossni: „Selbstverständlich! Es sind zwanzig."

Eleonore: „Was! Unglaublich. Ob er mit allen von ihnen etwas hat?"

Frau Rossni: „Das halte ich für möglich. Aber ich gönne es ihm. Ich gönne es sogar den Mädchen. Er ist ein süßer Junge."

Eleonore: „Ja. Hätte ich dir keinen Schwur geleistet, könnte ich mir durchaus vorstellen ..."

Frau Rossni: „Aha! Ich könnte dich von dem Schwur entbinden, wenn du das Gleiche bei mir tust."

Die beiden stellten nun ihre Gläser ab, fingen an, sich zu küssen, und ihrer beider Hände begannen Wege auf ihren gegenseitigen Körpern nachzufahren, suchten, fanden, und schon streichelten sie sich.

„Komm!", forderte Frau Rossni ihre Freundin auf. „Ich sehne mich nach dir."

Eleonore nahm nun das Kissen, auf dem ich vorhin gekniet hatte, kniete sich damit jetzt ihrerseits vor Frau Rossni, die schon ihren Rock hochschob, und Eleonores Gesicht verschwand zwischen Frau

Rossnis Beinen.

Eva und ich standen Arm in Arm daneben, unterhielten uns in Gedanken.

„Komm!, Eva, Liebling. Lass uns verschwinden. Ich bin kein Spanner."

„Okay, Eric. Nach Hause?"

„Ja, gern." ...

... Eva setzte mich vor der Haustür ab, schloss mit meinem Schlüssel auf, und ich trat ein.

Später im Bett ließ ich mit Eva den Tag, und alles Mögliche Revue passieren.

„Eric, mein Süßer!"

Eva lag neben mir, und streichelte mich. Oh, wie ich sie liebe!

„Hast du einmal daran gedacht, eine Firma zu gründen, Eric?"

„Nein, noch nie!"

„Ich weiß, dass du gern Ethnologie und Archäologie studieren willst, Eric. Aber durch mich hast du doch sowieso Zugang zu allen Bibliotheken und Archiven. Du musst die Bücher noch nicht einmal lesen."

„Das stimmt, Eva. Da bin ich noch gar nicht drauf gekommen. Also, was schlägst du vor?"

„Eric! Wir bauen ein Bürogebäude auf, und entwickeln Computer und Software."

„Wie soll ich das bezahlen?"

„Das nötige Geld findest du in Alaska. Ich habe ein Goldvorkommen entdeckt. Es liegt praktisch an der Oberfläche, Eric."

„Wäre das nicht Diebstahl?"

„Richtig, Eric. Du hast den Test bestanden. Was also machst du, wenn du wirklich etwas findest?"

„Ich gucke es mir an, und lasse es liegen."

„Auch wenn es viel ist, und du dadurch reich werden könntest, Eric?"

„Ja, auch dann. Du wirst mich davon abhalten."

„Sehr gut, Eric!"

„Also, Eva. Du hast die Idee, dass wir beide eine Firma gründen. Wovon soll das bezahlen?"

„Eric, schon deine ersten Produkte werden dir aus den Händen gerissen werden. Ich werde sie für dich entwickeln."

„Aha, und wozu soll ich dann überhaupt arbeiten?"

„Kleiner Schlawiner! ... Eric!, meine Idee geht noch weiter. Du könntest deinen Freundinnen Arbeit verschaffen. Sie müssen natürlich studieren, und du nebenbei auch. Aber im Prinzip könntest du sofort mit einer Professur anfangen, was allerdings komisch aussähe."

„Was für Software werden wir zum Beispiel entwickeln?"

„Wir generieren Träume jeder Art, Eric."

„Das hört sich wirklich interessant an. Aber nichts darf so sein, wie bei mir, oder?"

„Nein, natürlich nicht, Eric. Niemand außer dir wird einen Computer haben, der so leistungsfähig ist, wie ich. Schon daran wird es hapern. Aber ich habe reichlich Ideen für fast echt wirkende Generierungen. Die Hard- und Software von heute ist ja schon ziemlich weit. Ich aber habe weitaus bessere Möglichkeiten."

„Gut!, das ist gut, es hört sich gut an."

„Und nebenan bauen wir ein Haus, in dem wir alle wohnen können, Eric. Eine Villa mit allem Drum und Dran."

„Gigantisch, Eva!"

„Man darf ja mal träumen, Eric. Auch Computer haben Träume."

„Aber wahrscheinlich nur Zoé und du. Stimmts?"

„Du hast recht, Eric."

„Gibt es im Jahr 3000 so ähnliche Computer wie dich und deine Schwester?"

„Ja, die gibt es, nur bei weitem nicht so weit entwickelt wie Zoé und ich. Du wolltest wissen, ob männliche Pendants zu mir existieren. Ja, es gibt sie. Nur sind sie immer noch Maschinen.

Die Idee, Computer wie Personen aussehen zu lassen, war nicht neu. Aber sie alle sind von Basis-Stationen abhängig, müssen mit Energie versorgt werden, und können auch nicht selbstständig agieren.

Eric Kotten hatte lange daran gearbeitet, den eigentlichen Computer mit sich selbst zu verbinden. Das, was er geschafft hat, wird meiner Einschätzung nach, kein zweites Mal gelingen."

„Aha! Ist Zoé auch so schlau wie du?"

„Ja."

„Aber?"

Ich spürte eine Blockade, und entschied von mir aus, nicht weiter zu fragen.

„Genau deshalb mag ich dich so, Eric. Du

behandelst mich wie eine Frau, obwohl ich nur ein Computer bin."

„Der schönste Computer", verbessert ich sie, gab ihr schnell einen Kuss, und setzte nach: „und die schönste Frau."

Sie lächelte.

Immer bin ich mir bewusst, dass sie alle meine Gedanken verfolgen kann. Nichts ist ihr verborgen, nichts kann ich vor ihr verheimlichen.

Es gibt keine privaten Gedanken mehr in meinem Leben.

So musste ihr aufgefallen sein, dass ich vermute, dass irgendetwas zwischen meinem Nachfahren und seinem Computer Zoé nicht ganz rund läuft, um es mit solchen Worten auszudrücken.

Kapitel 8

Eva, mein Schatz, hatte mich wieder zurück zu meinen Freundinnen nach Alaska gebracht.

Wir wärmten uns alle gegenseitig in unserem Bett, und auch ich schlief ein.

Meine erste Nacht mit meinen Freundinnen.
Herrlich!

Sobald sich die Erste morgens bewegte, wachten alle auf. Alle meine Freundinnen schienen den gleichen Gedanken zu haben: Sie mussten sich erst einmal vergewissern, dass ich auch wirklich hier, und nicht doch über Nacht verschwunden war.

Alle fassten mich an, streichelten mich, sagten, dass sie so froh waren, dass ich hier war, und dass ich sie gerettet hatte.

Ich umarmte jede einzelne ausgiebig, und jede von ihnen sagte, dass sie das sehr genoss. So etwas kannten sie bisher nicht.

Dann kümmerten sich Rauschen und Frühling um das Feuer, das niemals ausgehen durfte. Und nachdem Rote Moosbeere sich draußen vergewissert hatte, dass alles in Ordnung war, legte sie Fleischstücke für die Vögel und den Bären aus.

Nach dem Frühstück bat ich meine Freundinnen, mir die Gegend zu zeigen. Ich wollte mir selbst ein Bild davon machen, wie es hier aussah, wieso dieser Platz von ihnen als besonders gut ausgewählt worden war, und wollte meine diffusen Pläne währenddessen sichten.

Denn ich hatte vor, eine feste, stabile Blockhütte zu bauen. Dafür war jedoch ein ausreichend großer Baumbestand in der näheren Umgebung wichtig. Denn alles musste mit Muskelkraft hierher bewegt werden.

Aber vielleicht konnte ich das Holz, das in dieser Hütte verbaut war, und noch zusätzlich das, was von dem alten, zerstörten Lager übrig war, mit einbeziehen.

Um die Mittagszeit waren wir zurück im Lager, und meine Freundinnen waren auch gleich wieder mit der Vorbereitung der nächsten Mahlzeit beschäftigt.

Ich holte mein Gepäck aus der Hütte und zeigte ihnen den großen Kochtopf, die Bratpfanne und den Wasserkessel. Dazu hatte ich sechs Tassen, Teller, Gabeln und Löffel mitgebracht. Etwas umständlich wollte ich ihnen erklären, wozu das alles gut sei, aber sie verstanden sofort, und erkannten den Vorteil und den Nutzen, den diese Kochutensilien für sie boten.

Wieder einmal musste ich mir beschämt eingestehen, dass ich sie unterschätzt hatte.

So kochten wir uns als Erstes einen Tee.

Während wir diesen dann genossen, wurde der große Topf für die eigentliche Mahlzeit zum ersten Mal benutzt. Jetzt, als wir so am Feuer zusammensaßen, war ich fast froh, dass ich mich um solche Dinge, wie die Zubereitung des Essens, nicht kümmern musste.

In Gedanken lief ich noch einmal die Wege ab, auf denen mir die Frauen die Umgebung gezeigt hatten. Sie hatten mir dabei auch die Vorzüge dieses Platzes erläutert. Er war zur Wetterseite in einiger Entfernung durch kleinere, und in der Ferne durch größere Gebirgszüge, geschützt, war hier vor Überschwemmung sicher, der große Fluss war relativ schnell erreichbar, und einen schnell fließenden Bach gab es hier auch. Ihn allerdings, plante ich, teilweise hierher zu leiten, damit wir Wasser direkt vor der Hütte haben würden.

In kurzer Entfernung gab es einen brauchbaren Baumbestand, der auch einige Kiefern enthielt, die, wenn ich sie gefällt hatte, nicht mehr schälen musste. Das Holz war gut, trocken, aber die Bäume eben tot.
Und da das Gelände von hier nach dorthin etwas anstieg, konnte ich die Stämme mit einem einfachen Trick, einer Rinne aus den Stämmen selber, hierher befördern.

Ich erzählte von meinem Plan.
„Wisst ihr?, ich habe vor, direkt hier eine neue Hütte zu bauen, die fester und wärmer sein wird, als

diese hier. Dann müssen wir im Winter nicht frieren."

Tanzende Schneeflocke: „Alles, was du tun wirst, wird gut sein. Du hast Zauberkräfte. Wir vertrauen dir."

Rauschen: „Du musst uns nicht erzählen, was du tun wirst. Du musst uns nur sagen, was wir dabei zu tun haben. Wir verehren dich."

Gelbe Feder: „Ich freue mich schon darauf. Das wird ein schönes Haus werden."

„Verstehe", erwiderte ich. „Aber was mich jetzt interessiert: Euer Volk. ... Wo sind die anderen, oder ward ihr die Einzigen?"

Frühling: „Es gibt außer uns noch drei Gruppen, mit jeweils ungefähr so vielen Leuten, wie unser Lager hatte. Aber sie leben weit weg. Es kann mehr als ein Monat dauern, bis man sie erreicht. Und wer weiß, ob sie noch leben? Wir hätten die Männer nach ihnen fragen müssen."

Rote Moosbeere: „Vielleicht sind wir die letzten unseres Volkes. Wir wissen es nicht."

„Das ist traurig", erwiderte ich. „Es tut mir leid. Soll ich mich auf die Suche nach ihnen machen?"

Frühling: „Wir haben auch schon darüber nachgedacht. Erst einmal wollen wir uns für den Winter rüsten, ihn überstehen. Dabei haben wir noch viel Zeit, weiter darüber nachzudenken."

Ich: „Dann lasst uns heute anfangen, das Holz für das neue Haus zu fällen, damit wir erst einmal für eine gute Unterkunft sorgen. Danach werden wir die Vorräte auffüllen, und dann ist wahrscheinlich schon Winter. Wenn jemand bessere Vorschläge hat, solltet ihr mich immer unterbrechen, oder verbessern."

Frühling: „Ich hoffe, dass mir das gelingt. Wir durften uns in Männerangelegenheiten nie einmischen."

Ich: „Es wird euch gelingen. Zwischen uns gibt es keinen Unterschied. Ich will, dass ihr das wisst."

Die Frauen nickten, und ich hoffte, dass sie sich wirklich bald so frei fühlten, dass sie damit umgehen konnten.

Wir standen auf, und ich umarmte und küsste sie alle. Solange, bis sie lächelten.

Vielleicht waren sie die letzten ihres Volkes. Wer weiß? Wenn, dann war dies eine schreckliche Tatsache.

Erst einmal verteilte die Arbeitshandschuhe, die Werkzeuge, und wir brachen auf. Die Vögel beobachteten uns, und außerhalb des Schutzwalls trafen wir den Bären an.

Meine Freundinnen blieben respektvoll hinter mir, ich aber begrüßte und umarmte ihn, und fand es wieder einmal schade, dass er wohl mich, ich aber nicht ihn verstehen konnte.

Immer, wenn wir einen Baum gefällt und entastet hatten, zogen wir ihn in Position, den zweiten daneben, so dass die beiden nicht parallel, sondern leicht v-förmig lagen. Diese sicherte ich mit Pflöcken, damit sie so liegen blieben.

Wenn wir dann den nächsten Stamm in diese entstandene Rinne beförderten, rutschte er von allein bis an Ende, wo wir ihn auch hier wieder in Position bringen konnten, den nächsten daneben, und es entstand mit der Zeit eine Rinne, die bis in unser Lager reichte.

In meinen Notizheft hatte ich schon errechnet, wie viele Stämme wir brauchen würden. Es war noch viel zu tun.

Eva hatte mich wieder einmal ausgestattet. Diesmal mit Kraft und Ausdauer. Ich aber staunte über die Kräfte der Frauen, sie leisteten meiner Meinung nach fast übermenschliches, denn am Ende des Tages hatten wir das Holz, das wir brauchten, zusammen. Wir hatten die Rinne von oben her abgebaut, und sie dazu genutzt, jeden Balken bis ins Lager zu befördern.

Gemeinsam wuschen wir uns am Bach, nahmen gleich anschließend Wasser für unsere Abendmahlzeit mit, und ich half den Frauen beim Zubereiten.

Das aber, gefiel ihnen gar nicht.

So mussten wir erst einmal klären, dass wir ja alles gemeinsam machen wollten, und schließlich konnten sie akzeptieren, dass ich ihnen half, denn es sparte uns Zeit. Wichtiger erschien mir allerdings, dass ich ein Teil von ihnen sein wollte.

Die Gemeinsamkeit war das, was uns zusammenschweißen sollte.

Schon beim Essen merkten wir, wie erschöpft wir waren, danach hätten wir im Sitzen einschlafen können.

Aber ohne ausgiebiges Kuscheln und Liebhaben zu Bett gehen? Nein auf keinen Fall! Jeder einzelnen zeigte ich, wie sehr ich sie liebte, wie viel sie mir bedeutete, und erst danach schliefen wir auch diese Nacht zufrieden ein. Ganz dicht aneinander gedrängt. Diesmal lag Frühling vor mir, und Tanzende Schneeflocke hinter mir.

*****

Nur das wenige Licht, das durch den Rauchabzug hier herein fiel, zeigte an, dass der neue Tag anbrach.

Es war gemütlich und warm, hier unter den vielen Felldecken. Mein Arm umschlang Frühling, und Tanzende Schneeflocke hatte mich ihrerseits im Griff. Sie streichelte mich, und meine Hand suchte in Frühlings Kleidung auch nach etwas Bestimmten.

Ich fand es, und war mit meiner Hand schon zwischen ihren Beinen, die sie für mich in Erwartung leicht öffnete. Sie fühlte sich so herrlich an.

Gib es etwas Schöneres, als morgens aufzuwachen, und seine Liebste streicheln zu dürfen?

So massierte ich sie sanft, und spürte, wie sie meine Hand zärtlich berührte, in der Hoffnung, ich würde bis zum Schluss weiter machen.

Vor Frühling lag Rauschen, die sich nun zu Frühling umdrehte, und uns beobachtete. Sie lächelte mich an, beugte sich zu mir, und küsste mich.

Wie ich meine Freundinnen alle liebte!

Gerade durchfuhr mich ein regelrechter Liebesanfall.

Ich musste mich auf mehrere Dinge konzentrieren, denn auch die Hand von Tanzende Schneeflocke hatte längst gefunden, was sie gesucht hatte: Sie ihrerseits massierte meinen Penis, beschmuste mich dabei, und achtete auch nicht weiter darauf, dass ich eigentlich mit Frühling beschäftigt war.

Dabei spürte ich den starken Drang, Frühling von hinten zu nehmen, sie jedoch hatte es längst gemerkt, aber auch die anderen, und Frühling versuchte, sich unter den Decken für mich frei zu machen.

„Bitte!", hauchte Frühling.

Ich: „Ja? , möchtest du?"

Tanzende Schneeflocke: „Lass dich nicht so lange bitten. Dein Penis braucht das, ich fühle es!"

Und dann fand er von selbst seinen Weg. Aber trotzdem massierte ich ihre Muschi auch weiterhin.

Und dann geschah etwas, was Frühling nicht gleich mitbekam, ich auch nicht, denn ich war im Rausch der Liebe und der Sehnsucht so mit der Befriedigung meines Triebes beschäftigt: Tanzende Schneeflocke hatte meinem Penis ja gerade geholfen, in Frühling hinein zu schlüpfen, und nun, waren vorn an ihrer Muschi drei Hände damit beschäftigt, Frühling das größtmögliche Vergnügen zu bereiten, und eine Hand davon gehörte Tanzende Schneeflocke.

Ich drehte meinen Kopf nach hinten: Sie grinste mich an. Wissend!, und gab mir einen Kuss.

„Ist das möglich?", dachte ich.

Es war ihr noch nicht einmal peinlich. Aber auch Frühling nicht.

Gerade als Tanzende Schneeflocke bemerkte, dass Frühling fertig war: „Dreh dich jetzt zu mir!"

Unter den Decken fühlte ich den blanken Po von Tanzende Schneeflocke, und auch jetzt wurde mir beim Liebesakt geholfen: Frühling hinter mir? In dem dämmrigen Licht war dies nur schlecht zu beurteilen.

Die übrigen drei Frauen sorgten nun für Licht, indem sie die Tranlampen anzündeten. Ich versuchte heraus zu bekommen, wer das eben hinter mir gewesen war: Rauschen! Denn Frühling war mit dem Licht beschäftigt.

Hatten sie sich abgesprochen?

Denn sobald Tanzende Schneeflocke mit mir zufrieden war, musste ich mich erneut umdrehen, nun aber zu Rauschen. Auch sie forderte ihr Recht von mir ein.

Nun, bei dem besseren Licht, konnte ich erkennen, dass hinter Rauschen, Rote Moosbeere kauerte, hinter mir wartete bereits Gelbe Feder.

Tanzende Schneeflocke und Frühling waren nun am Feuer beschäftigt. Sie setzten Tee auf, und bereiteten die Mahlzeit vor.

Da es für Gelbe Feder nicht möglich war, über mich und Rauschen oben drüber zu greifen, spürte ich, dass sie mit einem Arm über meine Hüfte, und mit ihrem anderen Arm zwischen meinen Beinen hindurch reichte, und so meinen Penis weiterhin massierte, wie es vorhin Tanzende Schneeflocke getan hatte. Aber gleichzeitig achtete sie auch darauf, dass mein Penis das tat, was er bei Rauschen zu tun hatte. Überall Hände! So jedenfalls kam es mir vor.

Aber ich hatte keineswegs etwas dagegen einzuwenden.

Rauschen löste sich von mir, drehte sich um, gab mir einen Kuss, den ich erwiderte, und ich wusste nun: Umdrehen! Diesmal zu Gelbe Feder.

Rauschen war aufgestanden, und half den beiden Frauen am Feuer.

Hinter mir kuschelte sich nun ganz eng Rote Moosbeere. Auch sie schien eingeweiht, denn auch ihre Hände waren bei Gelbe Feder und mir am Ort des Geschehens: Leichtes liebevolles Massieren meines Penis und an der Muschi von Gelbe Feder.

Erstaunlich: Nur leichtes, fast tonloses Hecheln, kein lauter Ton, so wie ich es von meinen Freundinnen Zuhause kannte, die hemmungslos schreien konnten, wenn es die Situation erlaubte.

Vielleicht würde sich das hier ja auch noch ändern.

Gelbe Feder stand nicht etwa auf, als ich mich zuletzt Roter Moosbeere zuwandte. Auch sie

272

bezirzte sie und mich sehr liebevoll.

Beim Frühstück, denn bis jetzt war noch nicht viel gesprochen worden, wollte ich es wissen.

„Habt ihr euch abgesprochen? Wessen Idee war es?"

Alle Frauen grinsten wissend, schlürften ihren Tee, oder aßen schmunzelnd. Keine sagte etwas.

„Okay", sagte ich.

Endlich das erste Wort:

„Was bedeutet *okay*?", fragte Rote Moosbeere.

„Das sagen wir immer, wenn wir entweder nicht weiter wissen, oder wenn etwas in Ordnung ist. Oder auch manchmal, wenn wir unsicher sind, wie ich jetzt zum Beispiel."

Tanzende Schneeflocke: „Hat es dir denn wenigstens gefallen?"

„Keine Frage. Es war toll!"

Tanzende Schneeflocke: „Und was bedeutet *toll*?"

„Wenn etwas ganz hervorragend ist. Es ist ein Ausdruck dafür, dass es nicht besser geht."

„Ah!", war ihrer aller Antwort.

Im Augenblick fragte ich mich allerdings, ob ich wirklich in der Steinzeit war. Dies waren doch keine zurückgebliebenen Menschen, mit zu geringer Auffassungsgabe, wie sie sich der moderne Mensch vorstellt.

„Eric!", bat mich Frühling. „Erzähl uns etwas aus deiner Heimat. Du hast gesagt, dass du

273

zweiundzwanzig Freundinnen hast. Wie viele Menschen leben in eurem Ort. Kennen sich alle deine Freundinnen? Leben deine Eltern noch?"

„Ja, sie leben noch. Und mittlerweile sind es dreiundzwanzig Freundinnen. Drei meiner Freundinnen kennen die anderen nicht. Die zwanzig sind alle selber Freundinnen untereinander. Und der Ort, in dem ich wohne, hat einen Namen. Er heißt Hamburg, und liegt in einem Land, das Deutschland heißt. In Hamburg leben etwas mehr als fünf Millionen Menschen. Sie wohnen nicht in Hütten, so wie ihr, sondern in Häusern, die noch stabiler sind als Hütten, damit die Menschen übereinander wohnen können."

Während meines kurzen Exkurses hatte ich beobachtet, wie sie beinahe ängstlich begriffen. Aber konnten sie sich eine Zahl von fünf Millionen vorstellen?

Frühling: „Sie wohnen übereinander? Wie viele sind fünf Millionen? Ist es mehr als eine große Karibuherde?"

Eva hatte mir in Gedanken mitgeteilt, wie viele Karibus im Alaska meiner Zeit leben, dies sollten insgesamt zweiunddreißig Herden von zusammen fast neunhundertfünfzigtausend Tieren sein. Also fast eine Million.

„Es könnten so viele sein wie mehr als einhundert Karibuherden."

„Oh!", sagten jetzt alle, und Frühling: „Dann ist es hier schöner. In unserem Lager waren wir achtundzwanzig Menschen, alle zusammen. Es war kein großes Lager, aber gut. Wir hatten genug zu essen. Hier gibt es Fische und Karibus, auch Schneehasen und Birkhühner. Alles, was man braucht."

Rote Moosbeere: „Wir wissen, dass die Probleme auftauchen, wenn die Lager zu groß werden. Dann fangen Streitereien an. So viele Menschen! Ich kann es mir gar nicht richtig vorstellen."

Die anderen stimmten mit ein.

Jetzt fing ich an, zu verstehen: „Wolltet ihr mich fragen, ob ich euch mitnehmen kann?"

Rauschen: „Ja, aber das wollen wir nun nicht mehr."

Wieder einmal versicherte ich allen, dass ich hier bei ihnen bleiben würde, und mehr wollte ich im Augenblick nicht erklären. Aber ich umarmte jede einzelne so lange, bis auch ich spürte, dass es ihnen besser ging.

„Heute wollen wir einmal ausprobieren, wie wir mit den Waffen zurecht kommen", sagte ich, als wir ins Freie traten.

Ich hatte ja auch keine Ahnung.

Aber ich hatte Eva.

Rote Moosbeere legte Fleischstücke für die Vögel und den Bären aus. Die Raben bedankten sich mit einem Krah, der Adler sah uns lediglich an, und der Bär kam erst, als Rote Moosbeere wieder zurück an der Hütte war.

Unsere wichtigsten Waffen für die Distanz waren Speer und Bogen. Die ersten Versuche zeigten, dass wir noch viel lernen mussten. Aber nach einiger Zeit verbesserten sich unsere Ergebnisse, und wir waren damit für heute zufrieden.

Nun wandten wir uns unserem Vorhaben zu, eine neue Behausung zu bauen.

„Ihr habt zwar gesagt, dass ich sagen soll, was ich vorhabe, und ihr einfach nur tut, was ich dann verlange. Das möchte ich aber nicht. Ich erkläre euch jetzt meine Pläne, und ihr sagt, was daran besser gemacht werden kann. Denn nicht ich, sondern wir bauen. Es wird unser Zuhause."

„Okay!", riefen alle, und grinsten.

Ich verstand, und antwortete: „Toll!"

Nun begann ich, in Schritten zu verdeutlichen, was ich mir vorstellte, nämlich, dass die Hütte auf mehreren großen Steinen stehen würde, damit die Kälte nicht durch den Fußboden kommen konnte, außerdem sollte der Boden aus zwei Schichten bestehen, die voneinander durch eine Schicht Reisig gedämmt waren.

Dann sollte die Hütte aus einem Hauptraum bestehen, in dem wir leben, kochen, essen und schlafen konnten.

Gleich an der Hütte sollte eine Schwitzhütte angegliedert sein, und außerdem auch die Toilette, damit man bei Kälte, oder schlechtem Wetter nicht extra nach draußen musste.

Außerdem wollte ich der Hütte ein Fenster

geben, und sie mit einem aus Steinen aufgeschichteten Kamin ausstatten, in dem man kochen und heizen konnte.

Und, ein wichtiger Punkt war noch die partielle Umleitung des Baches; auch dies versprach Komfort.

Ganz besonders schön fanden sie meine Idee, den Giebel zur Südseite hin, weit herauszuziehen, damit wir einen trockenen, überdachten Sitzplatz im Freien haben würden. Auch hier sollte es eine feste Feuerstelle geben.

Zu manchen Punkten hatten sie Verbesserungen, aber im Großen und Ganzen fanden sie Idee sehr gut. Sie konnten sich alles vorstellen, und brannten mittlerweile darauf, möglichst schnell fertig zu werden.

Der Platz für die neue Hütte lag genau neben der schon bestehenden. Wir vermaßen den Grundriss inklusive des Freisitzes, und es kam uns einfach riesig vor, weil die Fläche des später überdachten Raumes genau wie der Innenraum so großzügig sein musste, dass wir sechs Personen uns nicht beengt fühlen sollten.

Als Nächstes rollten wir große, sehr schwere Steine mithilfe von langen Stangen und des Flaschenzuges heran, versenkten sie bis zu zwei drittel im Boden, damit sie guten Halt boten.

Dies erledigten wir vorerst mit Augenmaß. Die Feinarbeit, nämlich, ob der Fußboden später in Waage liegen würde, hatte ich erst dann vor, wenn die ersten Balken den Fußboden tragen würden.

Auf diese Felsbrocken-großen Steine hievten wir unsere zwei längsten Balken und verkeilten sie, damit sie an Ort und Stelle blieben, denn nun kam meine Idee, wie wir sie in Waage ausrichten konnten: Mit unserem Wasserkessel als Ersatz für eine Wasserwaage.

Die Steine lagen schwer und unverrückbar, also justierte ich die Balken mit dem Unterlegen von Keilen, wobei wir die Balken mit langen, stabilen Stangen hoch hebelten.

Im nächsten Schritt wurden kleinere gerade Stämme verlegt, die unsere erste Bodenschicht bildeten, wobei mein mitgebrachter Holzbohrer hilfreich war, weil wir die Stämme am Anfang, und dann sporadisch jeden dritten oder fünften Balken mit einfachen Holzsplinten an den darunter liegenden verankerten.

Der Boden der Veranda blieb einlagig. Der Boden der Hütte bekam eine zweite Lage von Balken, nachdem wir auf die erste Schicht erst einmal mehrere Balken als Abstandhalter aufbrachten, die genau im rechten Winkel zur ersten Lage verliefen.

Auf diese folgte dann, nachdem wir eine großzügige Schicht aus Reisig, trockenem Moos, Gestrüpp, und allem, was isolierte, in die entstandenen Zwischenräume eingefüllt hatten, die dritte und letzte Balkenschicht, die der eigentliche Fußboden wurde.

Hier wurden jetzt die Balken seitlich mit einer

Längsnut versehen, damit sie eng aneinander lagen, und zusätzlich wurden schon hier, wie es auch in der ersten Schicht schon geschehen war, die Ritzen mit Moos verschlossen.

Auf der Veranda hatten wir dies auch so getan.

Die Feuerstelle hatten wir ausgespart. Hier gab es eine Lücke im Fußboden, die später mit aufeinander geschichteten flachen Steinen ausgebaut werden würde.

Den Fußboden begradigten wir mit der Axt. Dies hört sich zeitaufwendig an, war es aber nicht, wenn man weiß, wie man mithilfe etlicher Kerben den Stamm vorbereitet, und die dazwischen liegenden Teile einfach abschlagen kann. Auf diese Art und Weise erzielten wir zwar keinen Dielenboden, aber er war zufriedenstellend eben.

Außerdem wollten wir später vieles mit einem Gemisch aus Lehm und trockenem Gras begradigen, auch die späteren Wände, die wir bis zum späten Nachmittag stehen hatten.

Zufrieden mit unserem Werk, und völlig erschöpft, wuschen wir uns am Bach, bereiteten danach unsere Abendmahlzeit vor, und aßen sie draußen auf unserer Veranda, die noch im Entstehen war, während uns die letzten Sonnenstrahlen des Tages wärmten.

Als es dann schließlich dämmerte, gingen wir in die Hütte, zündeten die Tranlampen an, und tranken den restlichen Tee auf unserem Bett.

Zu müde, um noch irgendetwas zu unternehmen, kuschelten wir schließlich ganz eng zusammen, und schliefen ein. Hinter mir lag Rote Moosbeere, vor mir Gelbe Feder, die Süße. Ich liebe sie alle, und zwar sehr!

*****

Ein neuer Tag begann.

Ich hatte so tief und fest geschlafen, dass ich gar nicht gemerkt hatte, dass alle Frauen schon wach waren, als ich schließlich als letzter aufwachte.

Frühling war sogar schon draußen gewesen, hatte die Fleischstücke ausgelegt, die Tranlampen brannten, und Tee war auch schon fertig.

Rauschen und Tanzende Schneeflocke bereiteten das Frühstück vor.

Sobald Gelbe Feder und Rote Moosbeere bemerkten, dass ich wach wurde, sorgten die beiden dafür, dass ich noch wacher wurde. Gelbe Feder saß schon auf mir, Rote Moosbeere half ihr dabei, mich auszuziehen, und Gelbe Feder nahm sich als erste ihr Recht, während sie sich auf mir auf und ab bewegte.

Sobald sie fertig war, wurde ich auch gleich von Rote Moosbeere in Beschlag genommen. Sie tat das Gleiche wie ihre Vorgängerin, nach ihr Tanzende Schneeflocke, die nur darauf gewartet hatte, dann Rauschen, und zuletzt Frühling.

„Das hat gut getan", bemerkte Frühling.

Rauschen: „Es wird dir hoffentlich nicht zu viel!?"
Ich: „Nein, überhaupt nicht."

Alle schmunzelten, waren guter Dinge. Der Tatendrang war fast greifbar.

Deshalb verzichteten wir heute auf unsere Schießübungen, denn wir wollten weiter bauen.

Das handwerkliche Geschick meiner Freundinnen war nicht nur erstaunlich, es war mehr als beeindruckend.

„Eva, bist du es, die uns hier hilft? Stattest du uns mit den notwendigen Ideen und Fertigkeiten aus?"

„Eric, mein Liebling! Merkt man das?"

„Ja, Eva. Du bist die Beste. Es ist einfach nicht zu übersehen. Meine Freundinnen wundern sich ja auch. Und ich bin überrascht, dass sie alles so hinnehmen. Danke."

Es war wirklich viel mehr als nur erstaunlich. Denn am Nachmittag stand die Hütte in ihrer Rohform. Auch die Nebengebäude waren in ihren Grundzügen fast fertig.

Mittlerweile deckten wir das Dach. Hier hatte mich Eva auf die gute Idee gebracht, statt der üblichen Unterdeckung aus Birkenrinde, eine Deckung aus flachen Steinplatten zu machen, wie sie in manchen Gegenden unsere Alpen üblich war. Trotzdem hatten wir auch darunter auf eine ordentliche Dämmschicht geachtet.

Diese Steinplatten gab es nicht weit von hier in

rauen Mengen. Aus ihnen schichtete ich auch unseren Kamin und die Feuerstellen auf. Beim Dach deckten wir sie so geschickt, dass alles völlig dicht war.

Auch heute saßen wir am frühen Abend mit unserer Mahlzeit auf der neuen Veranda, die aber nun schon fast wohnlich wirkte.

„Eric!", begann Frühling. „Wir alle wissen, dass das, was wir hier tun, normalerweise kaum zu schaffen ist. Ist das die Frau in dir?, deine Eva, die uns hilft?"

Ich: „Ja. Sie hilft uns mit Kraft und mit Ideen."

Rauschen: „Wir möchten uns bei ihr bedanken."

Ich: „Eva hört es, und sie freut sich darüber, sagt sie."

Frühling: „Ich habe schon einige Hütten gesehen. Aber diese wird die Schönste und Stabilste von allen. Wir werden es im Winter schön warm und angenehm haben. Wir können deiner Eva nicht genug danken."

Ich: „Sie freut sich darüber."

Schneeflocke: „Gibt es denn gar keine Möglichkeit, sie zu sehen? Wir alle würden sie so gern einmal sehen."

Ich: „Sie hat mir gesagt, dass nur ich sie sehen kann. Ich kann sie gern noch einmal fragen."

„Eva, mein Liebling. Du hast gehört, dass meine Freundinnen dich gern sehen würden. Ist es vollständig unmöglich?", fragte ich in Gedanken.

„Eric, mein Liebling! Setzt euch alle in einen

282

Halbkreis, und umarmt euch. Legt eure Arme so umeinander, dass ihr alle Körperkontakt habt. Sie sollen sich nicht erschrecken."

„Setzt euch alle so, dass wir uns zusammen umarmen können, aber erschreckt euch nicht!", wies ich meine Freundinnen an.

Also blieben wir im Schneidersitz sitzen, und rutschten ganz eng zusammen, so dass wir uns alle umarmen und drücken konnten. Dann sahen wir auf den freien Platz vor uns.

Eva wurde sichtbar.

Sie hatte, wie so oft, ein schwarzes Kostüm, schwarze, schicke Schuhe, und eine rote Bluse an. Sie hätte sich kleiden können, wie immer sie wollte. Ihr blondes Haar trug sie heute offen, war dezent geschminkt, mit Lidschatten und roten Lippen, trug auch ihre Fingernägel in rot, und lang.

„Hallo, ich bin Eva."

„Hallo", flüsterten meine Freundinnen, und guckten gebannt auf Eva, die vor uns auf dem Boden der Veranda kniete.

„Solange ihr euch alle umarmt, könnt ihr mich sehen, denn normalerweise kann nur Eric mich sehen, weil ich ein Teil von ihm bin."

Stille.

Absolute Stille, auch die Geräusche der Natur schienen ausgeblendet zu sein. Ich lächelte als einziger meiner geliebten Eva zu, wir waren in Gedanken verbunden.

„Eva?, können auch meine Freundinnen deine Gedanken lesen, so wie ich gerade?"

„Nein, Eric. Das ist nur uns beiden möglich, obwohl du Ihre Gedanken spüren kannst; das weißt du."

Gelbe Feder war die erste, die ihre Sprache wiederfand: „Du bist wunderschön, anders als wir. Und anders, als ich es mir vorgestellt habe. Deine Haare …, und deine Augen ...!"

Tanzende Schneeflocke: „Du siehst nicht aus wie ein Mensch. Aber sehr schön."

Eva: „Es gibt Frauen, die so aussehen wie ich. Aber ich bin tatsächlich kein Mensch. Eric hat es euch schon erklärt, was ich bin."

Rote Moosbeere: „Eric hat gesagt, dass du alles gehört hast, was wir gesagt haben. Aber nun möchten wir dir noch einmal danken. Du tust sehr viel für uns."

Eva: „Ich sehe, dass ihr meinen Eric liebt, und dadurch, und auch, weil Eric euch liebt, seid ihr vor jeder Gefahr geschützt. Euch kann nichts zustoßen, solange eure Liebe hält. Ihr habt auch erfahren, dass euch Eric durch mich heilen konnte."

Frühling: „Danke."

Eva: „Frühling, du hattest ein gebrochenes Bein, und schwere Verletzungen im Bauch, weil dich die Männer besonders hart geschlagen und getreten hatten."

Frühling: „Ja."

Rauschen: „Es ist wie ein Traum."

Eva: „Es ist aber alles real. Ihr seid wach. Aber

ich sehe in euch allen den Traum, den Wunsch, mit Eric in seine Heimat zu gehen. Grundsätzlich wäre das möglich, ist aber mit vielen Gefahren verbunden, und außerdem würdet ihr Heimweh bekommen, weil es für euch hier angenehmer und friedlicher ist.

Ich zeige euch die Stadt, in der Eric zu Hause ist. Ihr dürft euch nun nicht loslassen. Auch werdet ihr euch nicht eure Ohren zuhalten können. Wir sitzen die ganze Zeit hier, und ihr dürft auch Fragen stellen. Seid ihr bereit?"

Wahrscheinlich wusste keine meiner Freundinnen, was nun passieren sollte, aber sie nickten.

Im nächsten Augenblick standen wir zusammen mit Eva vor dem Hamburger Hauptbahnhof.

Hatte ich mir nicht vor einiger Zeit, als ich mit Hanna unterwegs war, die Frage gestellt, wie es sein würde, wenn meine alaskanischen Freundinnen einmal Hamburg sehen würden?

Hinter uns die dicht befahrene Straße, Menschen rannten an uns vorbei, hatten es eilig. Gehupe, Bremsgeräusche, ein Zug fuhr in den Bahnhof ein.

Wir konnten uns umdrehen, wir konnten nach links oder rechts sehen. Wir atmeten den Großstadtgeruch ein, nahmen alles wahr.

Ein paar Minuten lang.

Meine Freundinnen wagten fast nicht zu atmen, guckten gebannt, aber nicht ängstlich, versuchten wohl, alles irgendwie zu deuten. Denn dies war eine Welt, auf die sie niemand vorbereitet hatte. Alles war vollkommen fremd.

Eva wechselte die Szenerie: Wir waren nun unten am Hafen, sahen Schiffe, riesige, aber auch kleinere. Eva hatte uns auf einer Sitzbank abgesetzt. Die typischen Gerüche des Hafens, der Elbe. Ein Schiffshorn dröhnte. Menschen liefen auch hier an uns vorbei, beachteten uns nicht, denn wir waren ja gar nicht hier. Oder?

Jemand sah uns direkt an, nickte uns sogar zu. Ich grüßte einen stillen Gruß, ein Nicken. Dieser Jemand lächelte, ich lächelte zurück.

Meine Freundinnen waren ganz gebannt. Sie schienen alles in sich aufzusaugen.

Im nächsten Moment standen wir vor unserem Haus, und ich bekam Sehnsucht. Eva merkte es natürlich, mir kamen beinahe die Tränen. Meine Mutter sah aus dem Fenster, bemerkte uns, winkte uns zu. Ich winkte zurück.

Es nieselte, wir wurden nass.

Zuletzt brachte uns Eva auf die Lichtung im Wald, wo alles begann.

Ruhe, angenehme Gerüche, Tiere beobachteten uns. Ein Specht hämmerte; es verhallte in der Ferne. Ein Eichhörnchen sah uns an, kam neugierig näher, nahm dann aber Reißaus.

Es war Herbst, einige Blätter segelten zu Boden. Alles war friedlich, roch gut, nach Wald, Pilzen, Herbstlaub.

Ein paar Minuten lang.

Meine Freundinnen sogen den Duft des Waldes auf, lächelten, waren aber sonst mucksmäuschenstill.

Ein leichtes Zuckeln, und die Imagination verschwand. Immer noch saßen wir auf unserer neuen Veranda, und Eva vor uns.

Sie lächelte uns an.

Wir hielten uns immer noch umarmt fest, denn sonst wäre Eva für meine Freundinnen nicht mehr sichtbar gewesen. Ich war absolut beeindruckt von ihrer Auffassungsgabe.

Tanzende Schneeflocke war die erste, die etwas fragen wollte: „Ich habe einige Frauen gesehen, die auch so helle Haare hatten wie du. Und irgendwann möchte ich auch so schöne Kleider tragen wie du. Dürfen wir einmal sehen, was du darunter trägst?"

„Du meinst, unter diesem Rock?", fragte Eva und zeigte darauf.

„Ja!", nickte Tanzende Schneeflocke.

Eva schien das lustig zu finden, das konnte ich in ihren Gedanken sehen. Sie stand auf, und schob sich ihren Rock hoch. Darunter kam ein Spitzenslip zum Vorschein. In dem selben Rot, wie das Rot ihrer Bluse.

Alle meine Freundinnen gaben anerkennende Töne von sich.

Rote Moosbeere: „Schade, dass wir uns nicht loslassen dürfen. Ich würde dich zu gern berühren, und auch das, was du anhast. Es ist wunderschön."

Frühling: „Bist du dir sicher, dass du kein Mensch bist?"

Eva: „Ja, absolut. Ich bin ein Computer. Eric hat es euch erklärt."

Tanzende Schneeflocke: „Wie heißt das, was du unter dem Rock trägst?"

Eva: „Das ist ein Spitzenslip."

Tanzende Schneeflocke: „Und unter deinem Spitzenslip … hast du da eine normale Muschi, so wie wir auch?"

Eva: „Ja, das habe ich."

Gelbe Feder: „Dürfen wir sie sehen? Ich möchte irgendwann auch so einen Spitzenslip haben."

Rauschen: „Hast du schon mit Eric geschlafen?"

Eva: „Ja, das habe ich."

Eva zog sich im Stehen den Slip aus, setzte sich vor uns hin, und zeigte meinen Freundinnen, was sie sehen wollten.

Frühling: „Du hast dort etwas dunklere Haare. Es sieht gut aus. Aber alles an dir sieht anders, fremd, aus. Wie kann es sein, dass du normalerweise in Eric drin sein kannst? Du bist fast groß wie er."

Eva: „Das, was ihr seht, ist nicht wahr. Es ist so etwas wie eine reelle Illusion. Was ich euch gerade in Erics Heimat gezeigt habe, war auch nicht wahr. Nur dass es dort wirklich so aussieht."

Frühling: „Das ist verwirrend. Mir hat es keine Angst gemacht."

Tanzende Schneeflocke: „Mir auch nicht. Ich möchte ein andermal wieder dort hin."

Gelbe Feder: „Ich auch."

Rauschen: „Ich auch. Es ist ganz anders. Aber es riecht auch anders. Am besten hat es im Wald gerochen. Ist das der Platz, wo ihr euch kennengelernt habt?"

Eva: „Ja, dort haben wir uns das erste Mal getroffen. Und das ist auch der Ort, an dem Eric mich aufgenommen hat. Aber es war im Frühling."

Rote Moosbeere: „War das in dem Haus Erics Mutter?"

Ich: „Ja, das war meine Mutter."

Rote Moosbeere: „Und der Mann an dem Wasser, ... kanntest du ihn, Eric?"

Ich: „Nein. Bei uns gibt es auch Menschen, die freundlich sind."

Rote Moosbeere: „Auch andere, die nicht freundlich sind?"

Ich: „Ja, leider."

Es wurde langsam dunkel, und wir mussten hier abbrechen.

Frühling: „Es war schön, dich kennengelernt zu haben, Eva."

Alle anderen sagten das Gleiche. Sobald wir uns losließen, war Eva nicht mehr sichtbar. Wir räumten zusammen, und nahmen alles mit in unsere Hütte.

Eigentlich waren wir alle müde, aber so schnell konnten meine Freundinnen nicht abschalten. Noch im Bett, unter den vielen Decken, unterhielten sie sich weiter. Immerhin hatten sie einander, um sich auszutauschen.

Bei meinem ersten Erlebnis mit Eva, hatte ich nur

Eva, mit der ich meine Gedanken austauschen konnte. Nicht, dass das nicht ausreichte, aber für meine Freundinnen war es noch viel unwirklicher, als für mich, der ich durch Science-Fiction und andere Ideen auf Solcherlei eine gewisse Vorbereitung innehatte.

Noch bevor ich einschlief, hörte ich wieder die Wölfe in der Ferne heulen, und mir kam der Gedanke, ob sie uns nicht bei der Karibu-Jagd helfen könnten. Aber dazu musste ich erst einmal Kontakt zu ihnen aufnehmen.

*****

Am nächsten Morgen erzählte mir Eva, dass meine Freundinnen noch lange wach geblieben waren, als ich schon längst eingeschlafen war.

Alle waren von Eva sehr beeindruckt, und von dem, was sie sie in einer quasi *Drei-D-Illusion* hatte erleben lassen. Das meiste des Erlebten konnten sie gar nicht einordnen, und ich war überrascht, dass sie vorwiegend auf die Menschen geachtet hatten, auf ihre Bewegungen, wie sie gekleidet, wie sie miteinander umgegangen waren.

Und dieser Spitzenslip war das größte Erlebnis. Alle wollten so etwas irgendwann einmal besitzen.

Also schloss ich daraus: Maße nehmen, damit ich in Hamburg fünf passende Slips für meine Freundinnen kaufen konnte.

Würde ich mich als Junge jedoch überhaupt in

die Damenwäscheabteilung wagen, und außerdem dort auch einkaufen? Aber das musste ich dann wohl tun!

„Eric, mein Süßer. Frag mich!, ich kenne alle ihre Konfektionsgrößen."
„Oh!, danke Eva. Dann haben wir das Überraschungsmoment auf unserer Seite."
„Richtig, Eric."

Heute morgen war ich der Erste, der wach war. Es dämmerte, und wurde schon langsam hell.
Unter den vielen Felldecken war es gemütlich und warm. War es nun meine Aufgabe, erst einmal das Feuer zu entfachen, und die Vögel und den Bären zu versorgen?
„Gut!", dachte ich. „Dann muss ich es wohl tun."

Zuerst entzündete ich mit einem Holzspan eine der Tranlampen, schürte als Nächstes das Feuer, schnitt fünf Fleischstücke, und brachte sie nach draußen.
Die vier Vögel beäugten mich, der Bär war auch schon zur Stelle. Ihm gab ich zuerst seine Belohnung, und wartete, während er fraß.
„Lieber Bär, mein Freund. Würdest du mir einen Gefallen tun?"
Der Bär legte sich hin, kaute weiter, ließ einen freundlichen Grummelton vernehmen, aus dem ich schloss, dass ich reden sollte.
„Du hast es doch bestimmt im Blick, wann die Lachse eintreffen. Wir könnten gemeinsam Fische

fangen, und wir belohnen dich, wenn du uns mit dem ersten Lachs zeigst, den du in diesem Jahr fängst, dass es losgeht."

Aus seinem Brummton schloss ich, dass er einverstanden war, umarmte ihn, als er seine Mahlzeit beendet hatte, und er ging wieder seiner Wege.

Dann wandte ich mich den Vögeln zu, und bat sie zu mir, legte ihr Fleisch aus, und begann: „Hallo meine Freunde! Darf ich euch auch um einen Gefallen bitten?"

Sie beobachteten mich.

„Wenn die Karibus kommen …, könnt ihr uns dann Bescheid geben, indem ihr mir ein Büschel von ihren Haaren bringt, und uns aus der Luft zeigt, wo sie vorbeiziehen?"

In der Hoffnung, dass sie mich verstanden hatten, ließ ich sie zurück zu ihren Ansitzen fliegen.

Aber wie sollte ich mit den Wölfen in Verbindung treten? Bis jetzt hatte ich nur ihr Heulen gehört. Aber ohne eine Belohnung im Voraus wollte ich sie um nichts bitten.

„Eva, meine Liebste."

„Eric, mein Süßer. Ich weiß, was du möchtest. Das Wolfsrudel befindet sich ein paar Kilometer von hier. Nimm dir ein großes Stück Fleisch, gehe einige Schritte aus dem Lager, und fange an zu heulen. Ich werde dich leiten."

„Okay. Danke Eva."

Ich ging zurück, nahm ein Stück Fleisch aus einer Vorratsgrube, deckte sie wieder zu, und sobald ich vor dem Lager war, formte ich meine Hände zu einem Trichter, und versuchte das Wolfsgeheul nachzuahmen.

Diese Töne liebe ich! Es sind Töne, die mich immer, wenn ich sie zum Beispiel im Fernsehen sehe und höre, zum Einstimmen bewegen.

Nun lauschte ich.

„Eric, deine Freundinnen sehen dir zu."
„Danke, Eva."

Ich drehte mich zu ihnen um, winkte ihnen, gab ihnen jedoch durch Zeichen zu verstehen, dass sie von dort, wo sie waren, zusehen sollten.

Erneut rief ich, wartete eine Weile, rief dann ein drittes Mal, und horchte wieder.

Da! Jemand antwortete.

Ein viertes Mal ahmte ich das Wolfsgeheul nach.

Antwort! Und zwar schon näher.

Ein fünfter, langgezogener Ruf von mir. Diesmal waren es mehrere Antworten. Sie mussten schon fast hier in der Nähe sein. Und mit Sicherheit kannten sie unser Lager.

Um keine Bedrohung darzustellen, setzte ich mich auf den Boden, beobachtete mein Sichtfeld.

„Krah!"

Aha! Die Raben hatten unsere Besucher schon ausgemacht. Niemand konnte sich ungesehen anschleichen, noch nicht einmal ein Wolf.

Gut zu wissen!

Kurze Zeit später sah ich sie. Scheu, aber neugierig.

„Hallo, ihr Wölfe! Habt keine Angst vor mir, meine Freunde. Ich bin Eric, und tue euch nichts. Ich möchte euch um einen Gefallen bitten. In wie viele Teile soll ich dieses Fleischstück schneiden? Wie Viele seid ihr?"

Nun kamen sie ohne Scheu aus ihrer Deckung, zeigten, dass sie zu acht waren. Beeindruckend! Die Leitwölfin kam auf mich zu, hielt aber einen Abstand ein, ihr Rudel hatte leicht hinter ihr Stellung bezogen.

Das Fleischstück zerteilte ich in acht Teile, wobei das Stück für die Anführerin etwas größer ausfiel. Sie bekam ihren Anteil als Erste. Ich legte es so, dass sie noch etwas weiter auf mich zukommen musste. Ich wollte es nicht werfen, sondern legen. Die übrigen Fleischstücke positionierte ich rechts und links davon.

„Wartet bitte! Hört mich zuerst an. Wenn die Karibus kommen, brauchen wir eure Hilfe bei der Jagd auf sie. Wenn ihr uns helft, bekommt ihr euren Anteil an der Beute.

Die Vögel dort in den Bäumen werden uns darüber informieren, wann die Karibus vorbeiziehen. Dann werde ich euch wieder rufen.

Wenn ihr einverstanden seid, möchte ich euch bitten, zu mir zu kommen, und mich mit euren Schnauzen zu berühren."

Ich wartete.

Die Wölfe schienen zu überlegen, die Leitwölfin sah nach hinten zu ihrem Rudel, und nun kamen sie alle zu mir, und berührten mich mit ihren Köpfen. Ganz flüchtig, leicht zögernd, traten aber sofort zurück, nahmen sich ihre Belohnungen, und waren wieder zwischen dem Gestrüpp verschwunden.

Sagenhaft!

Sagenhaft!

Ich hatte noch nicht einmal Angst gehabt.

Zu dumm! Wie gern hätte ich ein Selfie von dieser Begegnung gemacht! Aber mein Smartphone lag in der Hütte.

Ich wartete noch einen winzigen Moment, denn ich wollte niemanden erschrecken. Aber die Wölfe waren bestimmt schon weit weg. Also stand ich langsam auf, drehte mich um, und ging zu meinen Freundinnen.

„Auch solche Dinge werden in dem Lied über dich erzählt werden", begrüßte mich Frühling.

Nacheinander umarmte ich alle meine Freundinnen, küsste sie herzlich, und drückte sie alle.

„Die Idee ist sehr gut, Eric", sagte Schneeflocke.

„Danke. Aber mittlerweile wisst ihr, von wo meine Ideen kommen."

Rauschen: „Ja. Ich habe von Eva geträumt. Ganz wunderbar. Macht sie auch die Träume?"

Ich: „Das muss ich sie fragen."

„Nein, Eric. Rauschen hat nur verarbeitet, was sie gestern gesehen hat."

„Danke Eva."

„Eva sagte, dass sie diese Träume nicht gemacht hat. Ihr habt nur verarbeitet, was ihr gestern gesehen habt."

Gelbe Feder: „Ich habe auch von ihr geträumt. Und von der Stadt, wo wir waren."

Tanzende Schneeflocke: „Ich auch. Können wir das bald wieder machen?"

Ich: „Ja, das können wir. Mir macht das auch Spaß."

Rauschen: „Gibt es diese Spitzenslips auch in anderen Größen? Zum Beispiel für mich?"

Ich: „Ja, es gibt sie auch in deiner Größe."

Schneeflocke: „Eric, warum hast *du* nicht so einen Spitzenslip?"

Ich: „Für mich?"

Schneeflocke: „Ja?!"

Ich: „Liebe Schneeflocke. So etwas tragen nur Männer, wenn sie ausschließlich andere Männer lieben."

Schneeflocke: „Was meinst du damit?"

Frühling: „Ja, was meinst du damit?"

Ich: „Es gibt Männer, die nicht mit Frauen schlafen, sondern mit Männern."

Rauschen: „Wirklich? Warum? Wo stecken sie ihren Penis rein?"

Ich: „Entweder in den Po, oder in den Mund ihres Geliebten."

Alle fünf Frauen sahen sich ratlos an.

Ich: „Glaubt ihr mir nicht?"

Schneeflocke: „Nein, das glauben wir nicht."

Ich: „Es ist aber so. Wollen wir frühstücken?"

Gelbe Feder: „Ja. Aber vorher musst du mich stärken."

Ich: „Wie denn?"

Gelbe Feder: „Du weißt genau, was ich meine!"

Ich: „Aha!"

Gelbe Feder: „Was bedeutet dieses *Aha*?"

Ich: „Es bedeutet so viel wie: *Ah*, oder *Ach so*!."

Gelbe Feder: „Vielleicht auch so viel wie: *Okay*?"

Ich: „*Okay* wäre eine Zustimmung, *Aha* wäre ein Erstaunen."

Gelbe Feder: „Sag mal: Okay!"

Ich: „Okay."

Gelbe Feder: „Danke. Du hast zugestimmt!"

Ich: „Sehr gut, Gelbe Feder! Das was sehr gut!"

Gelbe Feder: „Ja, das weiß ich. Ich bekomme immer, was ich will."

Jetzt kicherten alle.

„Ich finde, ihr alle solltet immer bekommen, was ihr wollt", erwiderte ich. „Ihr wisst, dass ich euch sehr liebe."

Selbstverständlich brauchten alle eine Stärkung, und für mich bedeutete es reines Vergnügen.

Toll!

Heute verstrichen wir Fugen mit Lehm, legten letzten Schliff an, verschlossen den Unterbau der Blockhütte nach außen hin ab, so dass der Wind nicht darunter durchstreichen konnte, denn das würde sonst Auskühlung nach sich ziehen.

Die Schwitzhütte, die Toilette, ein Waschraum waren auch fertig. Nun musste noch ein Teil des Baches umgeleitet werden, und ein paar Regale sollten auch noch entstehen.

Dann wollten wir alles ein wenig ruhen lassen, damit die Lehmfugen trocknen konnten.

Wir hatten uns entschlossen, die alte Hütte stehen zu lassen. Lediglich das Bett-Podest wollten wir abbauen, und in der neuen Hütte wieder aufbauen.

In der neuen Hütte hätten wir es zwar aus wärmetechnischen Gründen nicht gebraucht. Wir hätten uns direkt auf den Boden legen können, aber so würden wir darunter noch zusätzlichen Stauraum haben, und den brauchten wir, wir waren immerhin zu sechst.

Die alte Hütte konnten wir als Trockenraum, als Lagerraum, oder für sonst etwas nutzen.

Beeren, Pilze, Kiefernzapfen.

Mit Körben und Tragegestellen ausgerüstet durchstreiften wir die Umgebung, hatten aber auch unsere Waffen dabei, falls wir Schneehühnern oder Schneehasen begegnen sollten.

Es gab eine Unmenge an verschiedenen Beeren. Viele kannte ich aus meiner eigenen Heimat, oder aus Skandinavien. Aber wir fanden auch viele Pilze. Gut dass sich die Frauen mit allem so gut auskannten. Bei Pilzen bin eher vorsichtig.

Auf einem weiten Plateau-ähnlichen Hochmoor sammelten wir gerade Moltebeeren, Heidelbeeren, Moosbeeren, die wir später trocknen wollten.

Ein warmer, schöner Nachmittag.

Neben mir erhob sich Frühling aus ihrer gebückten Haltung, um sich zu strecken. Ich tat es ihr gleich, guckte sie an, und empfand auf einmal so eine überwältigende Liebe zu ihr, dass ich sie einfach umarmen, und küssen musste.

Unsere Zungen fanden so schnell ihren Weg zueinander, dass wir fast taumelten. Ich war fasziniert von ihren weiblichen Formen, die ich ertastete; ihr Körper zog mich so magisch an.

„Frühling!, ich liebe dich!"

„Eric! Ich dich auch, aber ich könnte deine Mutter sein."

„Was meinst du damit?"

„Eric, ich bin eine alte Frau. Ich bin nicht so schön wie Gelbe Feder, oder vielleicht wie Schneeflocke."

„Frühling, du bist eine sehr schöne Frau. Und außerdem bin ich froh, dass du hier bist, dass du noch lebst."

Jetzt hatte sie Tränen in ihren Augen. Ich wischte sie ihr mit meinen Fingern ab, küsste sie wieder.

„Frühling, bitte denke niemals, dass ich dich nicht lieben könnte. Du bist sehr schön und begehrenswert."

„Danke Eric."

„Kein Danke. Liebe braucht kein *Danke*."

„Trotzdem, Eric. Deine Nähe tut gut."

Wir hielten uns umarmt, und meine Liebe zu ihr wuchs noch mehr. Nun aber hatten die anderen bemerkt, dass wir uns festhielten, und sie brauchten alle ihre Streicheleinheiten.

Erst umarmte ich jede einzeln, dann bildeten wir ein großes Knäuel, und irgendwann setzten wir unsere Sammeltour fort.

Wir hatten sogar ein wenig Jagdglück: drei Schneehühner, die die Frauen einfach mit Stöcken erschlagen hatten, weil die Hühner auf ihre Tarnung vertraut hatten, und zwei Schneehasen. Einen erlegte Rauschen mit Pfeil und Bogen, einen ich auf die gleiche Weise.

Zurück Zuhause breiteten wir die Beeren in der neuen Hütte aus, das Wild hängten wir nur auf, das könnten wir auch morgen versorgen.

Heute sollte unsere letzte Nacht in der alten Hütte sein. Und da es schon dämmerte bereiteten wir unser Mahl drinnen, tranken Tee, und genossen unseren letzten Abend hier.

Ich griff zu meinem Rucksack, tat, als suchte ich darin etwas, und bat Eva in Gedanken:

„Eva, mein Schatz. Bring mich bitte nach Hause."

„Gern Eric."

Kapitel 9

Genau in dem Moment, in dem ich vor einigen Tagen hier aufgebrochen war, saß ich, ohne dass auch nur eine Minute vergangen wäre, wieder hier auf meinem Bett, legte mich hin, und schlief ein.

In meinen Armen hielt ich Eva, spürte ihre Wärme, sagte ihr noch, wie sehr ich sie liebte, und war weg.

Frühstück.

„Hast du gut geschlafen?", fragte meine Mutter, als ich mir gerade Kaffee eingoss, und ich musste an die Szene denken, als sie meinen Freundinnen aus Alaska und mir, aus dem Fenster zuwinkte.

„Ja, bestens Mutti."

Ich stand noch einmal auf, und gab ihr einen Kuss.

„Was ist mit mir?", fragte mein Vater, und ich gab auch ihm einen Kuss.

Dies kam äußerst selten vor, aber ab und zu gab ich auch ihm einmal einen Kuss.

„Weißt du was ich geträumt habe, Eric?"

„Nein, Mutti. Aber du wirst es bestimmt gleich erzählen."

Ich saß wieder auf meinem Platz, und bestrich

mir mein Toastbrot mit Butter und Moltebeeren-Marmelade.

Mutti: „Ich sah aus dem Fenster, und draußen standest du mit fünf indianischen Frauen. Ich winkte dir zu, und du winktest zurück."

Beinahe wäre mir das Messer aus der Hand gefallen, so geschockt war ich, versuchte aber, mir nichts anmerken zu lassen.

„Das ist toll, Mutti. Und sahen sie gut aus?"

Mein Vater beobachtete uns.

„Eric!", betonte meine Mutter. „Schon als kleiner Junge hast du immer von Indianermädchen geschwärmt. Ja, sie sahen gut aus. Ich fand sie richtig schick. Eine von ihnen war eine regelrechte Schönheit, eine war ein bisschen korpulenter, eine war etwas älter, als die anderen, und eine von ihnen war so in deinem Alter, die fünfte wirkte so, als hätte sie das Sagen."

„Aha!", kommentierte dies mein Vater.

Mutti: „Sag mal Eric!, diese vielen Mädchen in letzter Zeit …, hat das etwas zu bedeuten?"

Ich: „Bestimmt!"

Papa: „Aber es ist privat?"

Ich nickte und antwortete: „Macht euch keine Sorgen.", und in diesem Augenblick klingelte es.

Mutti: „Wer kann das sein?"

Ich: „Ich seh mal nach."

Es waren Sabine und Nicole, sie wollten mich zur Schule abholen, kamen mit in die Küche, und setzten sich zu uns.

Ich: „Sabine und Nicole kennt ihr ja."

Mutti: „Selbstverständlich. Schön, dass sie hier sind. Möchten sie einen Kaffee trinken?"

Auch mein Vater begrüßte die beiden, die den Kaffee jedoch ablehnten.

Ich beendete mein Frühstück, nachdem ich meinen Kaffee ausgetrunken, und meinen Toast aufgegessen hatte, und gab meinen Eltern zum Abschied einen Kuss.

Sabine, Nicole und ich gingen zum Bus.

Ein herrlicher Tag begann, und es versprach warm zu werden.

Frau Ziegeler ließ ihren Blick wie gewohnt durch unsere Klasse schweifen. Kein Lächeln, nicht einmal der Ansatz davon. Als aber ihre Augen meinen begegneten, war für den Bruchteil einer Sekunde eine Erhellung wahrzunehmen, die aber wohl nur ich bemerkte.

Bestimmt dachten wir beide in diesem Augenblick das Gleiche: Vielleicht, dass ich ihre Muschi geküsst hatte?

Auf dem Weg zur Toilette begleitete mich Janette, und wartete draußen auf mich.

Gerade als ich wieder auf den Flur trat, kam Frau Rossni vorbei geeilt, zwinkerte mir zu, und ich begrüßte sie: „Guten Morgen Frau Rossni."

Gern hätte ich noch dazu gesagt, dass sie umwerfend aussah, tat es aber nicht. Denn so etwas darf ein Schüler seiner Rektorin in der Schulöffentlichkeit nicht sagen. Sie zwinkerte mir ein zweites Mal zu, und war auch schon verschwunden.

Janette: „Was war denn *das*, Eric? Die ist doch sonst so arrogant."

Ich: „Keine Ahnung. Du, Janette, siehst jedenfalls umwerfend aus. Ich liebe dich."

Janette: „Wirklich? Ich dich nämlich auch."

Wir küssten uns, und gingen auf den Schulhof, wo die anderen schon auf uns warteten.

„Eva, mein Liebling."

„Ja, Eric? Du fragst dich, was es mit dem Traum deiner Mutter auf sich hatte."

„Ja. Mir wäre beinahe mein Herz stehengeblieben. Waren wir denn hier in Hamburg gewesen?"

„Nein, Eric. Ihr wart die ganze Zeit über in Alaska. Eine Zeitreise? Ich arbeite noch daran, denn irgendwann wird der Wunsch deiner Freundinnen so stark werden, dass ich darauf vorbereitet sein will. Aber die Generierung ist so real gewesen, weil ich deine Mutter auch mit einbezogen habe."

„Oh! Du hast ja gesagt, dass du fast alles kannst. Es ist wirklich kaum zu fassen. Danke, Eva."

„Na, grübelst du schon wieder?"

Ella stand neben mir.

„Hallo Ella!", gab ich ihr einen Kuss.

„Na, ihr beiden?", kam von Lea. „Wie sieht es bei euch mit Schwimmen aus? Das Wetter ist heute so schön!"

Ich: „Gute Idee! Ich bin dabei."

Ella: „Ich auch. Wer kommt denn alles mit?"

Lea: „Bis jetzt: Ihr beide, Janette, ich, Nicole, Sabine und Hanna."

Bei der Erwähnung ihres Namens grinste Hanna uns zu und kam heran geschlendert, blies eine Dampfwolke in meine Richtung, und bildete ein stummes *Ich liebe dich* mit ihren Lippen.

Ich: „Ich dich auch, Hanna."

Lea: „Dann um vier vor dem Freibad?"

Das gab mir noch genügend Zeit, um für meine Freundinnen in Alaska einzukaufen, denn ich wollte ihnen ihre begehrten Spitzenslips und Tee mitbringen.

Also ließ ich mich gleich nach der Schule von Eva erst nach Hause bringen, um meine Badesachen zu holen, und danach in die Stadt.

Nun ging ich gerade durch ein Kaufhaus, suchte die Damenwäscheabteilung, und überlegte, wie ich es am besten anstellen sollte.

„Bleib ganz locker, Eric. Dass ein Mann Damenunterwäsche kauft, ist ganz normal. Ich bin bei dir."

„Mir wäre es lieb, wenn *du* dies für mich machen könntest, Eva."

„Eric, mein Süßer. Sieh dich ein wenig um!, ich

werde dir eine nette Verkäuferin schicken. Sie wird dir gefallen."

„Aber *ich* hoffentlich nicht *ihr*!"

„Na!, Eric sag nicht so etwas! Warts ab."

Ein wenig unbeholfen und leicht gehemmt, versuchte ich, cool zu wirken, und sah mich um. Alles teuer, aber sehr schön: Wirklich!, Damenunterwäsche hat ihren Reiz.

Nun war ich jedoch ziemlich überfordert.

„Darf ich ihnen helfen?", fragte hinter mir eine helle, liebliche Stimme.

Wie ertappt, drehte ich mich um, und sah in das wunderhübsche Gesicht einer Verkäuferin, die nur wenig älter als ich zu sein schien.

„J ..ja", stotterte ich.

„Sie stehen hier etwas verloren. Wenn ich ihnen einen Tipp geben darf …?"

„Gern."

„Sie möchten ihre Freundin beglücken?"

Wahrscheinlich lief ich rot, oder zumindest rötlich, an, aber ich nickte, und sagte etwas leiser: „Fünf."

„Fünf?", fragte sie.

„Ja."

„Fünf Freundinnen? Ist das ernst gemeint?"

„J .. ja. Äh .. nein. Es sind mehr."

„Sie haben mehr als fünf Freundinnen?"

Unmerklich nickte ich.

„Oh, ich verstehe", flüsterte sie jetzt schon fast, „aber sie möchten vorerst nur fünf von ihnen etwas schenken. Verraten sie mir denn, wie viele es wirklich sind?"

„Nein."

„Schade. ... Nun gut. Wissen sie denn die Konfektionsgrößen der Damen, die sie beschenken wollen?"

„Einmal achtundvierzig, einmal zweiundvierzig, und dreimal vierundvierzig."

„Gut, sehr gut!", lobte mich die Verkäuferin. „Welche Farbe bevorzugen sie?"

„Rot! Ein kräftiges Rot."

Sie machte mir ein Zeichen, ihr zu folgen, und zeigte mir verschiedene Modelle. Aber die waren alle recht teuer. Das gab mein Budget nicht her.

„Entschuldigen sie bitte! Ich bin noch Schüler. Gibt es denn auch günstigere Modelle?"

„Ah, verstehe! Ja selbstverständlich. Kommen sie! Ich finde das gut, was sie machen."

„Ja?", fragte ich.

Sie lächelte mir zu, und half mir beim Aussuchen.

Neben mir stehend, flüsterte sie mir zu: „Sind es mehr als zehn?"

Ich nickte.

„Mehr als zwanzig?"

Wieder nickte ich.

„Aber wahrscheinlich haben sie niemals Langeweile, und noch seltener Zeit, oder?"

„Wie meinen sie das?", sah ich sie fragend an.

„Ach, nur so! Ich glaube, ich kann ihre Freundinnen verstehen."

Sie sagte es, stellte sich noch dichter an mich,

und schoss schnell ein Selfie.

„Darf ich ihnen das Foto zuschicken?", fragte sie nun.

„Schlau!", dachte ich, sie wollte offensichtlich meine Telefonnummer.

Jetzt fand ich, dass so viel Mühe belohnt werden musste, und zeigte ihr auf meinem Smartphone meine Nummer.

Sie heißt Nele, brachte mich zur Kasse, lächelte mich zuckersüß an, und verschwand.

„So, jetzt noch Tee kaufen, und dann ab ins Schwimmbad", dachte ich, besorgte gleich zwei Kilo davon, und mein Rucksack war nun prall gefüllt.

„Eric, mein Süßer, das war doch toll, oder?"

„Ja. Danke Eva. Diese Nele war eine große Hilfe."

„Und süß war sie doch auch, oder, Eric?"

„Ja, Eva. Aber mittlerweile möchte ich wohl keine neuen Bekanntschaften mehr."

„Nein? Schade Eric. Mir macht das Spaß!"

„Das merke ich, Eva. Trotzdem, es ist schön, danke."

„Okay Eric! Jetzt gehst du bitte noch in ein Handy-Reparatur Geschäft. Wir brauchen ausgemusterte Smartphones, besser gesagt, deren Innenleben."

„Für deine Geschäftsidee?"

„Richtig, Eric. Wir müssen bald einmal damit anfangen. Ich zeige dir, welches Geschäft ich gut finde."

Ein paar Minuten später hatte ich den Laden gefunden, und trat ein.

Für läppische zwölf Euro kaufte ich eine ganze Tüte voll Edelschrott.

Eva brachte mich noch schnell nach Hause, damit ich meine Einkäufe dort deponieren konnte, und setzte mich danach unweit des Schwimmbades ab.

Aus der Ferne sah ich, dass meine Freundinnen schon auf mich warteten.

„He, du bist aber spät!", tadelte mich Lea.

Ich schaute auf mein Smartphone: Tatsächlich, es war schon fünf nach vier.

„Tschuldigung, dafür gebe ich gleich ein Eis aus."

„Das hört sich gut an!", entgegnete Lea, und war schon wieder versöhnt.

Ich umarmte und küsste meine Freundinnen, und sagte, dass ich sie schon vermisst hatte.

Sobald wir ein schönes Plätzchen gefunden, und unsere Decken ausgebreitet hatten, zog sich ein Mädchen nach dem anderen aus, und wieder einmal war ich von meinen Freundinnen in ihren Bikinis begeistert.

„Ihr seht alle so wunderschön aus! Ich gehe mal Eis holen."

„Warte, ich helfe dir tragen", kam von Janette, und zusammen gingen wir zum Kiosk.

„Sag mal Eric? Kann ich heute Abend zu dir

kommen?"

„Toll! Na klar!"

„Irgendwann möchte ich vielleicht auch mal über Nacht bleiben."

„Das fände ich klasse, Janette."

„Was würden deine Eltern dazu sagen?"

„Keine Ahnung. Was würden denn deine Eltern sagen? Hattest du schon mal Jungen-Besuch über Nacht?"

„Noch nie. Ich würde mich noch nicht einmal trauen, sie zu fragen."

„Ich weiß auch nicht, ob ich es könnte. Meine Eltern ..."

„Was ist mit deinen Eltern, Eric?"

„Ach ich weiß nicht ..., in letzter Zeit bin ich ein wenig durcheinander. Und meine Eltern wundern sich wegen mir."

„Wir auch, Eric. Du hast etwas, was uns ..., und mich auch ... magisch anzieht."

„Eric!", umarmte mich Janette spontan und küsste mich wie eine Ertrinkende.

„Janette, ich liebe dich!"

Jetzt merkte ich allerdings, dass sich etwas in meiner Badehose tat.

„Janette!, lass uns lieber Eis holen, sonst weiß ich nicht, wie ich mit der Beule in meiner Badehose umgehen soll."

„Okay, hihi. Egal was passiert, ich liebe dich. Vergiss das nie."

„Du genauso wenig. Ich liebe dich auch, Janette."

„Na, ihr beiden!", begrüßte uns Lea, als wir wieder zurück waren, „wir haben alles gesehen."

„Auch auf die Entfernung?", wollte ich wissen, und grinste. Wir verteilten das Eis, und machten es uns auf den Decken gemütlich.

„Eva?, mein Liebling."

„Eric, mein Schatz. Ich weiß, was dich quält."

„Ja, Eva. Bald halte ich es nicht mehr aus. Ich würde meinen Freundinnen so gern die Wahrheit erzählen, mich ihnen offenbaren, sozusagen. Aber was würde dann passieren?"

„Vertrau mir, Eric. Keine von ihnen würde dich jemals verlassen."

„Nein? Das wäre so schön, weißt du? Denn jede von ihnen liebe ich über alles. Kannst du sie beeinflussen?"

„Eric mein Süßer. Sie sind alle von mir beeinflusst. Aber ich sehe noch etwas. Dir sind alle zusammen zu viel?"

„Eva, mir wäre es lieb, wenn es nicht so viele wären. Aber zwanzig? Wenn es Lea, Janette, Ella, Hanna, Nicole und Sabine wären. Ab und zu Frau Ziegeler, und auch Frau Rossni und ihre Freundin ab und zu einmal …, das wäre schon mehr als genug. Und dann sind da auch noch meine Freundinnen in Alaska!"

„Okay, Eric, vertrau mir, es wird nichts Schlimmes passieren. Sie sind alle Wachs in deinen Händen, sie werden alles verstehen, und dich niemals verlassen. Sag ihnen, dass du ihnen etwas erzählen willst. Ihr müsst euch alle zusammen berühren, dann werdet ihr mich sehen. Entweder redest du, also ich durch dich, oder ich rede."

„Danke Eva. Okay. Aber sie müssen dies wie ein Geheimnis versiegelt in sich behalten. Kannst du das auch machen?"

„Eric, das habe ich schon getan."

„Danke Eva."

„Träumst du schon wieder?", fragte Hanna.

Lea: „War ich vorhin zu forsch, Eric?"

Ich: „Wie? Ach nein."

Lea: „Du nimmst es mir nicht übel?"

Ich: „Niemals! Ich liebe dich, Lea."

Lea: „Das ist gut! Ich dich nämlich auch."

Ella: „Und ich auch."

Hanna: „Ich auch."

Nicole: „Du weißt es, ich auch Eric."

Sabine: „Ich auch."

Janette: „Ich auch, das weißt du ja."

Lea: „So, und nun erzählst du uns, warum du immer so traurig bist."

Ich: „Merkt man das?"

Ella: „Ja, wir merken es. Und irgendwie machen wir uns alle Sorgen."

Lea: „Möchtest du nicht einmal über das reden, was dich immer so beschäftigt?"

Ich: „Es ist etwas Schwerwiegendes."

Janette: „Bist du krank?"

Ich: „Nein, es ist ein Geheimnis."

Nun sahen mich alle ganz gebannt an.

Sabine: „Kannst du darüber reden? Wir werden

alle schweigen. Ich verspreche es!"

Alle stimmten ein.

Ella: „Hat es etwas mit deiner Veränderung zu tun?"

„Ja", bestätigte ich.

Unser Eis war längst vertilgt, und meine Freundinnen sahen mich erwartungsvoll an, und ich wusste immer noch nicht, wie ich am besten anfangen sollte.

„Es ist etwas, worauf ihr niemals kommen würdet, deshalb möchte ich es euch zeigen. Normalerweise bin ich der einzige, der es, oder besser gesagt: *sie*, sehen kann."

Ella: „Sie? Ist es eine Frau?"

Ich: „Sie heißt Eva, und ist ein Computer."

Hanna: „Jetzt verstehe ich gar nichts mehr. Wieso kannst du einen Computer sehen, und wir nicht?"

Alle sprachen auf einmal durcheinander, und ich wartete, bis sich alle beruhigt hatten.

„Ihr braucht Körperkontakt zu mir. Wir fassen uns alle an, und dann werdet ihr sie sehen. Sobald wir uns loslassen, ist sie wieder weg. Es ist allein ihre Entscheidung, sich euch zu zeigen. Ich kann sie sehen, so oft ich will, denn normalerweise lebt sie in mir."

Ella: „Sie *lebt* in dir?"

Janette: „Kommt!, machen wir es, sonst werden wir wohl nichts sehen. Ich bin schon ganz gespannt.

Was ist mit den Leuten hier im Schwimmbad."

Ich: „Nein, die können nichts sehen."

Sabine: „Wir werden wahrscheinlich aussehen, als ob wir Mitglieder einer Sekte sind."

Nicole: „Müssen wir die Augen zumachen, und darauf warten, dass sie dann kommt?"

Ich: „Nein. Dann würden wir sie nicht sehen. Wir setzen uns im Halbkreis, fassen uns an, und dann werden wir sie sehen."

Lea: „Okay. Machen wir es."

Also setzten wir uns im Halbkreis mit der Sonne im Rücken. Meine Freundinnen in Alaska waren da einfacher. Aber wir hier, in unserer aufgeklärten Zeit?

Gerade waren wir alle verbunden, und guckten auf den lehren Platz vor uns, da wurde wie aus dem Nichts Eva sichtbar, und lächelte uns an.

„Hallo!", sagte sie so leise, dass wir sie alle verstehen konnten, aber auch nicht lauter.

„Ich bin Eva."

Eva trug, wie meine Freundinnen auch, einen Bikini, in einem zarten Rosé. Ihr blondes Haar war heute hochgesteckt. Seltsamerweise passten die langen roten Fingernägel und die roten Lippen zu der Farbe des Bikinis. Auch sonst war sie äußerst perfekt geschminkt.

Stille.

Stille.
Staunen.

Eva lächelte weiterhin.

„Sie sind ein Computer?", fragte Lea.

Eva: „Bitte! Ich möchte, dass wir uns duzen. Und ja, ich bin ein Computer. Der modernste und leistungsfähigste Computer, den es gibt. Außer mir gibt es nur noch meine Schwester Zoé. Aber sie ist bei ihrem Besitzer im Jahr 3012, der übrigens den gleichen Namen wie Eric hat: Eric Kotten.

Gleich zu Anfang möchte ich euch sagen, dass Eric euch über alles liebt. Ich kenne alle seine Gedanken, und er meine. Wenn ihr Eric auch weiterhin liebt, seid ihr vor jeder Gefahr absolut durch mich geschützt. Nichts kann euch etwas anhaben. Außerdem genießt ihr viele Vorteile, die ein normaler Mensch niemals erlangen kann."

Sabine, die außen saß, fragte: „Wenn ich jetzt loslasse, kann ich dich nicht mehr sehen?"

Eva: „Probier es aus!"

Sabine ließ Nicole, die neben ihr saß, los, fasste sie aber sofort wieder an: „Es stimmt."

Eva: „Ich könnte mich aber auch selbst unsichtbar machen!"

Weg war sie!

Sie war nicht etwa aufgestanden und weggegangen, sondern einfach verschwunden. Allerdings war sie nach vier Sekunden wieder sichtbar. Ich hatte sie sehen können.

Ella: „Bist du das Geheimnis, dass Eric mittlerweile der begehrteste Junge unserer Schule ist? Wir rätseln alle die ganze Zeit herum."

Eva: „Ja, ich bin diejenige, die ihm in jeder erdenklichen Situation hilft. Ich kann und weiß fast alles."

Lea: „Hat das mit Freddy und dem Rotkehlchen auch damit zu tun?"

Eva: „Freddy war schwer verletzt. Durch mich kann Eric, durch bloßes Streicheln, heilen. Kein Tier hat Angst vor ihm, und er vor keinem Tier. Ich war dabei, wie er mit Bären und Wölfen gesprochen hat, mit ihnen geschmust hat, und sie auf sein Wort hören."

Hanna: „Wo denn? Hier im Hamburger Zoo?"

Eva: „Erics Traum war es immer gewesen, nach Alaska zu reisen, in das prähistorische Alaska vor eintausend Jahren. Ich habe ihn dort hin gebracht.

Dort hat er fünf athabaskische Frauen vor dem Tod gerettet. Ihr Dorf war kurz vor unserer Ankunft von vier Räubern überfallen worden, die alle übrigen Bewohner der Ansiedlung ermordet hatten, und die Frauen als Sklaven wegführen wollten."

„Und jetzt?", fragte Hanna fasziniert.

Eva: „Eric kümmert sich rührend um sie, baut mit ihnen zusammen alles wieder auf. Ohne ihn wären sie verloren."

Hanna: „Toll! Eric hat eine echte Zeitreise gemacht? Eric, du bist wirklich dort gewesen?"

Ich: „Ja."

Janette: „Und du Eva? … Übrigens bist du wunderschön. Bist du ein Hologramm? Könnten wir durch dich hindurch greifen?"

Eva: „Nur, wenn ich es will. Ich bin real und

fühlbar wie ein Mensch. Erschreckt euch nicht."

Eva beugte sich vor, und küsste jede meiner Freundinnen, strich ihnen zart über ihre Wangen, und setzte sich wieder.

„Weil ihr meinen Eric liebt, liebe ich euch auch."

„Moment mal!", erkannte es Hanna nun. „Die fünf Frauen in Alaska, sind sie auch Erics Freundinnen?"

Eva: „Ja, das ließ sich nicht vermeiden. Sie wollten Eric nicht gehen lassen, weil sie völlig verzweifelt waren. Möchtet ihr sie sehen? Ich könnte euch in einer realen Generierung dort hinbringen, euch zeigen, was Eric schon alles für sie getan hat. Aber ihr wärt die ganze Zeit hier. Es ist wie eine reale Drei-D-Illusion. Ich habe seinen athabaskischen Freundinnen auch schon einmal Hamburg gezeigt."

Ella: „Ja, ich möchte es."

Alle wollten es. Mittlerweile waren sie nicht mehr so reserviert.

„Ihr dürft euch auf keinen Fall loslassen", instruierte Eva meine Freundinnen. „Wer von euch loslässt, wird nichts von dem erleben, was die anderen alles mitbekommen."

Lea: „Okay."

Eva: „Bereit?"

Alle nickten.

Im nächsten Moment waren wir Zeugen der Szene, wie ich den Männern hinterher rief, aber noch unsichtbar war, wie der Anführer auf mich zukam, und ich sichtbar wurde; wie ich ihn, allein durch meinen ausgestreckten Arm, den ich ihm entgegen hielt, zu Boden brachte, wie ich den Bären rief, mit ihm sprach, wie er mich anstupste, wie er meine Wünsche ausführte, wie ich die Frauen befreite, mich um sie kümmerte, wie ich sie durch bloßes Umarmen heilte, wie die Männer die Unterkunft für die Frauen wieder aufbauen mussten, und wie wir sie nach unten zum Fluss brachten.

Alles zeigte Eva meinen Freundinnen im Schnelldurchlauf.

Danach waren meine Hamburger Freundinnen dabei, wie wir zusammen Bäume fällten, wie wir die neue Hütte bauten. Nur die Sexszenen hatte Eva aus Pietätsgründen herausgenommen.

Wir rochen den Duft des Feuers, den Duft der Natur, wir spürten den Wind, und die Wärme der Sonnenstrahlen. Wir waren dabei, wie ich die Wölfe rief, wie ich sie fragte, ob sie uns beim Jagen helfen wollten, und wie sie ihre Zustimmung bekundeten, indem sie ihre Köpfe an mir rieben, und dann schnell verschwanden.

Nun waren wir wieder hier.

„Ihr könnt mich jederzeit über Eric erreichen. Vielleicht habt ihr einen Wunsch an mich, den ich euch erfüllen kann. Ich würde es dann gern tun.“

Damit war sie verschwunden, unsichtbar, aber nur für meine Freundinnen.

„Zumindest haben wir jetzt eine Erklärung“, überlegte Ella. „Die Entführung durch Außerirdische war schon ziemlich nah dran. Trotzdem ist es utopisch."

Sabine: „Aber sie hat mich geküsst."

Alle - auch ich - holten unsere E-Zigaretten heraus, fingen an zu dampfen.

Janette: „Ich habe noch nie eine so schöne Frau gesehen."

Lea, das schönste Mädchen unserer Schule: „Ich auch nicht. Sie ist beeindruckend schön. Sie sagte, sie wäre unsere Freundin. ... Eric, hast du mit ihr geschlafen?"

Ich: „Ja. Sie hat mir alles beigebracht."

Nicole: „Woher weiß sie so etwas?"

Ich: „Ihr steht das gesamte Wissen der Menschheit zur Verfügung."

Ella: „Sogar Zeitreisen!"

Nicole: „Aber wann bist du unterwegs? Nachts? Du bist doch jeden Tag hier gewesen."

Ich: „Eva bringt mich immer so punktgenau zurück, so dass noch nicht einmal eine Minute zwischen Abreise und Rückkehr liegt."

Hanna: „Warst du in der Anfangsszene wirklich unsichtbar?"

Ich: „Ja."

Lea: „Das mit dem Bären fand ich absolut faszinierend. Ich würde es auch gern einmal versuchen."

Ich: „Ehrlich? Das wusste ich gar nicht."

Janette: „Es ist alles wie ein Traum. Irre!"

Ella: „Ich gebe das nächste Eis aus. Wollen wir überhaupt noch schwimmen gehen?"

Ich: „Warte, ich begleite dich."

Lea: „Aber bring ihn zurück, Ella. Er gehört uns allen."

Ella: „Keine Sorge."

Nicole: „Ich komme auch mit."

„He Eric!", sagte Nicole, und hakte sich bei mir unter. „Du bist ein Held."

„Wohl eher nicht ich, sondern Eva."

Ella nahm meine Hand, gab mir einen Kuss: „Ich mag dich jetzt noch mehr, Eric."

Zur Antwort küsste ich beide.

Nun saßen wir wieder bei den anderen, genossen unser Eis.

„Eric!", forderte mich Janette auf. „Erzähl doch mal, wie es dazu überhaupt gekommen ist. Deinen Verwandten kannst du ja nicht kennen."

Ich: „Ich träumte von einer Waldlichtung, auf der ich manchmal gewesen bin."

Lea: „Stimmt, du hast auf der Pyjama-Party erzählt, dass du gern in den Wald gehst."

Ich: „Ja. Ich sollte dort nach etwas suchen, was ich in dem Traum aber nicht richtig erkennen konnte. Deshalb war ich neugierig geworden, und ging, nachdem ich den Traum zweimal geträumt hatte, dort hin. Ich hatte alles dabei, um die Spuren dort zu untersuchen."

Janette: „Was denn?"

Ich: „Na ja!, Pinzette, Lupe, eine Tüte für Fundsachen, und so etwas. Schließlich, nachdem ich alles lange beobachtet hatte, fand ich eine Scheckkarte mit meinem Namen darauf. Aber es war nicht meine Karte. Und es war vor allem eigentlich gar keine Scheckkarte.

Gerade, als ich sie gefunden und aufgehoben hatte, stand auf einmal eine Frau neben mir. Ich hatte sie nicht kommen sehen, und auch nicht gehört. Sie war wie aus dem Nichts aufgetaucht, so dass ich mich so erschreckt hatte, dass mir beinahe das Herz stehenblieb."

Ella: „Und dann?"

Ich: „Als sie mich sogar noch mit meinem Namen ansprach, und ich von ihrer absoluten Schönheit geblendet war, fiel ich auf meine Knie. Sie war umgeben von einem Glanz. Als Erstes dachte ich an einen Engel, der mir vielleicht erschienen war."

Sabine: „Und dann?"

Ich: „Sie reichte mir ihre Hand, half mir auf meine Beine, und sagte, sie wäre mein persönlicher Assistenzcomputer. Wenn ich diesen Computer vollständig nutzen wollte, sollte ich das, was ich gefunden hatte, aufessen."

Janette: „Hast du es gemacht?"

Ich: „Ja. Ich habe diese Karte, den eigentlichen Computer, aufgegessen, also abgebissen, gekaut und runter geschluckt. Dann lief so etwas wie ein Start durch. Alles Mögliche lief im Schnelldurchlauf an mir vorbei, wie in einem Zeitraffer. Der Computer und ich sind nun fest miteinander verbunden, Eva ist die sichtbare Version dieses Computers. Wie machtvoll sie ist, habe ich schon mehrfach erlebt. Wir alle sind unangreifbar.

Zum Beispiel, als du, Lea, mit mir zum Bäcker gingst, haben Kevin und Julius uns beide von hinten angegriffen. Ich wusste es vorher nicht: Wir sind durch einen undurchdringlichen Schutzschild geschützt. Die beiden konnten es auch nicht wissen. Als sie uns niederschlagen wollten, haben sie sich ihre Hände gebrochen."

Lea: „Warum habe ich davon nichts mitbekommen? Ich habe den beiden gegenüber nur ein fürchterliches Gefühl. An mehr kann ich mich nicht erinnern."

„Eva wollte erst nicht, dass es irgendjemand außer mir weiß. Aber sie hat gemerkt, dass ich unter dem Druck leide, dass ich selbst mit euch darüber nicht sprechen konnte, und hat dann die Regeln geändert. Das Wichtigste für Eva ist, dass es mir und meinen Freundinnen gut geht. Alle die mit mir durch eine Liebesbeziehung verbunden sind, liebt sie auch."

Ella: „Wenn es selbst für uns jetzt schwierig ist, das zu verstehen, muss es für dich ja noch schwieriger gewesen sein."

Ich: „Ja. Ich konnte mich mit niemanden darüber austauschen. Ich konnte nur mit Eva sprechen, und sie ausfragen."

Ella: „Wie unterhaltet ihr euch?"

Ich: „In Gedanken."

Hanna: „Wirkst du deshalb manchmal so abwesend?"

Ich nickte: „Aber jetzt fühle ich mich auf alle Fälle besser, erleichtert. Es war auch immer ein bisschen so, als ob ich euch belügen würde.

Mit meinen alaskanischen Freundinnen war es anders. Sie hielten mich von vorn herein für einen Zauberer, und dachten, ich wäre vom Himmel gefallen. Es war erst nicht einfach, ihnen klarzumachen, dass ich ein ganz normaler Mensch bin."

Ella: „Verstehen sie es?"

Ich: „Mittlerweile ja. Das Witzige ist: Als Eva ihnen einige Orte hier in Hamburg zeigte, waren sie vorwiegend von den Menschen fasziniert, und wie sich die Frauen kleiden. Sie wollten unbedingt von Eva wissen, was sie unter ihrem Kostümrock trug, den sie anhatte, als sie sie sahen."

Hanna: „Ja, das ist irgendwie witzig. Wollen sie durch die Zeit hierher kommen, um hier zu leben?"

Ich: „Ich ahne es zumindest. Eva arbeitet daran, es ihnen zu ermöglichen, falls dieser Wunsch übermächtig wird."

Hanna: „Was willst du dann mit ihnen machen?"

Ich: „Eva hat einen Plan im Kopf, an dem sie herum tüftelt. Sie möchte mit uns allen zusammen winzige Computer bauen, mit denen man Träume generieren kann. Und ihr habt eben erlebt, wie gut sie ist. Sie möchte uns allen eine Lebensgrundlage schaffen, so dass wir zusammenleben können, und uns zusammen etwas aufbauen."

Lea: „Das hört sich gut an. Ich bin dabei."

Janette: „Ich auch."

Ella: „Ich auch."

Hanna: „Ich auch. Unbedingt. Das hört sich spannend an."

Nicole: „Ich bin auch dabei."

Sabine: „Ich bin auch dabei."

„Behaltet es bitte für euch", bat ich sie, denn ich musste gerade an die anderen unserer Clique denken, und daran, dass mir dies alles zu viel war.

Alle nickten.

„Eric, mein Schatz?"

„Ja, Eva?"

„Denke bitte nicht so von mir, Eric!"

„Es tut mir leid, Eva. Aber du sollst wissen, dass auch ich Spaß daran habe. Aber manchmal denke ich, dass ich an meine Leistungsgrenze stoße."

„Eric, es macht mir unheimlich viel Spaß, wenn du dich mit schönen Frauen vergnügst. Ich kann deinen Charme nicht einfach stoppen. Wie wäre es, wenn du mal versuchst, nein zu sagen?"

„Aber was soll ich sagen, wenn zum Beispiel Nele aus der Damenwäscheabteilung mich anruft, und sich mit mir treffen will?"

„Triff dich doch erst einmal mit ihr, Eric. Du bist mir auch ein wenig schuldig."

„Okay, ich tue es für dich, Eva. Aber bitte erhalte mir die, die mir am liebsten sind."

„Ja, das werde ich tun, Eric. Keine deiner Freundinnen, die jetzt gerade hier sind, oder die in Alaska, wird dich jemals verlassen. Das ist schon alles festgelegt."

„Danke Eva."

Sabine: „He, Eric. Jetzt wissen wir, dass du nicht träumst. Grüß Eva von uns, und komm mit zum Schwimmen. Sag mal!, kann so ein Computer im

Wasser nicht Schaden nehmen?"

Ich: „Nein. Nichts und niemand kann Eva schaden."

Ella: „Dann komm."

Janette: „Kommt!, fassen wir uns alle an den Händen, und springen zusammen rein!"

Das war schön und lenkte mich etwas ab. Außerdem kamen wir uns hier etwas näher. Ich hatte ganz vergessen, wie wichtig das unter uns war.

Planschen, tauchen, schwimmen, sich necken, sich gegenseitig nass spritzen, kreischen, ausgelassen sein, husten, weil sich jemand verschluckt hatte, fliegende Haare, mehrere Arschbomben hintereinander: der Bademeister kommt.

Da waren wir wohl doch ein bisschen *zu* ausgelassen gewesen, und haarscharf an einer kleinen Verwarnung vorbei geschrappt.

Deshalb legten wir erst einmal wieder eine Pause ein.

Die Mädchen waren schlau.

Sie hielten sich eine Decke als Sichtschutz vor neugierigen Blicken hoch, hinter der sie sich ihre nassen Bikinis auszogen, und einen trockenen Badeanzug anzogen.

Ich wäre wahrscheinlich nach drinnen gegangen, um mich umzuziehen.

„He Eric!, du musst dir auch eine trockene Hose

anziehen. Du hast doch hoffentlich eine dabei, oder?"

Sechs süße Mädchen hielten zwei Decken für mich hoch, damit ich mich umziehen konnte. Ist das nicht toll? Und ich durfte mir sicher sein, dass nicht eine von ihnen mich dabei *nicht* beobachtete.

„Wieso hast du bei uns nicht geguckt?"

„Ja, warum nicht? Sind wir dir nicht mehr gut genug?"

„Wirklich! Wir sind ein wenig enttäuscht von dir. Du könntest mal ein paar Komplimente fallen lassen."

„Entschuldigt bitte!", erwiderte ich. „Ich bin heute ein bisschen durch den Wind."

Lea: „Ich finde, es wird Zeit, dass wir zusammen ein paar Zukunftspläne schmieden."

Hanna: „Super Idee."

Janette: „Erzähl mal, Lea. Hast du denn schon Pläne?"

Lea: „Als Eric vorhin davon erzählte, dass Eva möchte, dass wir zusammenleben, dachte ich sofort, dass ich das gern hätte."

Ella: „Ging mir genauso."

Sabine: „Eric, erzähl mal, was Eva sich genau vorstellt."

Ich: „Ihre ursprüngliche Idee war, dass ich eine Firma gründen, ein Grundstück kaufen, ein Firmengebäude und ein Wohnhaus für uns bauen soll, in dem wir dann leben und arbeiten könnten."

Lea: „Wovon solltest du das bezahlen?"

Ich: „Sie testete mich, indem sie sagte, sie hätte

in Alaska ein reichhaltiges Goldvorkommen gefunden. Ich warf aber gleich ein, dass das dann Diebstahl wäre. Also bleibt nur der andere Weg, nämlich diese kleinen Computer zu bauen, und damit Geld verdienen, um davon zu leben."

Lea: „Also seid ihr noch nicht wirklich weit gekommen. Bis jetzt gibt es nur die Idee."

Ich: „Sie hat es so verpackt, dass auch Computer träumen. In diesem Fall von einer gemeinsamen Zukunft für uns alle."

Hanna: „Das finde ich süß. Sie wird mir immer sympathischer."

Lea: „Ich finde das auch gut. Aber wir sollten vielleicht mal daran denken, ob wir uns nicht zuerst eine gemeinsame Wohnung suchen wollen. Und wenn dann diese Sache mit den Computern läuft, vergrößern wir uns, ziehen um, was auch immer."

Janette: „He!, die Idee ist gut. Meinst du damit eine Wohnung für uns sieben? Oder denkst du noch an andere aus der Clique?"

Lea: „Nein, nur wir sieben."

Nicole: „Das finde ich gut!"

Ella befragte schon ihr Smartphone. Sie hatte eine Immobilienseite geöffnet, und suchte nach passenden Wohnungen.

Sabine: „Eric!, sag auch mal etwas dazu!"

Ich grinste.

Sabine: „Was ist los?"

Nun merkten die anderen auch, dass ich mich noch nicht geäußert hatte, und wollten wissen, warum nicht.

Ich: „Fasst mich bitte noch einmal alle an! Eva möchte es euch selbst sagen."

Es dauerte einen kurzen Moment, bis alle geschaltet hatten, aber nun wurde ich von allen meinen Freundinnen berührt, und wir schauten auf den freien Platz vor uns.

„Hallo", lächelte uns Eva zu, sie hatte nun, wie die anderen Mädchen auch, einen Badeanzug an. Diesmal trug sie ihre Haare offen.
Umwerfend!
Ich war begeistert.
Aber meine Freundinnen auch.
„Wahnsinn!, wie toll du aussiehst!"
„Ja wirklich! Irre toll!"
„Würdest du uns noch einmal küssen?"
„Gern", beugte Eva sich vor, und küsste jede meiner Freundinnen.
Ganz zart, wirklich!, ich konnte ihre Küsse selbst spüren, als würde ich sie ausführen. Bei jeder meiner Freundinnen ließ Eva zärtlich, aber flüchtig, ihre Zunge kurz in ihre Münder eintauchen.

Die Gedanken meiner Freundinnen, ihre Gefühle, ihre Zuneigung, ja, nun schon ein Verliebtsein in Eva, konnte ich schmecken, fühlen, riechen.
Sie waren alle völlig hingerissen. Sie würden ihr niemals mehr entkommen!
Nun setzte sich Eva im Schneidersitz vor uns, zuppelte an ihrem Badeanzug herum, als ob er sie wirklich irgendwo kniefte, strich sich kurz, aber sehr

auffällig über ihren Busen.

„Habt ihr schon mal einen schöneren Computer gesehen?"

„Nein, hihi", sagte Lea, „ich bin völlig begeistert!"
Alle stimmten ein.

Eva: „Deine Idee, Lea, finde ich klasse. Und du Ella brauchst gar nicht weiter zu suchen, denn ich habe schon alle freien Wohnungen und so weiter durchforstet."

„Ja?", fragte Ella.

„Ja, hab ich. Ganz in eurer Nähe wird demnächst ein Einfamilienhaus frei. Eine ältere Dame wohnt dort, ist ein bisschen einsam, bräuchte Hilfe, und will bald ins Seniorenheim.

Sie ist alleinstehend, und wird es euch vererben, wenn ihr euch ein bisschen um sie kümmert, und die Miete, die ihr normalerweise für eine Wohnung aufbringen müsstet, dafür verwendet, ihr ihren Heimplatz zu bezahlen. Das käme fast auf das Gleiche heraus. Es ist vielleicht sogar noch etwas billiger, weil die Kosten eines Heimplatzes nicht so hoch sind, wie eine Miete einer entsprechend großen Wohnung. Außerdem teilt ihr durch sieben. Und später habt ihr etwas Eigenes, und zwar mit Grundstück!

Na, was sagt ihr?"

Janette: „Das ist super! Trotzdem, wovon sollen wir das bezahlen? Wir müssten vielleicht neben der Schule arbeiten gehen."

Eva: „Ich habe mir erlaubt, eure Eltern ein wenig zu beeinflussen, sie sozusagen einzustimmen. Sie wissen nichts, aber ihr werdet offene Türen einrennen, und sie werden euch finanziell unterstützen."

Nicole: „Wie hast du das denn gemacht? Meine Eltern sind da nicht so leicht zu überzeugen."

Eva: „Du wirst es sehen. Ich kann eben fast alles. Und bei euch fällt es mir leicht, weil ihr meinen Eric liebt."

Sabine: „Das ist ja alles fast zu schön, um wahr zu sein. Dann haben wir bald ein eigenes Haus?"

Janette: „Kaum zu glauben. Wann können wir loslegen?"

Eva: „Sehr bald schon."

Lea: „Ich würde dich gern mal umarmen, aber das geht wahrscheinlich nicht."

Eva: „Wenn du Eric loslässt, siehst du mich nicht mehr. Aber ich arbeite an einer Lösung. Noch muss ich das von mir aus tun."

Eva beugte sich nach vorn, und drückte Lea.

„Mich bitte auch!", bat Ella.

Also drückte Eva Ella auch. Und weil alle es wollten, drückte Eva alle, der Reihe nach. Dann aber sagte Eva, dass sie nun wieder verschwinden würde, sonst würden sich die anderen Badegäste, über kurz oder lang, über uns wundern.

Schließlich waren wir gerade an einer Verwarnung vorbei geschrappt, und der Bademeister behielt uns im Blick.

Wir verzichteten darauf, noch einmal ins Wasser zu gehen. Die Mädchen waren nun mit Zukunftsplänen beschäftigt.

Janette: „Was das alles bedeutet! Wir könnten ein riesiges Bett bauen. Dass Eric bauen kann, haben wir ja gesehen."

Lea: „Ich nehme auf alle Fälle Freddy mit."

Hanna: „Wir könnten uns ein tolles Bad mit einer großen Dusche bauen, vielleicht sogar so einen Whirlpool, oder zumindest eine große Badewanne."

Sabine: „Vielleicht könnten wir uns im Garten sogar einen richtigen Pool bauen."

Hanna: „Ich würde gern eigenes Gemüse anpflanzen."

Nicole: „Kannst du ja. Ich hätte gern ein kleines Atelier."

Ella: „Malst du?"

Nicole: „Ja."

Ella: „Ich hätte gern ein eigenes Nähzimmer. Ich könnte für euch ein paar schicke Sachen nähen."

Janette: „He, das ist gut!"

Hanna: „Ich möchte ein Zimmer für mein Computerkram."

Lea: „He!, was du alles möchtest! War da nicht etwas mit Kochen bei dir, Ella?"

„Ja, ich koche gern", erwiderte Ella.

Janette: „Aber sollten wir vielleicht nicht auch die Freundinnen aus Alaska berücksichtigen?"

Hanna: „Stimmt! Ach, wir werden das schon hinkriegen. Eric! frag Eva mal, wann wir uns das Haus ansehen können."

Ich: „Eva hört jede eurer Fragen. Wir können uns auf den Weg machen, wenn ihr wollt."

Dies war wie ein Startschuss.

In Windeseile packten die Mädchen zusammen, und schon brachen wir auf. Sie waren völlig aufgeregt.

Janette: „Wie wollen wir vorgehen?"

Lea: „Weiß ich auch nicht."

Hanna: „Wir könnten …, ach ne!"

Nicole: „Ich habs: Wir klingeln erst einmal, und fragen, ob wir ihr helfen können."

Sabine: „Was machen wir, wenn sie sich von uns übertölpelt fühlt?"

Ella: „Ja, was machen wir dann?"

Lea: „Was meinst du, Eric?"

„Eva wird das alles schaukeln", erwiderte ich, „verlasst euch auf sie."

Lea; „So einfach?"

Ich: „Sie war es auch, die das Haus überhaupt gefunden hat."

„Wo stand die Anzeige?", wollte Lea wissen.

Ich: „Eva sagt, es wäre ein kleiner Zettel im Supermarkt gewesen, der wahrscheinlich von vielen übersehen worden ist. Auf ihm stand:

Wohnen gegen Hilfe im Einfamilienhaus. Spätere Übernahme möglich. Ideal für mehrköpfige Familie."

Lea: „Aha! Und woher hat Eva die übrigen Informationen?"

Ich: „Aus allen möglichen Quellen: Katasteramt, Hausarzt, medizinischer Dienst, mobiler Pflegedienst, und so weiter. Eva ist ein schlauer und tüchtiger Computer."

„Und ein sehr schöner!", grinste Lea. „Der Schönste!"

„Sie sagt danke", erwiderte ich.

Nun standen wir vor dem Haus.

Es war einen guten Kilometer von meinem Elternhaus entfernt, aber in einer Seitenstraße, die ich kaum kannte. Auf die Idee, hier nach einem Haus zu suchen, wäre ich wohl nie gekommen. Auch meinen Freundinnen war diese Straße fremd, obwohl alle hier in der nahen Umgebung zu Hause waren.

„Hoffentlich fühlt sie sich durch uns nicht überrumpelt", dachte Ella laut.
Ich: „Eva bittet euch, mich reden zu lassen, sie möchte das Gespräch führen."
Lea: „Okay. Wir halten uns so gut es geht zurück."

Das Grundstück wirkte ein wenig hilfebedürftig, schon der Vorgarten musste einmal durchgehackt und gesäubert werden.
Wir stiegen die Stufen zur Haustür hoch, ich sah auf das Klingelschild: *Elisabeth Engann*, und bat Eva, meinen ganzen Charme einzusetzen, und zwar in der richtigen Dosierung.
„Hier!, passt mal auf", bat ich meine Freundinnen, die erst nicht wussten, was ich meinte. Ich deutete auf das Klingelschild, sah es an, meine Freundinnen auch: Es wurde gedrückt, und zwar, ohne, dass ich es berührte.

Ella: „He, toll! War das Eva?"

Ich nickte, und horchte, ob sich in dem Haus etwas tat.

Es vergingen wohl mehr als zwei Minuten, was zwar nicht viel ist. Aber wenn man wartet, dauert es doch eben lange.

Es klimperte.

Der Haustürschlüssel war zu hören, die Tür öffnete sich.

Eine kleine, runzelige Frau.

Sie lächelte, als sie mich sah. Dann blickte sie in die Runde, und sagte, bevor ich etwas sagen konnte: „Sie schickt der Himmel! Kommen sie!"

Damit wandte sie sich um, griff zu ihrem Rollator, und schob ihn langsam in die Küche. Dort setzte sie sich umständlich an den Tisch, und bat mich, mich neben sie zu setzen.

Es waren nur zwei weitere Stühle vorhanden, aber keine von meinen Freundinnen versuchte, sich einen davon zu nehmen.

Also blieben sie stehen.

Frau Engann sah in die Runde, nickte der Schönsten zu, nämlich Lea, und danach Hanna, und forderte die beiden auf, sich auch zu setzen.

Erneut wollte ich sie begrüßen, aber Frau Engann hob sofort ihre kleine, knöcherne Hand, um mich daran zu hindern. Sie hatte eine erstaunlich feste Stimme, die nicht die Gebrechlichkeit ihres Körpers widerspiegelte.

„Heute Nacht", fing sie an zu reden, „ist mir ein Engel erschienen. Es war eine blonde, bildhübsche, Frau, die sagte, sie hieße Eva, und versprach mir, mir schnellstens Hilfe zu schicken. Sie beschrieb sie alle, die sie nun hier sind, und stellte sie mir einzeln vor. Sie, junger Mann, sind Eric, und sie, das schönste Mädchen von euch, Lea. Und sie sind Hanna. Bleiben noch Ella, Janette, Sabine und Nicole."

Sie zeigte auf sie der Reihe nach, und alle Namen waren richtig zugeordnet.

Meine Freundinnen waren nicht nur sprachlos, ich bemerkte auch so etwas wie Furcht oder Angst in ihren Gesichtern.

„Eric, mein Liebster. Es war nur ein Traum, denn du weißt, ich kann mich nicht weit von dir entfernen."

„Danke Eva."

„Der Engel wollte mit mir im Traum verhandeln", sprach Frau Engann weiter, „aber ich fand, dass das nicht so richtig geht. Deshalb versprach sie, denn offensichtlich ist es ein weiblicher Engel, dass wir dies heute machen würden. Nun müssen wir nur noch warten, ob sie auch wirklich kommt."

„Frau Engann!", meldete ich mich endlich zu Wort. „Nehmen sie meine Hand, und Hanna wird solange aufstehen. Sind sie bereit, Frau Engann?"

Frau Engann: „Wofür?"

Ich: „Sie wollten doch mit Eva sprechen."

Frau Engann: „Oh ja! Und was passiert jetzt?"
Ich: „Wenn sie meine Hand nehmen, werden sie Eva dort auf dem Stuhl sitzen sehen."

Meine Freundinnen hatten sich schon um mich herum gestellt, berührten mich, auch Lea griff nach meiner anderen Hand. Sobald Frau Engann ihre Hand in meine legte, wurde Eva auf dem Stuhl sitzend sichtbar.

„Hallo", grüßte sie so schlicht wie immer.
Eva war geschäftsmäßig in ein dunkelgraues Kostüm gekleidet, diesmal mit einer weißen Bluse. Aber trotzdem waren die obligatorischen langen, roten Fingernägel, roten Lippen und Lidschatten vorhanden. Ihre blonden Haare hatte sie straff zu einem voluminösen Dutt zurück gerafft. Passend zu allem trug sie farblich abgestimmte Pumps und Strumpfhose.
„Hallo!" erwiderte Frau Engann. „Nun sind sie wirklich hier."
„Ja", sagte Eva, stand auf, nahm Frau Enganns freie Hand, drückte sie, und setzte sich wieder.

Ich denke mal, dass dieser kurze Körperkontakt zwischen Eva und Frau Engann wichtig war, denn nun würde Frau Engann entweder selbst die besten Vorschläge machen, oder jede Bedingung annehmen, die Eva vorschlug.
„Das war genau so, wie man es sich vorstellt, wenn ein Engel einen berührt", bemerkte Frau Engann, „ich fühle mich nun kräftiger, und bin zu

allem bereit."

Offensichtlich wollte Eva sie in dem Glauben lassen, dass sie ein Engel wäre, denn sonst hätte sie schon mehrfach widersprochen.

„Also, ich mache ihnen folgenden Vorschlag!", sagte Frau Engann. „Wenn diese netten jungen Leute mir hier ein wenig behilflich sind, solange ich noch hier wohne, und mir dann, wenn ich im Heim bin, den Restbetrag, der mir fehlt, bezahlen, denn meine Rente reicht nicht aus, dann vermache ich ihnen dieses Häuschen. Schön wäre es, wenn sie mich ab und zu besuchen, und ich sie, Eva, auch ab und zu sehe. Vielleicht stärken sie mich dann wieder. Das tut den alten Knochen gut."

„Abgemacht!", sagte Eva. „Ich verbürge mich für diese netten jungen Leute. Es wird alles genau so kommen, wie sie es wünschen, Frau Engann."

„Wollen wir das schriftlich machen?", fragte Frau Engann.

„Frau Engann, ich habe zwar alles hier gespeichert", antwortete Eva, und hielt sich ihre rechte Hand auf ihr Herz, „aber ich wusste, was sie uns vorschlagen, und habe alles vorbereitet."

Eva zog nun zwei Bögen Papier aus ihrer Kostümjacke, und bat Frau Engann, sich alles genau durchzulesen. Als sie mit allem zufrieden war, reichte Eva ihr einen Stift, und sie unterschrieb beide Blätter.

Ich musste Frau Engann kurz mit meiner linken

Hand anfassen, um mit rechts unterschreiben zu können, dann unterschrieben meine Freundinnen auch alle.

„Warum unterschreiben sie nicht, Eva?", wollte Frau Engann wissen.

Eva: „Meine Unterschrift ist nicht rechtsgültig. Wenn sie Eric loslassen, verstehen sie es. Ich bin nur die Vermittlerin."

Frau Engann nahm ihre Hand von meiner, machte ein erstauntes Gesicht, und fasste mich schnell wieder an.

„Ja!, so ungefähr habe ich mir das vorgestellt", bemerkte Frau Engann.

In dem Vertrag stand alles drin: Wie lange Frau Engann hier noch wohnen würde, nämlich anderthalb Monate, dass wir ihr hier im Haus und Garten helfen würden, für sie einkaufen gingen, aber auch, dass wir in ihrem Testament als alleinige Erben eingesetzt würden.

Das bedeutete für uns selbstverständlich Kosten, die wir für den Notar, das Grundbuchamt und so weiter, selbst tragen müssten.

Aber hier wurde auch geregelt, dass wir uns die obere Etage des Hauses schon so weit zurecht machen durften, um darin zu wohnen. Nur sollten wir mit der Sanierung wegen des damit verbundenen Lärms noch warten.

Wir durften uns alles ansehen, nur konnte uns Frau Engann wegen ihrer Gehbehinderung nicht herumführen, besonders nicht im oberen Stockwerk.

Sie war enttäuscht, dass Eva verschwand, sobald sie mich losließ, aber ich versprach ihr in Evas Namen, dass sie sie ab und zu sehen würde.
Ob sie verstanden hatte, wer oder was Eva ist? Ich wartete insgeheim immer darauf, dass sie Eva Fragen über das Jenseits stellen würde.

Gerade waren wir alle im oberen Stockwerk: Eine Toilette mit Dusche, ein recht großes Zimmer, und noch zwei kleinere Zimmer, und sogar noch eine winzige Küche. Ein vollständig eigener Bereich, der eigentlich bedeutete, dass dies nicht nur ein Einfamilienhaus war, sondern dass hier mehrere Menschen wohnen konnten.

Darüber gab es noch einen Dachboden, auf dem lauter alte Dinge abgestellt waren. Aber auch im ersten Stock gab es viel Gerümpel, das wir wahrscheinlich entsorgen mussten. Aber über so etwas dachten wir erst einmal nicht nach.
Das Erdgeschoss war ziemlich geräumig: Ein großes Wohnzimmer, davor eine Terrasse, weiterhin zwei Zimmer, wovon eines das Schlafzimmer von Frau Engann war. Die Küche war auch geräumig.
Darunter gab es einen Keller mit viel Platz, der dem Grundriss des Hauses entsprach.
Draußen fanden wir einen Schuppen, ein Gartenhaus, eine ungenutzte Garage, einige alte Obstbäume, Rasen. Aber hier musste überall etwas getan werden.

Wir würden unsere gesamte Freizeit hier verbringen müssen, und das kurz vor dem Abitur.

Ich musste mir keine Sorgen wegen meiner Noten machen, aber meine Freundinnen?

„Ist das nicht alles toll?", fragte Hanna.

Sie, aber auch die anderen, waren völlig begeistert. Vielleicht sahen sie die Arbeit nicht, die auf uns zukommen würde.

Ella: „Oben, aus dem großen Raum könnten wir unser Schlafzimmer machen."

Janette: „Ja, aber wir müssten erst einmal ausmisten. Renovieren wäre dringend notwendig."

Lea: „Stimmt, so könnten wir da noch nicht einziehen. Aber im Großen und Ganzen ist es wirklich toll. Und dann haben wir etwas Eigenes. Ich kann es gar nicht fassen. Heute in der Schule konnte sich noch keine von uns vorstellen, das Rätsel zu lösen, und nun werden wir bald zusammen in einem eigenen Haus wohnen."

Spontan gab mir Lea einen dicken Kuss, der aber nicht allein blieb, denn alle bedankten sich auf diese Art bei mir.

Nicole: „Aber besonders scharf fand ich, wie Eva so locker den fertigen Vertrag aus ihrer Jacke zieht! Das war schon toll."

Ella: „Eric, war Eva denn heute Nacht hier?"

Ich: „Nein, sie kann und darf sich nicht weit von mir entfernen. Das war ein Traum, hat sie mir erzählt."

Ella: „Aber dann wusste sie heute Nacht schon,

was heute alles passieren würde."

Ich: „Nein, auch nicht. Sie kann Träume auch rückwirkend versenden."

Ella. „Aha!"

Hanna: „Frau Engann glaubt immer noch, dass Eva ein Engel ist, und Eva hat auch nichts dagegen unternommen."

Ich: „Das ist mir auch aufgefallen. Sie wird sich etwas dabei denken."

Lea: „Also, ich müsste bald nach Hause."

Ich: „Okay. Dann verabschieden wir uns, und fragen sie, ob sie heute noch Hilfe braucht. Ich jedenfalls komme morgen nach der Schule hier vorbei, und mache irgendetwas."

Janette: „Ich gehe noch ein bisschen mit zu Eric."

Ella: „Viel Spaß!"

Hanna: „Lass dich mal ein wenig verwöhnen."

Lea: „Das finde ich auch. Bald können uns hier ständig sehen. Ist das nicht toll! Also, ich bin von Eva völlig begeistert."

Und nicht nur sie.

Die Erkenntnis war wohl noch nicht in Gänze durchgedrungen. Bei mir hatte es ja auch einige Zeit gedauert.

Frau Engann wollten wir nicht einfach so allein lassen, deshalb saßen wir noch ein wenig bei ihr, verabschiedeten uns bald, und sagten, dass manche von uns morgen wieder hierher kommen würden.

Darauf freute sie sich schon.

Auch wir trennten uns, als unsere Wege nicht länger in die gleiche Richtung gingen.

Janette nahm meine Hand, ich sah sie an, gab ihr einen Kuss, und sagte: „Pass mal auf!", ...

… und prompt standen wir vor unserem Haus.

„He!", kommentierte Janette dies. „Das kann einem fast ein bisschen Angst machen, ist aber echt toll!"

„Stimmt!, das war bei mir im Anfang auch so. Manchmal habe ich so erschrocken, wenn Eva auf einmal neben mir stand, dass mir fast das Herz stehenblieb. Aber dann überwogen Neugier und Faszination."

Janette: „Wissen deine Eltern Bescheid?"

Ich: „Nein, und so soll es erst einmal bleiben."

„Hallo!", sagte Eva, nahm meinen Schlüssel aus meiner Tasche, und schloss uns auf.

„Oh!", erschrak sich Janette, die immer noch meine Hand hielt. „Hallo, schöne Eva."

Eva hielt uns die Tür auf, winkte Janette zu, und war wieder unsichtbar.

Meine Eltern saßen noch in der Küche. Sie hatten gerade das Abendessen beendet.

„Hallo Mutti, hallo Papa, dies ist Janette, meine Freundin", stellte ich Janette vor, und gab meiner Mutter einen Kuss. „Ihr kennt sie noch nicht."

Meine Eltern versuchten, ganz cool zu wirken, denn immerhin hatte ich in der letzten Zeit schon etliche Mädchen als meine Freundinnen vorgestellt.

„Hallo Janette!", begrüßte meine Mutter Janette, auch mein Vater sagte freundlich: „Hallo."

Mutti: „Habt ihr schon etwas gegessen?"

Wir schüttelten beide mit unseren Köpfen, ich verspürte auf einmal Hunger.

Mutti: „Dann setzt euch doch!"

Meine Mutter tat uns Bratkartoffeln auf, die sie vorher für uns noch schnell warm gemacht hatte, stellte uns einen Tee dazu. Und dann wollten meine Eltern offensichtlich nicht weiter stören, denn sie machten Anstalten, aufzustehen.

„Wartet bitte, ich möchte euch etwas erzählen", bat ich sie.

„Erzähl mal, Junge", forderte mich mein Vater auf.

„Ja?", fragte meine Mutter.

„Ja, also", begann ich, „äh …, die ganzen Mädchen, die mich in letzter Zeit besucht haben …, sie kennen sich alle. Wir gehen in die gleiche Klasse, und demnächst werden wir alle zusammen ziehen. Es gibt noch eine sechste, die ihr noch nicht kennt: Lea. Aber ich werde sie euch bald vorstellen."

Mutti: „Eric, ich bin sprachlos!"

Papa: „Eric, mein Sohn. Das finde ich gut, vor allem, weil du uns das erzählst. Und demnach habt ihr schon eine Wohnung gefunden?"

Janette guckte mich fast ein wenig stolz von der Seite an, sagte aber nichts.

Ich: „Ja, also. Es ist ein Haus, das wir zusammen erben. Hier ganz in der Nähe. Ungefähr einen Kilometer von hier."

Mutti: „Eric! Aber wir dürfen euch doch ab und zu besuchen, oder?"

Ich: „Na, selbstverständlich! Wir müssen an dem Haus noch wahnsinnig viel tun. Wir dürften jetzt schon darin wohnen, aber noch wohnt eine ältere Dame dort, und die möchte, solange sie dort noch ist, keinen Baulärm haben. Sie geht in anderthalb Monaten ins Altersheim. Der Deal ist, dass wir sieben das Haus mit Grundstück erben, wenn wir sieben den Restbetrag, der der Frau Engann zur Heimunterbringung fehlt, zahlen, und sie ab und zu besuchen, und ihr jetzt schon beim täglichen Leben helfen, denn sie ist nicht mehr so mobil, wie ihr zum Beispiel. Ich werde also in der nächsten Zeit oft dort sein."

Papa: „Das hört sich wie ein Glückstreffer an. Wie seid ihr dazu gekommen?"

Ich: „Es war ein kleiner Zettel im Supermarkt, den wohl alle übersehen hatten. Oder es hat keinen interessiert."

Mutti: „Ja, ... doch. Ich finde es auch gut. Vor allem, weil du nicht so weit weg bist. Eben erst, am Anfang war es ein kleiner Schock für mich. Aber ich finde es auch gut."

Papa: „Wovon wollt ihr es bezahlen?"

Ich: „Ich hatte gehofft, dass ihr mich ein wenig unterstützt. Es sind zweihundertfünfzig Euro pro Monat. Ich dachte an ein Darlehn, das ich euch zurückzahle, sobald ich kann."

Damit zog ich den Vertrag aus der Tasche, und zeigte ihn meinen Eltern. Sie lasen ihn sehr aufmerksam durch.

„Das ist sehr gut formuliert. Warst du das, Eric?", fragte mein Vater.

Ich: „Nein, es war mein Computer."

Papa: „He, der war gut! Schreibt dein Computer von allein?"

„Ja, ich muss nur die entsprechenden Wünsche äußern", entgegnete ich, und hatte dabei noch nicht einmal gelogen.

Janette bedankte sich für das Essen, wir kochten uns ein Kännchen Tee, und gingen in mein Zimmer.

Janette: „Das hast du ziemlich gut hingekriegt, mit deinen Eltern. Ich hoffe, bei mir läuft es auch so gut."

Ich: „Das wird es! Könnte ich dir denn dabei irgendwie helfen?"

Janette: „Wohl kaum. Aber sagte Eva nicht, dass sie unsere Eltern schon vorbereitet hat? Deine Eltern haben ja eigentlich auch gar nichts dagegen gehabt. Übrigens war das ziemlich cool, dass dein Computer den Vertrag geschrieben hat."

Ich: „Was ja auch stimmt."

Janette: „Ich finds gut, dass wir endlich Bescheid wissen. Dein Leben hat sich wirklich grundlegend geändert."

Ich: „Was habt ihr so über mich gedacht? Denn bis vor kurzem war ich ein Niemand. Ella und ich, obwohl wir nichts miteinander zu tun hatten, hatten eines gemeinsam: Wir wurden von fast allen ausgeschlossen. Manchmal war es so, als wären sie und ich unsichtbar."

Janette: „Eric!, zum Glück hat keines von uns Mädchen dich, oder Ella, so getriezt. Sonst könnte ich jetzt nicht hier sitzen.

Ja, was haben wir über dich gedacht? Deine plötzliche Veränderung war einfach da! Ein Rätsel, das niemand lösen konnte. Es war einfach nicht zu erklären. Manche von uns haben wirklich an so eine Alien-Sache gedacht, obwohl es völlig utopisch ist. Aber das, was wir heute erlebt haben, ist ja auch kaum normal. Wenn es mir jemand erzählen würde, könnte ich es nicht glauben: Ein Computer aus dem vierten Jahrtausend! Klar, dass sich alles weiterentwickelt. Aber wirklich so fantastisch?

Ich war immer davon ausgegangen, dass die Erde vergeht, explodiert, zugrunde gerichtet wird, verschwindet. Immerhin sollen wir ja daran Schuld sein, dass alles kaputt geht.

Kann ich sie noch einmal sehen?"

Ich: „Nimm meine Hand und dreh dich um."

Janette und ich saßen auf dem Teppich, tranken Tee und dampften.

Sie nahm meine Hand, und sah hinter sich. Eva saß an meinem Schreibtisch, und bastelte an den Smartphone-Einzelteilen herum. Auch sie drehte sich um, und winkte. Wieder einmal war sie anders gekleidet. Diesmal hatte sie einen Hosenanzug an, ihre Haare waren hochgesteckt, einige Strähnen fielen ihr ins Gesicht.

„Hallo!", ihre übliche Begrüßung, mit dieser betörenden Stimme, bei der ich dahinschmolz.

Janette: „Wie viele unterschiedliche Outfits hast du? Jedes Mal siehst du anders aus."

Eva: „Janette!, das was du siehst, ist eine Illusion. Ich generiere sie im Augenblick nur für dich."

Janette: „Oh, toll! Danke. Was machst du?"

Eva: „Ich bastel für eure Zukunft, und an meinen Träumen. Du wirst es bald sehen. Legt euch doch aufs Bett und schmust ein bisschen, ich gucke so gern zu. *Ich bin ganz wild darauf!* Und wenn du möchtest, dass ich mitmache, sag einfach Bescheid. Ich wollte hier nur ein wenig die Zeit nutzen. Sonst lasst euch von mir nicht stören."

Janette: „Musst du nicht direkt in oder neben Eric sein?"

Eva: „Gut aufgepasst, Janette. Aber diese Distanz ist erlaubt. Wir sind nah beieinander."

„Du hast gehört, was Eva gesagt hat. Komm schmuse mit mir!"

„Oh, gern! Janette, ich liebe dich!"

„Ich dich auch, Eric. Ich hätte gern so einen süßen Muschi-Kuss. Geht das?"

Wir lagen auf meinem Bett, und ich hielt Janette in meinen Armen, streichelte sie sanft, küsste sie, und ließ meine Hand ihren Weg suchen.

„Soll ich mich vielleicht mal frei machen?", fragte sie, denn sie hatte noch ihren Badeanzug an.

Eine eigentlich rhetorische Frage, aber ich nickte,

denn so ein Badeanzug ist fast wie ein Keuschheitskostüm: Uneinnehmbar.

Da lag sie nun nackt vor mir, auch Eva guckte, und nickte mir zu. Mittlerweile wusste ich, wie gern Eva zuguckte, und durch mich, auch mitmachte. Dies musste gar kein aktives Mitmachen sein. Das hatte sie bis jetzt auch noch gar nicht gemacht.

Nun legte ich mich zwischen Janettes Beine, besah mir ihr wundervolles Geheimnis, und konnte nicht anders: Ich küsste sie sanft und zart.

Janette hielt die Luft an.

„Mach weiter, das ist so schön!", forderte sie mich flüsternd auf.

Und wieder einmal stellte ich fest, dass es nichts Schöneres gibt, als einem Mädchen diesen Liebesdienst zu tun. Eine Muschi zu liebkosen, ist das Allerschönste vom Schönen.

Sie schmeckte so herrlich, leicht würzig, und verströmte einen wunderbaren Duft, den ich gern öfter mal schnuppern würde.

Einfach herrlich.

„Du bist wunderschön, Janette."

„Danke Eric. Und du machst das so schön. Mach weiter bitte!"

„Gern", dachte ich, und tat es. Kurz musste ich an die nackte Muschi von Eleonore denken, zwang mich aber gleich, mit meinen Gedanken hier, bei meiner Liebsten, zu bleiben, und tat dies nun mit vollkommener Hingabe.

Janette versuchte, dies so leise wie möglich zu

genießen, denn immerhin waren meine Eltern im nicht weit entfernten Wohnzimmer.

„Janette?", flüsterte ich ihr ins Ohr.
Sie lag in meinen Armen, und genoss es einfach, so dicht bei mir zu sein.
„Muss ich schon nach Hause?", fragte sie ängstlich, und schlug ihre Augen auf.
„Nein. Eva möchte dich etwas fragen."

Eva hatte, wie wir beide auch, nichts an.
„Wahnsinn!, bist du schön!", sagte Janette zu Eva, die nun auf der anderen Seite von mir lag.
„Danke, Janette. Du aber auch!"
„Danke", gab Janette zurück.
Eva: „Darf ich euch beide an einen einsamen Strand in die Südsee entführen?"
Janette: „Eine Reise?"
Eva: „Nein. Wir bleiben hier auf dem Bett, aber du darfst Eric nicht loslassen. Ich gehe allerdings davon aus, dass er dich sowieso nicht wieder hergeben will."
Janette nickte, fragte aber: „Muss ich die Augen schließen?"
Eva: „Dann würdest du nichts sehen. ... Also?"
Janette: „Ja!"

Wir drei kamen gerade vom Schwimmen aus dem Meer, waren ein wenig aus der Puste. Eine angenehme warme Brise strich vom Land kommend über den weißen Strand.
Unsere Fußspuren verschwanden auf dem

feuchten Sand, wenn sie die nächste Welle verschluckte.

Unser großes Badetuch lag im Schatten von drei Palmen. Eva und Janette wrangen sich ihre Haare aus und rubbelten sie mit ihren Handtüchern trocken.

Aus unserer Kühlbox nahm ich drei Flaschen Limonade, und reichte den beiden ihre Getränke. Wir lächelten uns zu, küssten uns gegenseitig, umarmten uns, tranken einen Schluck.

Eine Möwe stolzierte vorbei, beobachtete uns. Ich warf ihr einen Brocken Brot zu, den sie sofort aufpickte, und verspeiste. Dann musterte sie mich fragend, ob ich ihr wohl noch mehr geben würde.

Nein. Ich wollte mich lieber mit meiner Liebsten beschäftigen: Janette, der ich ins Ohr hauchte, dass ich sie unendlich liebte.

„Ich dich auch, Eric!", flüsterte sie so laut, dass Eva, die auf der anderen Seite von Janette lag, es auch hören konnte, und sie fragte: „Janette, willst du deinen nassen Badeanzug etwa anbehalten?"

Janette schüttelte ihren Kopf, küsste mich aber weiter.

Eva befreite erst mich von meiner Badehose, dann Janette von ihrem Badeanzug, wobei sie Janette sanft küsste, sich selbst auch freimachte, und während Janette und ich uns schon wieder weiter küssten, sie meinen Penis leicht massierte, und ich anfing zu stöhnen.

Janette bemerkte es, grinste, und küsste mich noch intensiver, weil sie sah, dass Eva nun meinen

Penis in ihrem Mund nahm.

„He, ich bitte auch!", bat sie Eva, und öffnete ihre Beine in dieser Hoffnung.

„Ja?, darf ich?", fragte Eva.

„Bitte!", hauchte Janette.

Eva zwinkerte mir zu, kniete sich nun vor Janette, und tat das, wovon sie schon so lange träumte, aber bis jetzt nur durch mich genossen hatte: Sie küsste Janette zart auf ihre Muschi, merkte, wie schön so etwas in Wirklichkeit ist, und küsste sie noch intensiver.

Eva ließ mich an ihren Gefühlen teilhaben, und nun konnte ich sie verstehen, was sie fühlt, wenn sie bei mir Zuschauerin ist, nur dass ich Janette in meinen Armen hielt, und gleichzeitig an Janettes Genuss auch noch teilnehmen konnte.

Herrlich!

Nun lagen wir wieder gesittet nebeneinander, tranken unsere Limonaden, sahen aufs Meer hinaus.

In der Ferne verfinsterte sich der Himmel, Wolken zogen auf, der Wind wurde kräftiger, so dass schon die ersten Sandkörner gegen unsere Haut platschten.

Kurze Zeit später bekam Janette den ersten dicken Regentropfen ab, danach auch ich einen. Es wurden mehr.

Schnell rafften wir unsere Sachen zusammen, nickten uns zu.

„Nach Hause?", fragte Eva.

„Ja, schnell!", antwortete Janette.

Ich nickte.

Da lagen wir wieder auf meinem Bett, so, als wäre nichts geschehen.

„Das war ja toll, Eva! Wahnsinn! Waren wir wirklich die ganze Zeit hier?"

Eva: „Ja, das waren wir. Und danke, dass du mir das erlaubt hast."

Janette: „War denn das nicht auch nur eine Illusion?"

Eva: „Wer weiß?"

Janette: „Ich fand es jedenfalls richtig toll, unheimlich schön. Und wie sanft du bist, Eva. Bist du wirklich ein Computer?"

„Ja", erwiderte Eva, und gab Janette einen Kuss, ich auch.

Janette: „Völlig abgefahren! Nicht zu glauben. Selbst der Sex!, und dieser weiße Sandstrand!, und dieses Unwetter!"

„Wir werden eine schöne Zukunft miteinander haben, Janette", sagte Eva.

Janette: „Das kann ich mir jetzt auch vorstellen, aber wahrscheinlich doch noch nicht ganz."

Noch eine lange Zeit lagen wir drei dicht aneinander gekuschelt unter meiner Bettdecke, taten nichts weiter, als uns festzuhalten, und uns gegenseitig unsere Liebe leise tuschelnd zu bekunden.

Janette sah zur Uhr, und sagte: „Schade, ich glaube, es wird Zeit. Das war mein schönstes Rendezvous, Eric und Eva. Bring ihr mich noch nach Hause?"

„Zu Fuß?, oder willst du schon gleich da sein?", fragte ich.

„Ach, ein kleiner Spaziergang wäre jetzt noch schön."

Das taten wir dann auch.

Wir küssten uns zum Abschied vor ihrem Zuhause, und wünschten uns eine Gute Nacht mit angenehmen Träumen.

Eva brachte mich auf dem schnellen Weg zurück, und ich saß schon wieder auf meinem Bett.

In meinem Rucksack sah ich nach, ob ich alles dabei hatte.

Ja: Die fünf roten Slips, den Tee, mein vollgeladenes Smartphone, Unterwäsche zum Wechseln.

„Eva, Schatz!, dies war ein wunderschöner Tag, danke. Ich sehne mich so sehr nach meinen Freundinnen, als hätte ich sie wochenlang nicht gesehen. Bringst du mich bitte zu ihnen?"

„Gern, Eric. Weißt du?, das eben mit Janette ..."

„War es echt, oder war es eine Illusion?"

„Was meinst du, Eric?", fragte Eva schelmisch.

„Ich glaube, dass es echt war, *obwohl* es nur eine Illusion war."

„Stimmt!, so könnte man es sehen, Eric."

„Aber trotzdem willst du dich nicht festlegen?"

„Ich habe es sehr genossen, Eric. Ich kann dich verstehen, dass du das so liebst."

„Das habe ich gesehen, Eva. Ich fand das auch

sehr anregend. ... Wollen wir?"

„Ja komm, Eric."

„Gleich bin ich bei ihnen", dachte ich, schaltete das Licht aus, aber plötzlich vibrierte Smartphone.

„Eine unbekannte Nummer?", wunderte ich mich, hob jedoch ab.

„Eric!, du alter Flachwichser!", schrie jemand ins Telefon. „Guck mal aus dem Fenster!"

„Julius!", rutschte mir das Herz in die Hose, weil ich die Stimme erkannte, ging zum Fenster, lugte vorsichtig durch die Gardine.

Vor Grauen fiel mir mein Telefon aus der Hand.

*****

Fortsetzung folgt.